叶忆萍　著

玉如意

——叶忆萍短篇小说集

上海大学出版社

图书在版编目(CIP)数据

玉如意：叶忆萍短篇小说集/叶忆萍著.—上海：上海大学出版社，2016.7

ISBN 978-7-5671-2440-0

Ⅰ.①玉… Ⅱ.①叶… Ⅲ.①短篇小说—小说集—中国—当代 Ⅳ.①I247.7

中国版本图书馆CIP数据核字(2016)第160710号

责任编辑 傅玉芳

技术编辑 金　鑫

装帧设计 柯国富

书　　名 玉如意——叶忆萍短篇小说集

著　　者 叶忆萍

出版发行 上海大学出版社

社　　址 上海市上大路99号

邮政编码 200444

网　　址 www.press.shu.edu.cn

发行热线 021-66135112

出 版 人 郭纯生

印　　刷 江苏德埔印务有限公司

经　　销 各地新华书店

开　　本 889×1194　1/32

印　　张 6.75

字　　数 175千

版　　次 2016年7月第1版

印　　次 2016年7月第1次

书　　号 ISBN 978-7-5671-2440-0/I·374

定　　价 30.00元

前　言

这部短篇小说集是我的处女作。关于我本人，就像我在小说《永远的玫瑰》中写到的那个“艾丽”一样，是个年过五十、却始终不忘少女时代曾经做过“作家梦”的妇女。

《荣光的影》是我写的第一篇小说，写得顺手。那几年我回上海时，住在虹口区我的母亲家，偶尔也会陪母亲去地铁站旁的医院看病。我母亲住的大楼和地铁站旁的医院、市场、商店就成了这篇小说的背景了。

三十多年前，我去浙江南浔时，遇到过一个乡下小姑娘。她对我说，她最大的愿望是做个城里人，这句话给“天生为上海人”的我很大的冲击，这个记忆给了我写《险道》的灵感，主人公兄妹的出生地也就设在江浙一带的水乡了。

《欲海》的篇幅较长，故事以追踪七年前发生的杀人事件的凶手而展开的。

《幽灵杀人案》写的是在一个极端的“阴盛阳衰”的家庭中发生的案件。它是我在参加日本旅行团去土耳其旅行时构思的。在十五天的旅程中，我和丈夫与一对同团、同年代的夫妇建立了较亲密的关系。入住卡帕多奇亚的洞穴酒店的那个夜晚，我们四人在星空下的平台上喝酒至醉时，对方那对夫妇间发生了口角。那位妻子可谓威风堂堂，而那位丈夫则先是仗着酒力回敬了她几句，最后败下阵来，对我们笑笑并自嘲道："我是恐妻家。"他的妻子仍然穷追不舍地说："现在世界上有名的政治家和运动员都称自己是恐妻家的，恐妻家成了绅士的代名词了。你也配？"——她丈夫的窘态令卡帕多奇亚的星空失色。我把夫妇俩的关于"恐妻家"的对话写进了小说中。

《永远的玫瑰》中写的是四个交谊三十多年的中年妇女间发生的死亡事件。

《复仇旅行》中写到的上海与东京这两个大都市，都是我熟悉的地方。因为我出生在上海、现居于东京；河口湖近于东京，我每年至少会去一次。小说中写到的为合法居留日本而费尽心机的种种所为，也是我周围的华人间所发生过的真实故事。

记得那年去澳门时，我曾在葡京酒店的赌场里看人赌博，从傍晚一直看到次日凌晨两三点钟才回房睡觉。小说《山茶花》开头的部分便是我记忆中葡京酒店的赌场和客房的场景。去年春天，我去重庆周围的山区，再坐游轮沿长江而下。在神农溪换乘小船时，遇到了一位土家族女导游，这位善唱山歌的少妇，把船头的座位特意留给了我，我心生感谢。船近终点时，她开始出售土家族山歌的CD，我这才知道她留位给我的真实意图，心里暗暗佩服她的伶俐与机敏。我买回来的CD中录有《山茶花》这一曲，小说中的叫"茶油"的人物有那位女导游的影子。这篇小说以倒叙的手法写了犯罪者的两次逃亡经历，时、空的跨度较大，将它收录于一万六千字的短篇小说里，确实是很费了些脑筋。

《妻子的逆袭》所写的故事纯属虚构。但对小说中出现的人物群体，我有一种亲近感，因为我本人就是在1979年进入大学的。

《玉如意》是把"嫁女择婿"的市民题材加以戏剧化而写成的小说。我出生在上海城隍庙近处的老城区，直到出国才离开那里。想到在上海时的往事时，小说中出现的老卫、郭大嫂们的身影便会浮现在我的眼前。所以这篇小说写得很轻松，可谓是一气呵成的。

前　言

听友人洪先生说，他激怒于儿子夫妇结婚六年却不愿生孩子之事，最近他向儿子发了“不想生孩子没关系，把我给你们住的房子还给我”的最后通牒。洪先生发了通牒后，其结果如何？我不得而知。但此事给了我试尝以现代都市家庭为题材而创作的想法，于是写下了小说《脸》。我对这篇小说中出现的每个人物都怀着“爱”与“情”来写，似乎写的就是我的亲友、邻人、相识人群中的某个人。

本书问世，首先得感谢我的大学同学、本书编辑傅玉芳女士。记得前年夏天，我从东京回上海探亲时，我对傅玉芳女士谈起了我的写作愿望，她说：“先写一篇小说让我看看。”回东京后，我用了近两年的时间写了收录于本集的十篇短篇小说，在这期间我一直得到她的关注和鼓励。

2016年5月20日于东京

目　录

荣光的影

一

美芳出生在20世纪50年代的上海，年轻时是个美人，肌肤如脂，顾盼流光。25岁嫁得一个平头整脸的汽车司机。本来两人小日子过得平常安泰，谁知到了90年代，经济发展的大波浩浩荡荡地叩击上海，在美芳看来好像每个人都在忙乎着奔向发财之路。就说那隔壁景老头吧，在华山路摆了一个卖头饰、耳挂儿的摊位，专骗小姑娘们的零花钱，前几天竟然买了新房搬走了！再说说丈夫的师兄老秃吧，有胆量辞职下海，筹钱买了辆旧车拉货，才两年就挣下了一家规模不小的运输公司。耳闻目睹这一切，美芳如火焚心，向安守本业的丈夫进言道：“向师兄学习，混出个人样来！”见丈夫充耳不闻，美芳只能叹息，进而抱怨。丈夫烦了，狠狠地甩了她几个耳光。美芳捧着脸哭了一夜，个把个月不敢吱声。如此几番，她丈夫便像是找到了对付她唠叨的剧药，隔几个星期打她一次，让她眼角嘴边添上些青紫色。

美芳在职的小工厂倒闭了，在家闲着，饭桌上更见寒酸。终于熬到了儿子学校毕业，有了工作。美芳昂然离婚，挺胸离开了家。那年她48岁，她相信老天给她美貌是为了让她嫁一个富裕的丈夫。

在互联网上认识了几个半老男人，遇上过两三个骗子，却不见半个富男的影子。有好心人介绍她去了K农贸市场当校秤员。她每天搭头班车去飘着生腥臭的市场，耳闻小贩们带着土味的各色方言。靠微薄收入维生的她便渐渐地觉得嫁人致富的希望渺茫。

美芳不知道股票市场有这么一句名言：绝望来自热狂，希望滋生于绝望。想必婚姻市场也与其类似。在一个秋深风寒的早晨，一个男人来到美芳面前，他手里拎了一只k市场最大的大闸蟹让美芳校秤。男人的双眼并不看秤上的标刻，只是忽闪忽闪地瞅美芳。

终于，他用手点点美芳手旁的一团毛线织物说："给你老公打的？看上去很暖和呢。"美芳想，这男人已经连续买了一个星期大闸蟹，校了七天秤了。于是她俯首抿嘴一笑，道："给我儿子织的围巾。我要是有老公还会在这腐臭的市场里讨饭吃吗？"

男人面露悦色，点头赞同。美芳道："看你每天只买一个蟹，是不是吝啬得连老婆都舍不得让她吃呀？"

"有老婆陪着喝酒吃蟹？我哪有这样的福分！我呀，光棍一条！"

就这样两人用极简练的语言交换了各自的婚姻情报，彼此心领神会。

不久，美芳辞了职。K市场里传着她和男人同居在城隍庙附近的高级住宅区的流言。

"那老头是台湾人，开有几家饭店——他不是常来市场采样买蟹吗？"豆腐摊大嫂说。

卖蔬菜的浦东老太则另有高见："豆腐嫂你差了，现在不流行台胞、外籍啦，美芳能看上的就是东北矿老板啦！你见过没有？他们用一人高的拖箱装钱，拖到上海干啥来啦？买房子！"

大家认为浦东老太的说法比较可靠，而且卖蟹人说那男人操着东北口音。

在大家快要谈腻美芳的故事时，美芳男人的真实身份被朝阳医院的结账员给证实了，男人不是台胞也不是矿业主，他无名无职，是朝阳医院院长李达军的叔叔。

二

朝阳医院与K农贸市场大约有步行十分钟的距离，地处四岔路口又临近地铁站。这本是一家街道医院，五年前停业几个月、内装外修一番后，再开业时，院长、医生上上下下地换了新人，据说是因为街道医院亏损而卖给了东北某私营医疗机构。院长李达军四十有余，正当华年，操着带东北口音的普通话，说话举动爽朗得如快晴的秋空，行医待人又温和周密得如三月的细雨。——这样称赞李院长的是k地区的居民。

朝阳医院开业五年日益昌盛，特别是李院长主刀的消化道外科，更是让医学界都刮目相看。李院长的名声如落石河中的水纹波及邻近省市，人们慕名驱车前来，朝阳医院不得不置地新建停车场。

居民们指着建设中的停车场说："赚了大钱，发了大财了。这年头医药费贵啊！"理智的人就比较客观地道："生病花钱，能找到李院长这样的医生也不冤枉了。"

受居民爱戴的李院长来沪创业落户，携一妻一儿。在医院近处的高层大楼置了两套房，一套夫妇自居，另一套给儿子备下的结婚用房。

李院长有一个贤惠的妻子，行为举止自然得像空气一般，没有感染他人的时装风采，也不发豪语警言让人风传。三个月前，李院长家来了一位六十岁上下的男客，李夫人打扫了空关的房间让客人住下，天天买新鲜的荤素招待他。

有一天，大楼管理员见李夫人拎了瓶白酒回来，探问道："噢，不知道李院长还能喝白酒啊？"

"他不会喝，我家叔叔喝几口的。"

大楼里住着一位朝阳医院的护士，她向管理员透露：男人是院长的叔叔，新近死了老婆，又没有孩子，就从东北老家投奔侄子来了。

院长家叔侄长得一无像处，院长是气宇浩然、壮如泰山；叔叔呢，像一条被拧干了水的破抹布，真不忍心去说他有多瘦。

那叔叔不与邻人说话，只是偶尔见他在小区花园的墙角下与野猫子讲人话，问猫晚上住哪里了、午饭又吃啥了。管理员是个多情善感的人，见此情景叹道：寄人篱下的人哟，虽然吃喝不愁，心里总归是寂寞的吧！

过了旧历年，管理员再也没见到过那叔叔，问院长，院长答道："搬出去外面住了。他呀，乡下人，喜欢热闹的地方，在城隍庙一带租房住。"

果然，在城隍庙附近工作的大楼居民说，看见李院长的叔叔在城隍庙古董街溜达，脸上也红润了许多。

三

李院长的叔叔有女人相伴，出入于城隍庙古董、首饰店，享受着天伦之乐。被大楼里的人撞见了，就在电梯里把此事渲染一番，添加些尖酸的评论。

这事传入李夫人耳中，她想她还真不知道这叔叔的来历呢。她对丈夫的感情不是恩爱而是信奉。院长的母亲选她为媳是因为她才貌平平、性情温良，认定她能相夫教子而不会让婚姻节外生枝。李夫人对自己能配得如此郎君也是心满意足的。

李夫人做事行动全听丈夫的，她从不问理由因果，招待叔叔的事情也是如此。但有一点是李夫人深信不疑的：自从这叔叔来家后，丈夫变得沉默了，他开始服用安眠药。她觉得这几个月来家里的气氛就像梅雨季节，不是暴热酷暑，却是温湿阴毒，滋生着霉菌。

儿子住大学念书，夫妇俩用完了清淡的晚餐，夫人洗碗，丈夫在厅的另一端用报纸遮住了半边脸胡思乱想。

夫人好像是下了决心似的，她咽了口唾沫，轻轻地说道："不知道你听说了没有，你叔叔好像和女人同居着呢……"

丈夫依然沉默着。她不敢再说下去了，便偷眼向丈夫望了望，只见丈夫涨红了脸，把手用劲地去绞报纸，报纸被拧得嗦嗦地畏作一团。

听丈夫叫了一声，脸呈痛苦状，右手僵直着，夫人忙问"怎么啦？"

李达军做了深呼吸，他知道因为用力过度手指神经失去了控制，几分钟后痛感消失，手指又恢复如常。他打起精神，伸张一下手脚，没有向夫人望一眼便起身走进了卧室。

因为失眠，这几个月李达军和夫人分室而卧。进卧室随手关了门后，李达军成了一头野兽，他一拳击于墙壁，对着壁灯压低嗓门吼道："他娘的！古董，女人！你把我当成了什么了？摇钱树？金矿？什么叔叔哟！吸血鬼！垃圾！恶鬼……我见到你就恶心……发抖……"

李达军颤抖着，掩面而泣。他听着自己的悲声，觉得自己变成了一粒小虫子，被玩弄于魔鬼的股掌中。

呜咽了一会，他心里轻松了许多，五官也变得格外清澄。他仰视窗外，见有寒星闪烁，窗台上妻子插在长颈瓶里那支梅花，吐着似有若无的香气。到底是上海，人们心急早早地迎春意入门来。要是在北方，二月份还是银装素裹呢！

"我有多少年没回北方了？二十多年了吧。妈妈把我送到南方，让我发誓再也别回家乡。——因为我惹了祸事，此事只有三人知道：我，妈妈，还有就是那个自称是我叔叔的韩有发。"李达军心里想着。

四

李达军用手背擦了泪，在写字桌前坐下。黄色的台灯光洒落于桌面，柔和似水，令他想起他的初恋姑娘的肌肤，泪水再次模糊了双眼。

他铺上白纸，任笔去记忆那风雪之夜发生的事情：

我出生在东北的军营里，父亲是军官。

1987年1月，我在军医大学读四年级。那天下午风吹小雪，远处可见山峦重叠，我偷驾了父亲的越野车去会我的初恋姑娘。那天她送了我一条她织的红白相间的围巾，含情默默地把围巾套在我的脖子上，我就势拥抱了她。这是我一生中唯一享受的一次男女之爱。傍晚时分驱车回家，天已黑了，雪下得大而紧。我想绕小道抄近路回家，却不料道窄路滑，我一头撞上了路边的一棵大树。我停车去看我的车有没有撞坏，心想这次真会惹恼了父亲。令我不敢相信自己眼睛的是，车的前轮和树间竟然夹着个女孩，她的头上流着血。我不知道如何是好，只能放声地哭；用头撞树干，来惩罚自己。我定一定神，用手去摸女孩的颈脖子，忽见女孩瞪圆了眼，惨白的脸面上挂着几束黑发，黑发上沾着血污，就像是鬼故事中描述的僵尸一样。我害怕极了，慌忙中拉下自己的围巾盖住了女孩的脸。

"她死了？"是一个男人的声音。

只见那个中年男人在我身后探头相问，我抽泣着说："我不知道。"男人用手挑开围巾细细查看女孩的样子，叹口气又摇了摇头。

"我是开出租车的，路过这里。以为你的车熄火了，想着能不能帮上忙，——让我撞上了麻烦事。"

"要我帮你呢，还是你自己来解决？你是六神无主了吧？"男人围着越野车走了一圈，又上车试着发动车子，"这车结实，没故障。你把她抱到后座，我开车。"

现在想来，这男人在市侩生活中磨炼得精干而决断，他载我到了一座坟山，迅速地取出车上备用铁锹，深深地挖了个坑，示意我将女孩放入其中。雪花落在新土上无声地消失了，我又哭了，但见周围错落地立有几块破碎墓碑。男人拍一拍我的肩膀说：“年轻人，人死了不能复活，你不能毁了自己的前途，不能让父母伤心、失望啊！把今天的事情忘了吧。”

他把我送到我的家附近，告诉我他叫韩有发；他要我告诉他我的名字和我妈妈的电话号码。

我妈至今没有向我提起过此事，我相信我妈和韩有发达成了交易。大学毕业时我妈想方设法让我去了南方的医院就业，又为我择妻完婚。我接受这一切，我还能反抗吗？

我的梦中无数次地出现过那一条红白相间的围巾，我所爱的姑娘为我编织的，它被埋在荒坟中，陪伴着一个不幸的女孩儿。我心中的罪恶感决定了我一生不能获得完美的幸福，否则我会遭到报应的。那个冰雪之夜，我在自己的人生道路上埋下了一枚地雷，我不知道什么时候它会爆炸。我的事业越是成功，我的恐惧感也就越强烈。

终于，韩有发出现了，那枚地雷爆炸了！

韩有发毁了与我母亲的协定！

韩有发不仁不义！

李达军写到此处停了笔，缓缓地舒了一口气，又拿出打火机把写完的文稿烧掉了。

五

其实，韩有发并没有刻意去寻找李达军。他从李达军母亲手里接过8万元钱的时候发过誓：从此再也不会找李家的人，如有违约，不得好死！

对于取得这笔不义之财，韩有发没有任何的罪恶感。他的道德观基本上来自小镇地摊上出售的三国演义之类的连环书画中。他用李家给的钱开了家汽车修理店，失败了；又盘来一家烟纸杂货店营生，却被村长老婆开的小超市挤垮了。他像是与灾星交了朋友，做什么都是倒运的。钱用尽了，韩有发落魄得给人拉板车、喂猪食糊口。前几年死了老婆，无儿无女的他卖了家当跟人来上海，遇到一个丁姓同乡骗子，这同乡混世经验大胜于韩有发，骗光了他所有的钱后跑了。幸亏一个捡破烂的老婆婆给了他一个遮身处，又教他拾荒营生法。从此韩有发的生存意义就变得简单明了：走遍大上海，去找到那个丁骗子——打断他的腿，让他跪着爬回家乡去！

结果呢，他在茫茫人海中竟发现了李达军。一个大热天，韩有发躲进一个会场求凉，想再顺便捡些空罐、空瓶回去。会议讲的是医学普及知识，演讲者好像是在教人们如何去挑食、如何把美味的食物统统搞成药物吃。韩有发心里冷笑着朝台上的演讲者看，一看惊出了一身冷汗，千真万确，那人就是李达军！再看前台左侧有块黑板，上面写着李达军的头衔——他真的发达了！

散会后韩有发有意去李达军的眼前晃了几圈，可李达军没有认出他来。韩有发心头慌乱就觉得有尿意。厕所里他在一方小镜中审视自己，叹道：瘦成个鬼样，谁还能认出自己哟！想一想，自己和李达军除了那夜晚的记忆以外还有什么连接点……突然他想起一物来，便撒腿一口气跑回了自己的住处。

韩有发喘着气问拾荒老太：“我给你的那条围巾呢？还我！”

老太揭开板床上的草席，韩有发见老太用薄布包了围巾平铺在板床上。

“还我。”

“你不是把它送了我吗？你要，就还你。我本来想过些天把围巾拆了给我孙女打一顶白帽子、再打一副红手套的，过年回家乡好送她。”老太有点不甘心地把围巾递给韩有发，又添了一句：“这是上等毛线呢，手摸上去软得很呢。”

就因为这围巾是上等毛线打成的，韩有发舍不得让它烂在坟地里，便顺手取来塞进了自己的大衣里，几次搬家迁移也没扔了它。在上海，老太救了自己的难，想谢恩却身无分文，也无一件值钱的东西，韩有发就把这条有点气派的围巾送给了老太。

得了围巾，韩有发又对枕边的一个放衣服、旧书的蛇皮袋掏摸了一番，找出一张纸片来，看了一眼上面的字，欣喜地对老太打着京腔道：“老天成全我也。”

韩有发说，他会给老太孙女买米老鼠牌子的帽子、手套，让她过年带到乡下去。老太便问他是不是找到了丁骗子？他摇摇头，说：“你不懂得的，中国有句说李子和桃子的成语，说有人要找一粒李子，却偏偏拾到了一颗桃子。”老太说：“我怎的就不懂了？桃子比李子大，桃子比李子汁水多又甜！这人得了便宜了呗！”韩有发听后捧着肚子笑。

多年来不幸、屈辱的生活经历把韩有发变成了一条蛇，它咝咝地吞吐着细舌，瞬时咬住了猎物李达军。

六

朝阳医院的不远处有家四川饭店。四川人开的，恪守正宗川味，不做时兴菜，有学问的李院长就喜欢这样的店。经他推荐，朝阳医院的医生护士、连热爱院长的病家，也常常来光顾。

老板娘心细而伶俐，她留意到近半年来每月一日，院长必带他叔叔来店午餐。所以她总给他们留下一个朝南的小包房，在窗台上放一竹制花瓶并插上当天买来的一束鲜花，以迎合院长的雅兴。院长过了正午来，畏首缩身的叔叔跟在院长高大的身背后，就像是院长的一条身影子。从不见叔叔点菜，只由院长吩咐做几个高价菜送上。只是老板娘不会知晓，离开饭店时李家叔叔的挎包里必多了一个装着一叠现金的信封。

朝阳医院护士长叫黄雪梅，她知道每到月底月初李院长的脾气就会变坏，他为自己开了安眠药和胃药的方子让她去药房领药。

院长和他叔叔出去吃饭前吞了胃药。黄雪梅想，那个被叫作“叔叔”的人早晚是个麻烦。黄雪梅和院长年龄相仿，同乡，未婚。她跟随院长十多年，是他的护士长、秘书和精神上的情人。和无才多德的李夫人不同，她立身于社会、职场上，练得浑身都是灵敏的触觉，就像一条章鱼。

那一天，李院长从四川饭店回来，对她说：“中秋节放假，让全体员工去浙西二日游，作为福利，费用由院方出。”李院长说他留守医院，黄雪花不迟疑，道：“我跟院长……”

院长回家时，穿过门房处对门卫老蒋说：“辛苦几年了，这次一定去参加旅游哟，门呢，就由我管了。”

老蒋一感动就哽了喉咙、急红了脸，说不出道谢的话来。黄雪梅见此情景，愈觉得心中郁闷难解，她望望天空，有几片乌云浮动，渐渐地浮移至医院上空。她感到一种莫名的恐惧。

她为李院长担忧，这几天就有意无意地跟在他身后。她见他进了神经科，向神经科主任讲手上神经障碍的情况和经过。

神经科主任说院长患的是腱鞘炎。主任对此病作了介绍：“腱鞘炎的‘鞘’字，就是剑藏于鞘的‘鞘’字，手指的神经为剑，神经外有薄膜样的东西包裹着，这薄膜样的东西就是鞘了。剑与鞘之间有空隙才能出入自由，对吧？手的神经与薄膜间也有空隙在，它使手能灵活地伸屈。院长的手呢，因为炎症使薄膜增厚，把神经周围的空隙给堵死了，手神经就不听脑的指挥了。”

李院长笑道：“你这个人了不起，有演讲的才能。比喻用得极妙，让人听了就理解。”

大家附和着笑，这么夸张地哄笑着把隔壁护士休息室的护士们引来了，主任说得就更来劲了："这病好发于中年妇女，很多人发病时跟院长一样，疼痛，僵硬，但短时间内症状消失又恢复原样了，病人便觉得不值得大惊小怪，也不找医生。但渐渐地就几个手指都不听指挥了，连做饭、扫地都不行了……"

神经科副主任是位年长者，见主任出足了风头就有点不快，插嘴道："院长可不是做饭扫地的家庭妇女啊，院长的手是拿手术刀的，万一有个闪失，那可是人命关天的哟！"

黄雪梅心里一惊，觉得背脊发凉，额头却渗出汗来。她再把眼光移向李院长，见他从容地拍拍副主任的肩，又指指墙上的挂历，道是过了中秋节就去某医院做手术。

"到底是院长，雷厉风行……"众口赞道，便笑着散了。

七

过了中秋，神经科副主任一上班就听说医院出了医疗事故。他躲进了厕所，懊恼地扇了自己几个耳光。他想大家虽然人前不说，可背地里肯定会埋怨他那张不吉利的嘴。那天他不是说院长的手是拿手术刀的，万一有个闪失就是人命关天的屁话了吗？现在成为事实了！

中秋夜，院长为一个急性阑尾炎病人做手术，因为突发性手指神经障碍，划破了病人腹背部处的大动脉，病人大出血死亡。事故的牺牲者是李院长的叔叔。

据当时和院长一起做手术的护士长黄雪梅说，事发日傍晚6点许，韩有发来医院。因为医院职工去旅行，院里除了院长和护士长看门外，别无他人。这医院本来就不接受夜间、休息日急诊的，见天晴月色好，李院长去四川饭店要了几个冷菜，打电话叫来叔叔同饮赏月。8点过后，他叔叔突然腹部剧痛，院长诊断为急性阑尾炎，不马上手术将会有生命危险……

护士长在众人面前就说了这些，因为精神刺激太大，她变得相当虚弱，只见她动嘴唇却听不清她说什么，两个护士一前一后地为她擦汗抚背。大家就让她别说了，护士把她扶去休息室的小床上躺下，让她在那里安睡。

黄雪梅闭上眼，那晚的情景就出现在眼前：他们把韩有发推入手术室，他喝了放进大量安眠药的酒熟睡着。李达军拉着她的手，眼泪刷地流下了，嘴唇颤动着，他欲对她说些什么，而她一手捂住他的嘴，一手拭去他脸上的泪，说："我和你是共命运的。"

8点45分韩有发的女人坐着出租车来到医院，黄雪梅简要地向她说明了韩有发的病情和手术的必要性，并让她在手术同意书上签字。女人轻松地签了名，又讨好似地说："大名鼎鼎的李院长执刀，我还有什么不放心的呢。"

黄雪梅关上手术室门时，打量了一下韩有发的女人：五十开外，俏丽的脸和略显俗气的衣着，浑身透着一种甜蜜蜜的生气。女人甩了凉鞋，盘腿坐在椅子上，从包里取出一本杂志看着解闷。

黄雪梅的记忆是片断性的。

手术室的门又开了。见女人面对尸体动情落泪时，黄雪梅有点内疚，她拿出死亡通知书让女人签字。

"我行吗？和他还没办结婚呢，可以算家属吗？"

黄雪梅看李达军，李达军忙擦了泪，道："我是侄子，但是又是事故的责任者，你签字还是比较合适的，责任完全在院方，院方理应负全责作出赔偿。你们虽然没有办结婚证，但你是她的婚约者，是事实上的妻子。我可怜的叔叔又没有至亲，除了你以外。我会让你拿到赔偿金的，也算是我对得起我的叔叔。"

李达军停了嘴，像是等女人回应，女人迟疑地点点头。李达军又放低了声音安抚女人："我们是私立医院，我有权做主。"

女人签了字，开始伏在黄雪梅肩上放声地哭，泪水湿了黄雪梅的肩头、胸前一大片。她向她倾诉老天的不公，她说她和韩有发打算年底结婚的，连房子都看好了，约好了下星期去付款的。她又问黄雪梅“老天爷为什么总是和我作对？”

八

在韩有发的女人大发悲声时，李达军坐在一旁仰望着天花板，天花板因反射的灯光映出一面惨白色，制造出一种非现实的气氛。他的表情由悲哀渐渐变成悲壮。李达军的灵魂对苍天道：“这结局是韩有发设定的，我别无选择。”这时似有一阵寒风从墙角刮来，令他想起祸起之夜呼啸于坟间墓碑的阴风。李达军赶紧用手拍拍额头，站起身，定下神来。

他听到女人哭诉到买房子的那一节，心中陡生厌恶，背过身走开了。一个月前韩有发告诉他要结婚买房、让他筹款时，李达军对这笔大款是面露难色的。韩有发奸笑道：“李达军呀李达军，我想问你，那个晚上你埋掉的那个女孩是死的还是活的？我可以说她是死的，也可以说她还有气，还活着！”见李达军睁圆了眼、倒抽着冷气，韩有发便又厉声道：“你是个聪明人，想想你儿子的前途吧！——我本人是一无所有的人！”李达军过了好久才回过神来，苦笑着编谎话道：“好吧，我有两套房，一套房本来给儿子做婚房的，最近这小子吵着要去美国留学，就把这房子卖了，先成全你吧。我求你，这是最后一次了。”

从那时起的杀意变成了计划。——现在听女人提房子的事，李达军从牙缝里挤出两个字：“活该！”

过了中秋节的第一个月初，出乎四川饭店老板娘的意外，朝阳医院的李院长只身踱进了饭店，照旧上楼进了包房，要了几个蔬菜、两杯啤酒。

老板娘口里应着心头想道：李院长来此是为缅怀叔叔之故，可见是条重义气的汉子！老板娘端了两杯啤酒，一杯放在院长面前，另一杯放在他对面——以前韩有发的座椅前。

李达军向窗外放眼远望，尽情地舒了口气。他今天来到此地，是想试试自己有否勇气踏入这个让他受尽屈辱的地方。现在他来了，他是胜者。

菜冒着热气，他举起酒杯，向对面韩有发的灵魂道："干杯——"

有敲门声，"李院长，有人找你。"

"嗯。"

老板娘轻轻把门推开，她身后站着个年轻人。年轻人敏捷地闪过老板娘进了房来，返身对老板娘挥挥手："没你的事了，去吧。"随手关了门。

"不用自我介绍，我们见过的。这是韩有发的座位？我坐了！这是韩有发的酒？我喝啦！"

年轻人是韩有发女人的儿子，陪她母亲来医院拿事故赔偿金时见过。李达军淡然地望着他想："来干吗呢？我可不想有你们家这一门亲戚！"

"我是来替我爸爸韩有发拿生活费的，每月1日，我没搞错吧？"

李达军眯了眼，嘴边似笑非笑地叠起些皱纹来，心里估量着对方：来者不善？

年轻人没有工夫顾及李达军的反应，他按照自己的计划而行动。他从包里取出一条红白相间的围巾扬了扬："认识它？"

李达军被围巾摄去了魂似的，眼睛直勾勾地、张着大口向外吐气："这条围巾曾经多少次出现在我的梦中，我的永远的浪漫、我的短暂的青春哟！天哪，这条我心爱的姑娘打的围巾，几十年来竟然玩弄于韩有发那双肮脏的手中！这该死的鬼!……且慢，且慢，现在还想什么浪漫，这条围巾上有我的体液，也一定沾有女孩的血迹，韩有发是怎么得手这条围巾的？”想到此处，李达军一身冷汗，紧张得恶心欲吐。

年轻人觉得自己一发击中了李达军的要害，便收回围巾放入包里，又取出一张发黄的破烂纸，说：“我在整理韩有发的遗物时发现了它们。这老头原来是出租车司机？关于这条围巾的故事竟然写在出租车公司出车纪录表的反面。——我就想，他这么一个穷酸老头怎么会有你这么一个体面的亲戚呢！”

这天下午，李达军惨白着脸跟着年轻人去了一趟银行。回到医院时，他又补吃了几颗胃药。

九

到了柿红蟹黄时节，美芳又回到了K农贸市场校秤处工作了。大家知道她死了有钱的相好，就安慰她道：“别难过了，天有不测风云啊……”豆腐大嫂坚信天命难违，背地里对人说：“美芳眼底下有颗痣，我娘说那是泪痣，一辈子流不尽的泪啊，是苦命人。”

美芳不顾儿子的反对搬出了高级住宅区，租了K农贸市场近处的一套房住。美芳的房里供着韩有发的遗像，每天她都要给他供上一杯清水、烧上两炷廉价的香。

这一天，美芳买了K市场上最大的一只大闸蟹，清蒸后供在韩有发灵前。她对韩有发说：“我也听到些说你的风言风语，可我不在乎。我只知道你对我好，把我当公主一样地宠爱过。”呜……呜……“我又哭了，我曾经多少次和你讲过我以前的伤心事，你总是为我擦眼泪，说我有儿子，说我是个好母亲……”

说到儿子，美芳擦了眼泪，想起让她心烦的儿子来。韩有发死后，儿子辞去了化妆品推销员的工作，昨天又带女朋友去欧洲旅行了。“肯定有什么地方不对了，上星期儿子酒喝得半醉，说你留给了他大笔的遗产，又说来月去把我们相中的那套房子买下来。有发，你说，他是不是中了邪？我不要那套房子，它不吉利，它是催命的……”说到此处，美芳突然捂住了自己的嘴，像是觉察到了什么似的，向遗像发问：“告诉我，究竟发生了什么事？我该怎么办？有发，求求你告诉我！”

美芳突然起身冲进对面儿子的房间，把它仔细地搜了一遍。她找到了那条红白相间的围巾和一页破纸，认得纸上的字是韩有发的遗迹。

“有发，我不能让我的儿子跟你走。”这可怜的女人哀哀地哭了半夜，天亮后走去了公安局……

2014年8月21日

险 道

一、董家小姐

说到24岁的独生女的恋爱婚姻事时，住在上海的董家父母就摇头说：家家都有一本难念的经。那种难言之隐、欲说又罢的样子，倒恰恰煽动了人们的好奇心：董家小姐怎么啦？

董家小姐中等个子，大专学历，长得短脸圆眼，略显富态，跟她家养的猫就像姐妹一样相像。董家父母是老上海，有些老亲戚、老朋友，他们呢，不请自来地为姑娘做媒。对此姑娘不屑搭理，只摆摆手、关了自己的房门，让父母免开尊口。莫非姑娘已有钟情人？可又不像，哪里见过恋爱中的年轻人的节假日是在睡懒觉、网上购物中度过的？董家父母在女儿25岁生日前，决定去找女儿的同事张阿姨探得些女儿的私事来。

张阿姨与董家女儿共事于一家私人汽车驾驶学校。董小姐坐前台接待应酬，张阿姨处理会计事务。接到董小姐母亲的电话，听说是瞒着女儿打来的，做了外婆的张阿姨便大体知道了董家约其相会的本意了，张阿姨是爽快人，见人有难处哪有旁观之理？便承诺了。

次日下午3点，张阿姨和董家父母在驾驶学校对面二楼的茶室见。

找了窗边座位坐了，张阿姨听董母话音中有宁波口音，一问竟然与自己的祖籍是同一个村庄，再一问得知双方父母还长眠于一个山头。张阿姨说："我们还是同乡近邻呢。今天是为你家千金的事吧？"

董母点点头，想说些客气话却被张阿姨用手迎面挡住道："不用客气，我把我所知道的告诉你们。"

董家父母从张阿姨的口中得知，女儿从进校工作时就喜欢上了一个叫林清河的小伙子。林清河今年28岁，出生于沪浙交界处的水乡，现在学校当驾车教练。

屈指数来，女儿进驾校工作也有两年多了。董母听到小伙子是农村出生的，心里不是滋味，又听说这苦命的小子在高中毕业时就失去了父母，忍不住叹息："啊哟，天呐，这么说来他只有高中学历？"

张阿姨点点头，说这小伙子不容易，父母交通事故死后，在家乡买了辆桑塔纳车拉客，维持他和妹妹的生活。

"他还有妹妹要养活？"

张阿姨摇摇头道："说到这姑娘呀，大家都为林清河伤心……"

董母心想这小子的伤心事还有完没完？

"这妹妹又怎么啦？"

"失踪啦！"张阿姨道。就在董小姐进学校工作的前一年，他那在上海给人家做保姆的妹妹在回家乡探亲的途中失踪了。

"会不会有喜欢的人，出走了？"

"不像。"

"姑娘几岁？长得如何？"

"姑娘那时19岁。名字好听，叫甜水，长得水灵灵、甜滋滋的，谁见了都喜欢！"

"那么是被人拐卖了？"

张阿姨做了个不知道的表情。

董母捧着脑袋说："老天，别作孽了！"想这小子命运确实令人同情，可是谁家愿意摊上这么一个倒运男人做女婿呢？

董父退休前是小学教师，有点文化知识的。他文绉绉地问：“也许我问得有点可笑，那你觉得我女儿看上他什么啦？”

张阿姨道：“林清河？美男子！哪个姑娘见了他不动心！你们没见过我们学校的广告单么？上面有他的照片，大半的女孩子都是冲着他来的——这话可一点没有夸张哦。说起来你们不信，上个月学校推出免费试教一次的花招拉客，老板指定由林清河上车施教，结果入学者大增。大家开玩笑说‘清河是我们学校的一块好鱼饵’，哈哈，这话说得俗气了。”

董母脱口而出：“看来他还是挺吃香的啰。”

张阿姨突然指了窗外，笑着说：“他上晚班，现在来啦，在学校门口呢。我让你们上这家茶室，就是让你们有机会看看他。”董父听了，理了理衣服往外张望，见到的是一个瘦高个子的年轻人的侧脸。他暗暗吃惊：真没想到这个泥土里滚出来的乡下孩子，竟然长着如此优雅的一张脸，身姿步态则是天生了一股风流。

董家父母四目相视，都觉得心跳耳热，脸上就有些羞耻色。

董母说：“这男孩就像你说的，不讨人嫌。就不知他对我女儿有没有意思。看我女儿吧，休息天也总是在家里上网。”

张阿姨有点迟疑，说：“以我看哪，清河对董小姐的心意是一清二楚的，他没有拒绝她，这是肯定的。”

“他也没有答应她，是吧？”

“我想是因为他的妹妹的事。”张阿姨避开董母的视线说道，“妹妹是他唯一的亲人了。”

董母点点头，眼里泪花花的，她觉得女儿的命运似乎比林清河的妹妹更可悲。

二、神秘来信

董母对女儿的婚事无能为力，但她也不想束手待毙，听人说江西某地的深山里有一尊菩萨很灵验，就换乘了五六次车前去求助，要菩萨让林清河知道妹妹的下落，不管她是在人间还是在天堂。

这事说来也奇巧，就在董母从江西回上海不久，林清河收到了一封信。信放在他的信箱里，信封是空白的，也没有贴邮票，内封一纸，简单的几行字是用电脑打的。

林清河看完信，神色骤变：失踪了近三年的妹妹，除了自己以外竟然还有人记得她，并且知道她现在何处！

林清河坐在床边把信纸捂在胸口，像孩子般地大哭起来，他要把三年来压抑着的泪水在一夜间流尽！夜深人静，当哭声变得寂寞无力时，林清河忽然感到自己的泪水流得莫名其妙："也许这封信本来就是一场骗局的开始，等着我去上钩呢。"林清河想着便用衣袖擦了擦眼，又展开了信纸念道："我知道你妹妹的下落，三天内把2000元送到对面2号楼302室信箱里，我马上告诉你她现在何处。一个诚实的保姆。"

林清河盯着天花板发呆，他的心里在和一个叫"诚实的保姆"的人较量，最后他疲倦了，自语道："2000元也不是我付不起的数字，只要是真情报，要2万元我也凑给你！"

第二天上班前他去了2号楼。不出他所料，302室的旧房主已经搬走，新房主还没入住，房屋正在装修。眼下信箱尚无主人，也没上锁，里面塞满了五颜六色的广告纸。他用身体挡住过路人的视线，掏出广告纸，把装钱的信封放入信箱。

林清河进了学校办公室，一声不吭，蜷曲在沙发的一角。董小姐见他眼睛有点肿，鼻子微红，便说："你怕冷？像是发烧了，快去医院吧，最近病毒性感冒流行着呢，要当心的。"

林清河心里惦记着家里的信箱，正烦躁着，听董小姐这么一说，便请假告辞了。

当夜，董小姐想着林清河，未能熟睡。第二天早上去办公室，迎面遇上了老板应豪，应豪说林清河得了病毒性感冒在医院打吊针，董小姐问在哪个医院，他摸摸头笑道："忘记问了，总归是附近的医院吧。他年轻没事的。"

董小姐不放心，抽身躲进厕所拨打林清河的手机，手机关着。

此刻，林清河正在上海驶往杭州的动车里。他要去天目山区一个叫"望天山庄"的农家乐旅馆。

昨天回家后便得了"诚实的保姆"的复信，白纸上只印了一行以W开头的英文字母，林清河知道那是一个网址。

打开网页，只见是一家叫"望天山庄"的农家乐旅馆广告，还能看到这家旅馆的建筑物和老板夫妻的照片。林清河想自己家没有亲朋好友居于天目山，那么甜水和这家山里人开的旅店有什么关系呢？

会不会有人恶意戏弄自己？然而要他不去山庄核实一下是万万不可能的。

邻座的姑娘和甜水年龄相仿，有二十二三岁的样子，长着和甜水一样的鹅蛋脸。但她不是甜水，甜水不会穿那么低领露胸的衣服，甜水也不会在人前翘着兰花手指撕啃鸡爪。

三年前的夏天，他送甜水到巴士站，他们挥手作别。甜水的脸上挂着汗珠，眼睛光闪闪、光闪闪的……现在想来那快乐的眼神中有一种神秘感。

三、追忆往事

"红颜薄命。"想到这句话林清河就心酸饮泪。母亲也是美妇人。

家里买了辆中型货车替人运输，她和父亲交替驾车，走南闯北，结果遇上车祸死于非命。

上个世纪90年代初，水乡也出了不少创业富户。林清河用亡父母积下的钱买了辆桑塔纳轿车为企业老板们迎送接客，倒也能赚出兄妹俩的生活费来。

24岁那年在好友的婚礼上遇到了应豪。应豪是新娘的堂哥、婚礼上的座上客，林清河仰望他，他依然是身体硕实高大、风趣健谈！酒席中有人在说他的成功故事：他高中毕业时穿着一双破鞋去上海，现在已经是拥有几家运输公司的老板了！

应豪认出了他，叫一声“清河——”便把他拥在了胸前，并对大家说，自己和清河曾经同念一所高中，同为高中篮球队流过汗。

“我看中了他的长腿，把他选入了篮球队。当时我是篮球队队长。——他让我想到了青春时代！为我们老友重逢干杯！”应豪向着各位举杯。

待人散尽了，应豪留林清河叙旧，当他知道林清河失去双亲在家乡苦熬岁月时，觉得不能袖手旁观，他拍拍林清河的肩膀道：“我也是6岁没了爹。去上海吧，我会像兄弟一样待你的。”

到了上海，林清河得知应豪几年前和一家运输公司老板的独生女结婚，老丈人病死后他接了事业。应豪精力过人又善于经营，几年里便开了几家分公司。

小心眼的人在对林清河说到应豪的伟绩时也绝不会忘记告诉他：“我们老板的夫人呀，像是小人国里出生的，上海滩上找不出比她更矮的人了，而且她比老板大6岁。”

老板助理姓王，大学毕业，年近四十还未娶，因为他事业和婚姻两“不遇”，大家戏称他为王才子。他对应豪既羡慕又嫉妒，与人谈到应豪时，声音从鼻子里出来：“他有什么才能去扩展事业？他不就是在乡下只读了高中么？他还不就是运气好，讨了老板的女儿做老婆么？他老婆的亲舅在市公安局当官的。这就叫狐假虎威！”

应豪见学驾车的人多了，灵机一动办起了驾驶学校。他送林清河去进修，取得了驾车教练的资格。林清河对应豪是感恩的，他立志勤奋工作，在上海立身安命，唯有在乡下的妹妹让他挂心。来上海时他把妹妹托付给了姨妈，把自家房子租给外乡人，租金就给了姨妈作为妹妹的生活费。只是姨妈家有个二十出头的浪荡独生子，这青春男女同住一个屋顶下总让人不安心，能把妹妹接来上海是最好不过了，只是自己寄宿在学校的宿舍里，哪有妹妹的落脚处？只能等自己积蓄点钱租了房再说了。

过了几个月，应豪说他家楼上的夫妇急需一个看孩子的保姆，问林清河舍不舍得让妹妹去。“你见过的，一对大学教师，夫妇都是向你学的驾驶——记起来啦？上星期他们家老太脑出血没了，3岁的孩子就没人带了。他们托我到乡下找一个可靠的人来，我就说起你妹妹。他们也认识你啊，就说那是最好不过了。我想他们家是有知识的人，不会让你妹妹受委屈的。”

林清河想，知我者应豪也。眼眶也潮湿了，点头道：“那是最好不过了，我看那夫妇和气得很，妹妹可以跟他们学点做人的道理。”

甜水住进了教师家当了保姆，隔些时日打电话给哥哥，声音像鹦鹉唱歌一样欢快，说教师夫妇是世界上最好的人，又说她带的女孩如何可爱。教师夫妇呢，也为遇上了好保姆而感激应豪，到外地出差时还带了土产送他。

有一天，甜水打电话时开玩笑道：“今天带小孩去公园玩，人家把我当小孩的妈妈了，嘻嘻……难为情死了。”林清河也笑了，说给应豪听，应豪说你妹妹温和耐心，天生就是当妈妈的料。

到了放暑假时，教师夫妇带了孩子去海边旅游，甜水就说她也想回一次家乡，去会会将结婚的好友小娟，再包份礼金给她。

甜水这一走便再也没有回来。去乡下一问说是根本没来过，到长途车站打听，也没得到任何线索。甜水涉世不深，交往人员也单纯，能够询问的也就这么几处。最后大家急了，便报了警。

应豪说：“都怪我，如果不把她叫来上海的话，也就不会发生这种事了。”

林清河说：“哪能怪你呢，谁能料到会发生这种事呢。”

俩人泪眼相望，紧握对方的手，说一定要找回甜水来。

书上说，两人分担一个痛苦，痛苦就能减轻一半；然而林清河觉得他和应豪一谈到甜水的事，那痛苦就像两股浊水合流，涌入心肺，浸透到每一处神经。所以这次林清河没有把收到信、去天目山找甜水的事告诉应豪。

四、望天山庄

“望天山庄”占了天目山区的一座小山顶。一栋三层楼房，内设十来个客房。傍楼再建一长条平房为厨房、餐厅。所谓的餐厅，也就是在泥地里放上几张大圆桌。不是吃饭的时候，老板娘就坐在桌边记账画字、喝茶聊天。

山庄由农家人经营，向客人提供住宿和一日三餐。城市人喜的是餐盘中的山菜野味、乐的是在农家菜园中采个新鲜瓜果。山庄老板呢，用祖传的一块地建房、土里刨出的食物供餐，利润蛮可观。这山庄收费不贵，又秉承来者即为客的宗旨，从不查住宿者的身份证件。开业近十年，生意红火，但见老板娘的腰腹年年见粗，项上的金链子也岁岁增量。

这天下午，老板娘帮雇工季大嫂在餐厅里拣完了菜，就去外面平台上打哈欠伸懒腰，低头见脚下嫩竹春笋正破土而出，心里喜欢。这山本来不高，坡面缓和延伸至下面的公路。山里人开了旅馆后，为方便来客就集资从公路到山顶铺了一条车道。但这车道经不住疾风暴雨，风雨过后山里人必得平石填土修理一番，多年来大家就如此反复地与老天纠缠着，谁也不想再掏钱去筑一条结实的道路。

这时老板娘见有人弯腰从道上走来，渐渐地能看清来人的模样了：是一个年轻男人，穿一件时兴的薄棉黑夹克，夸张地露出里面白衬衣的领子和一截袖，一看便知是城里人。看他衣着行李，不像是投宿者，莫非是哪个旅游公司的职员来洽谈生意的？见年轻人停在自家的门口看屋顶上“望天山庄”招牌，老板娘心里热了。

“有啥事吧？请屋里坐着说话。看你穿得单薄，山里还冷呢。季大嫂泡杯热茶来！——是上海来的？”

年轻人点点头，在桌边坐下并打量她。老板娘本来还想问他是哪个旅行团的，但她住了口，心想他不像是会带给自己生意的旅游公司的职员，那眼神倒像是有啥事相求于人。

“我在网上见过您，您是老板娘。老板呢？”

“我男人去山下买东西了，今晚有客人要来。你喝茶吧，找我男人有事？”

年轻人向老板娘递上一张照片：“她是我妹妹，叫林甜水。三年前的夏天失踪了。阿姨，您见过她吗？”

老板娘看了照片，屁股像被虫子咬了似的“噻”地站起来，吃惊地看着年轻人道：“难怪我看着你脸熟，原来你就是她的哥哥！终于把你等来了。我婆婆每天烧香拜佛，求菩萨让这姑娘快些回到她自己的家里去。”

“阿姨，我妹妹真的在这里？”年轻人回顾四周，急切地问。

老板娘为难了，先是点点头，又急忙摆摆手，接着进了厨房和正在切肉的季大嫂低语了一番。季大嫂把手用围裙擦擦，跟在老板娘身后走到年轻人跟前。

“季大嫂是住在这里的帮工，事情的经过她都知道……”

季大嫂见老板娘用手搓揉着胸口，并用求助的眼光望着自己，就说：“她心脏不好。小伙子，我来告诉你吧，你妹妹已经不在人世了。”

年轻人呆呆地看着季大嫂露着黄牙的嘴，他轻轻地摇头表示自己无法相信；季大嫂则坚定地向他点头，以示其言真实，并说："我男人是在工地上打工时触电死的，一个好好的人就这样没了。我知道你心里的苦，我知道。"

"告诉我……"年轻人呻吟着。

老板娘和季大嫂对视了一会，俩人共同回忆，互相补充着向年轻人叙述了那个暴风雨之夜发生的事情。

"那天傍晚，气象台说有台风暴雨要来，客人们都结账走了。天刚黑下来，有一对年轻人来投宿，就是你妹妹甜水，甜水和一个男人，没有错是一个男人。从你刚才上来的那条路上走来的，他们挑了一间三楼正中的大房，说是要住两个晚上。"

季大嫂插嘴道："他们在外面吃了晚饭来的，上了三楼就关了门，直到十点多，他们没露过面。大风大雨来了，我们就在一楼打麻将。"

"十点半左右，男人奔下楼来，说甜水犯了哮喘病倒在浴室里了。我们就上楼去看了。——甜水以前犯过哮喘病？小时候犯过？这就对了。那天没有其他客人，家里也没有车；电话线被风刮断了，连手机的信号也没有。我们就叫我男人到后山老王家去讨药，他家儿子有哮喘病，家里备了急救药的。我男人冒着雨奔出去了，没等他回来甜水就不行了。"

老板娘声音变哑了，季大嫂接嘴道："我们三个女人，还有一个是她婆婆，慌了手脚。我们为甜水擦身换衣，好了，这些事就不说了，你听了会伤心的。后来，老板回来了，问我们甜水的男人呢，我们这才注意到那男人不见了。老板用手电筒照了去外面看，回来说看到些脚印，像是下山去了。这男人就再也没有回来过。"

"我婆婆说，这姑娘在我家过世，必是和我家有缘分。我们到山下叫了尼姑庵的尼姑来念经超度她。"

季大嫂点点头，说："甜水她哥哥，我们把她当自家小妹妹一样给她办了后事——没有骗你，我们乡下人迷信，就怕这年轻轻的姑娘的亡灵委屈作祟啊……”

老板娘打断季大嫂的话，把视线移向墙角一处，放低了声音说：“甜水她哥，我们也不想把这事张扬，我们就觉得甜水是个姑娘、是个好姑娘……我婆婆的房里供着菩萨，婆婆把甜水的骨灰盒放在佛台旁供养着，就等着有一天她的家人把她带回去。”

年轻人听着她们俩说话，好像是在做一场噩梦，竟然说不出一句话来，但他记住了这场噩梦的经过。等两个女人说完了，他脑中开始重现这场噩梦中的几个片断。

“那男人长得怎么样？多大年纪？”

“他们来时天色已暗，没看清楚。但好像比甜水高，年纪也不大。”

“他们留了什么东西没有？”

“甜水带了一个大包，里面有替换衣服什么的，按照我们家乡的风俗都烧给她了。皮夹里没有身份证，有些钱，我们买了锡箔烧给她了。男的呢，好像只带了一个小包，他带走了。”

“他逃走了！连畜生都不如的东西！我找到他非把他杀了不可！”年轻人狂叫一声，把拳头砸向桌面。桌上的玻璃杯跳起又倾倒，滚入地下碎了。

老板娘喘着气对季大嫂说：“我不行了，我的心脏也快碎了。”季大嫂见老板娘身子摇摇晃晃地要倒下，忙伸手一把拉住了她的裤腰。季大嫂的手臂干瘦得如洗澡擦身用的丝瓜筋，哪里承受得住老板娘的体重？俩人一起倒在地上，滚作了一团。

年轻人探头去看女人们的动静，见无甚大碍，便把她们扶起来。年轻人看着滚了一身泥巴的妇人们，只能绝望地用牙咬住下唇，鲜血从嘴角流下来。怒气泄了则悲从中来，他疲软地跪倒在泥地上哭，把嘴脸去磨蹭泥土，让血和泪渗透到土里去。

老板娘的婆婆来了，她口中念佛并用布满青筋的老手抚摸着年轻人的肩背；年轻人无助地望着老人，把双手搭在老太的膝盖上，他仰脸倾听老人念唱佛词，任凭眼泪纵横流淌。

年轻人把3000元钱给老板娘说：“今天就带了这些，权当还你为甜水做佛事的钱。”老板娘说足够了也就不推辞收了。年轻人又掏出一张名片，说：“如果那个畜生——逃走的男人再来的话，马上告诉我！”

老板娘看名片，知道他是驾驶学校的教练，叫林清河，又见林清河期待地看着她，忙说：“你放心，如果他来了，我马上告诉你。”心里却想：老天爷，省点事吧，决不能让这对冤家碰头哟。

三个女人在“望天山庄”的平台前目送林清河离去。前几天的连日细雨，给山里添了新色，今天的天空却残酷地晴朗，夕阳闪烁田间山头。林清河把放着妹妹骨灰盒的黑布袋贴在胸前，行走在泥泞的小道上。望着林清河的背影，想到他此刻的心境，老板娘无奈地摇摇头，回屋去了。

老板回来了，听说了年轻人来过山庄的事，就问：“把那东西还他了？”

“什么东西？——哦，你说的是那个呀，我真忘了！快，快，还追得上他。”

老板在离公路不远处追上了清河，喘着气，手指指山顶处，又拍拍自己的胸脯道：“是那里的老板，我刚回来，听老婆都说了。你妹妹的男人把手表忘在浴室里了，就是这块，你拿好了哦。——这表是外国货、我们也不懂，给识货的人看了，说上面有英文字，是瑞士制的纯金表。表的反面还有瑞士银行印的四个数字呢——看你的样子是认得这块表的！告诉我，它值多少钱？当然再值钱，我们也不会起贪心的，只是想知道价格罢了。人都有好奇心的，对吧？”

老板一口气讲完了话再去看对方，正好与年轻人对了眼，他看见的是一对被逼急了的狼的眼睛！老板心里害怕，后退几步赶紧返身逃了。

才走出几步，就听到身后一声惊天动地的嚎叫。但见夕阳西落，飞鸟归巢，薄雾缭绕群山。老板想这年轻人疯了，便一路小跑回了山庄。

五、险道车祸

清明前日的凌晨，在沪浙交界处的一处公路上，发生了一起重大交通事故。一辆轿车误入对面车道，和对向开来的卡车相撞，轿车上乘坐的两人一死一伤。

处理这起交通事故的警察是个有责任心的中年人，他对上司说："此处已发生过多起死亡交通事故。十年前我就跟有关部门打报告说了，事故的多发与地形有关。这段路有个右拐弯，拐弯处正好是急下坡，这样的段差极容易造成司机视觉上的差错而误入对向车道。"

上司看事故的调查报告，这份报告告诉他一个叫应豪的人死了，叫林清河的驾驶员受重伤。两人同为男性，年龄都在三十岁上下，两人在同一公司工作，为雇佣关系。上司就在当天的"工作日记"上简要地写了"险道车祸"四字，为这起交通事故做了结论。

从得到林清河出了车祸的消息时起，董小姐就把自己从单相思的恋人升级为林清河的未婚妻了。她当天就奔赴市郊医院，日夜守护着林清河。医生对她说林清河左腿伤势严重，因医院抢救及时，使他免于截肢，但有可能他将终生依靠拐杖行走。董小姐听后流泪但又坚定地点了点头。

只是让董小姐担心的是，林清河目光呆滞，脑子也是一时清楚、一时糊涂的。去问医生，医生说他脑子受了些震荡，加上精神上的创伤，难免心神混乱的，过几天会好起来的。

林清河问起她事故处理的事，她把中年警察的话说给他听，并安慰他道："警察说事故和道路的不合理设计有关，他们把这条路叫'险道'，说这起事故也不能全怪你的。"清河听后诡秘地笑了笑说："我知道那里撞过车、死过人的，我小时候乘坐我爹的车经过那地方，我爹把那条路叫'鬼道'的。"

更叫董小姐难熬的是，林清河有时会说些阴阳错乱的胡话。那天深夜，他突然睁眼问她应豪是不是死了？她就点点头，他也点头说："他是死了。撞车时，应豪倒在我的怀里了，我听他叫甜水的名字，甜水就来了。后来他们手拉手向空中飘走了。"说完他又哭，哭完了又说自己要去梦中追甜水他们，便呼呼地睡去了。董小姐听后头皮发麻、毛孔倒立，便觉得这单人病房阴气逼人，害怕得直想哭。她连忙掏出手机给同事张阿姨打电话。

张阿姨接到来电，听了董小姐哭诉的那些事，心里也害怕，这深更半夜自己是绝不敢去医院的，就叫董小姐到护士值班室去挨到天亮再说。

张阿姨挂了电话，怎么也睡不着了，她想，莫非甜水也在那个世界了？为什么甜水和应豪在一起？真是林清河脑子不清在说梦话么？想到这里，张阿姨手心里捏了一把汗。她觉得这事有点复杂，不是自己的脑袋能够想明白的。待到天边有点亮色时，她给应太太打了电话，婉转地把林清河说的那些"梦话"转告了她。

六、哀伤终曲

应太太自幼丧母，父亲把她视为掌上明珠。嫁了应豪，应太太父女皆大欢喜。女人们羡慕她说"应太太命好，受二代男人的宠爱"。应太太自己倒没有什么优越感，只是安于天命过日子罢了。谁知天有不测风云，婚后不久父亲病故，眼下丈夫又遭事故突然离去……

大家为应太太担忧：得知应豪遇车祸去世的噩耗时，她没有呼天抢地哭，只是双手掩面，压抑着声音抽泣；最糟糕的是，应豪死后应太太闭门谢客，她把悲伤留在了心里。俗话说，悲伤像把剑，它会刺伤她的肺腑身心的！

这天黎明，应太太接了张阿姨的电话，寻思着林清河那些“梦话”，心想：莫非林清河知道甜水已死，知道应豪和甜水的情事？莫非他知道在“望天山庄”发生的事情？这场车祸是不是……

应太太不敢再往下想，回顾没有应豪的空荡荡的家，她觉得孤立无援，泪水充满双眼。她下了决心：等到林清河脑子清楚了，她要去和林清河见面，她有满腹的话想对林清河诉说！

她想对林清河说：“清河，这事不能全怪应豪，也怪我啊。这么些年来，是我求他别把甜水的去处告诉你的。那年夏天应豪从天目山回家，把甜水死在望天山庄的事告诉了我，他说他愿意去死，只是觉得对不起我，对不起我爹。我看他真有死的念头，就说原谅他的一切，只要他不死，只要他在我身边。应豪没有死，但他留给我的只是他的躯壳；我不知道应豪对甜水爱得有多深，但我想与其说是对甜水的爱，还不如说是把死去的甜水遗留在山庄的罪恶感把他的心给掏空了。清河啊，错在于我。我怕失去应豪，我怕生活再有变故。我怕把真相告诉你后会增添新的不幸；但我想过等到你成家生子，有了妻儿亲人时再告诉你的。清河，告诉我，你是知道了在望天山庄所发生的事了吧？你是怎么知道的呢？”

过了半月，张阿姨来见应太太，说林清河脑子好一点了。但他只是整天低头闷坐不开口，不愿见任何人。“前几天他说要回老家去，今晨就由董小姐陪着去乡下了。有一个信封是清河让我转交你的。我现在上班去呢，改天再来看你。”

应太太接了信封，等张阿姨走后撕了封口，把里面的东西掏了出来，是一块表和两张信纸。

“这块表是我爸爸在我们结婚时送给应豪的。应豪告诉过我，他把它忘在望天山庄了。林清河是去过望天山庄的！”

应太太的手在发抖，她打开那两张信纸读了，想了片到，忽然从椅子上跌落到地板上，号啕大哭起来。哭了一阵，她用手抚摸手表，对表说道：“应豪，都怪我，我后悔啊，我不应该……”

应太太所后悔的事就发生在年初、甜水生日的那一夜。应豪说要出差，今夜不归了。应太太顾影自怜，只能借杯中之物去度过那个寂寞寒夜！九点多，应豪的助理王才子来敲门，说是来送急件的。已喝了八分醉的应太太就邀他喝一杯。席中，王才子说自己糊涂，怎么就忘了今天傍晚老板去了天目山呢，汽车票还是自己帮着买的呢。还开玩笑道：“老板是不是去会小三啦？”应太太听说“天目山”三字，就开始大哭。王才子问，应太太答，终于应太太把家中那些说不出口、理不清楚的烦心事，如翻江倒水似的从口中倾泻了出来，直到酒尽泪干，倒地昏睡了。天明酒醒时，应太太见身边躺着王才子，吓了一跳；而王才子说自己也是醉倒酣睡的，说完起脚溜了。

应太太拿着信冲动地去责问王才子。王才子一脸不屑，他承认是自己写了那两封信扔到林清河信箱里的，又说：“应豪，一个乡巴佬，有啥好？他已经死啦。你不是说他给你的只是没有灵魂的躯壳吗？我能给你我的全部！”——应太太听了，仰首一声悲鸣，这样的奇耻大辱岂是她能容忍的！

这一年的中秋夜，天晴月好，王才子在应太太家喝了点酒，忽起雅兴去阳台上踩了高凳放风筝，一个恍惚，从二十层的高处坠地而亡。

驾驶学校的人对前来调查事故的警察说，王才子在追求未亡人应太太，想必他是为讨好应太太才去放风筝的。应太太的邻居也证实，应太太很早以前就是个风筝爱好者。丈夫死后，她不常出门，偶尔就见她在自家阳台上放短线风筝散心的。

说到那个引发事故的高凳，应太太说自己身子矮，它是自己晾衣收衣时的必需品，一直放在阳台上的。当然应太太不会告诉警察，王才子在坠楼前的那一刻，一定听到了她的毒骂："癞蛤蟆！你哪一样比得上我的应豪！你欺人太甚！你死有余辜！"

2015年9月19日

欲 海

一、杀意

1

2005年5月的第一个周末是风和日丽的好天气。

一场男女欢爱后，李海生出了一身细汗。黄桃向他递上一块温热的毛巾，让他擦去脸上额头的汗，又用留在自己手上的另一块毛巾为他擦了腰背和腿脚。

“哪个年过半百的男人能抵挡得住如此温柔细致的妇人呢？”李海生心里想着便一把搂过黄桃来，把她的脸贴在自己胸前。黄桃长得尖额细眼，肥臀短腿，算不得美人。但每天与人肌肤打交道的按摩师李海生却知道她的美妙之处，她有富于弹性的肌肉和丝绸般滑爽的皮肤；她说话的声音，纯情又诱人，但听其声不见其人时，声音从耳朵进心里去，又在心里头滴溜溜地转，真能活生生地把个男人醉倒！

黄桃四十出头，出生于江苏的一个小城镇。早年死了男人，独生儿子争气，三年前考入上海的一所一流大学，她便跟着儿子来上海。初来上海时住人家里看护老人，老人过世后，那家的主人见黄桃勤快伶俐，便介绍她去一家推销保健品的公司。这女人费心尽力地为老人们工作，蛮得人心。她记得住老主顾们的生日，当天必会上门送上一小盒蛋糕或一枝鲜花；有孤寡老人住院，她会带上自家做的菜饭前去探望。老人们乐意花不菲的保健药费来换取这女人的温馨与体贴。

李海生在黄浦区的X综合医院任按摩师。这家医院近年又增设了老年科。有钱又有闲的老人就有事无事地往这家医院走，去向女医生诉说一番身临老境的肉体痛苦，再让按摩师敲打、抚摸一下肌肉筋骨才离去。

黄桃半年前开始出入这家医院病房。黄桃推销保健品，李海生做按摩，他俩共有几位老主顾。两人从彼此倾心到身心相爱也仅仅用了一周时间。李海生是个有老婆的人，过了几十年恪守夫道的生活，突然身边多了个比自己小十岁的娇柔情妇，就觉得天地焕然一新。他爱好书法，挥毫写了一句禅语"日日是好日"在纸上，压在办公桌的玻璃底下自赏。可奇怪的是李海生每次看到这款书法，心中就会变得焦虑，他想："这样的好日子还能维持多久呢？终归有完结的那一天的。"

李海生在黄桃儿子就读的大学附近租了套两房一厅，供他们母子居住。又托人为黄桃儿子找了周末的打工处。李海生呢，每到周六就来这藏娇处欢度一日。

此时，李海生惬意地舒展了四肢在床上，闭着眼听黄桃闲聊："403病房姓罗的老头的事你可知道？这几天他家里的人吵得可热闹了。"

"嗯，就是你叫他罗大伯的那一位？他是403A床，我昨天给B床的那一位做了按摩，——A床，说起来有点印象的。"

黄桃盘了腿在床边坐稳身子，说起了罗家的趣事："罗老头至今未娶，中学毕业去了农村插队，回上海后又去东洋挣日币。从东洋回来已年近四十，白了半边头。他也曾花了不少钱搞恋爱却未结正果。回国时有一个日本朋友指点他，让他在浦东买下了一套俯视外滩景色的高层住房。你想想这几年来房产涨了多少倍？最近有人想出400万元买下这套房……"

"400万元？这老头真要发了。"李海生插了一句。

黄桃摇摇头说，这老头说不卖！他说这套房是他的命根子，有了它自己的腰杆子就能粗壮挺直；有了它呀，女人们就像老鼠见了奶酪……这老头子嘴坏，心里倒还是温和的。最近他在热恋中呢！

李海生"嘿——"了一声，眼睛生出光来。黄桃见他有兴趣听，说得也更有声有色了。她说，老头的恋爱对象是一名中学体育老师，看上去是那种健康有活力的女人。罗老头呢，自己住在父母留下的老房子里，把景观房出租给了港商，一月坐收上万元，这钱老头哪里用得完？想当然就资助这女人啦。

"只要活得开心，花钱也值得的。"李海生脱口而出，就像是在说自身的事情。

"你听着，海生，老头这次是动真情了，他想跟女教师结婚呢！女教师当然乐意。可有人不乐意了。你问是谁？他的侄女儿。老头患有糖尿病，最近又发痛风，说不定哪天就会归西天去。侄女儿是老头的第一法定继承人，现在半路杀出个程咬金来夺她的财产，你想她会袖手旁观吗？侄女儿有三十七八岁了，独身。去日本留过学，听说学的是小动物医学科什么的。老头说她做梦都想开一家宠物医院，可是没钱开！"

"难怪昨天听护士说403室在大动干戈呢，听你说来，想必就是这两位女将了。"李海生说着，起身穿衣。

黄桃看了看壁上的挂钟已经5点过了，又见夕阳从窗帘缝处射入房内，就问："要走了么？今天买了好虾，想煮给你吃呢。"

李海生想，在城市的另一头他老婆正坐在轮椅上等他回来做晚饭给她吃呢。李海生苦笑着搂着黄桃的肩，用手指梳理着她的头发，说："对不起，黄桃，我老婆……她这么一个病人——我是离不了婚的。"

"我知道，不怪你的。"

"如果她突然从地球上消失就好了，我们就可以永远在一起了。"

李海生说完此话，他自己都吓了一跳，脚底发冷，双腿也开始颤抖了。

“是啊，她能从地球上消失就好了。”黄桃附和着李海生的话，轻声地说。她倒没有去想此话有什么特别的意义，在她看来这种对话大不了是一对偷情男女的应景情话而已。

从黄桃住处出来，李海生坐地铁3号线回家。在地铁里他想到罗老头的身世，由此再想到自己半生的经历。李海生比罗老头年轻七八岁，中学毕业后到过市郊农场务农，回沪后顶替父亲进了综合医院工作。他被派去当清扫工，没有文凭的他除此之外还能干啥？但是不久他被选去中医学院进修按摩技术，从此穿上了白大褂。施恩于他的是院长，院长明里对人说李海生天生一副好身架，适合于按摩工作；暗地里对李海生说，知道他还未找对象，本人有一个待嫁的外甥女，心脏略有疾患，不妨相约一见，如何？

李海生对院长的外甥女一见钟情，半年后完了婚，他住进了妻子家。婚后第三年，妻子有了喜，医生说她有心脏病，怕生产时有危险。岳母一脸正色道：“为了生孩子去让她冒生命的险，海生，你不会这么愚昧吧？”李海生强笑着道是，他希望妻子倔强地仰起头来对父母说：“我要生下海生的孩子！”可妻子没说什么，却轻轻地点了点头，表示顺从父母、丈夫的决定。从此李海生的身心疲倦萎缩了，两人再不行夫妇房事，成了名副其实的生活伴侣。妻子随着年龄增加，心肺功能减退，五年前便离不开轮椅了。

李海生到了家门口。他想，一个小时前还在天堂里，现在却在掏钥匙开地狱之门了，他的脸上露出了一丝惨笑。

2

此后的一个星期，李海生觉得自己神不守舍，耳边总是像有人在嘀咕：“她突然从地球上消失就好了。”这声音有时候是黄桃的，有时候是自己的。

那天晚上，他为妻子削苹果，看到妻子悠闲地在看电视——这是家里十年来不变的晚饭后的光景了，然而现在的李海生却觉得难以容忍。他想，这个女人从来不知道感谢，她把我当奴隶！他想用手上的水果刀刺穿她的心脏，但一走神刀却划破了自己的左手拇指，他闭上了眼，他怕见血。

妻子的下肢在萎缩，腹、颈部的脂肪却与下肢成反比例地增长着。妻子入睡了，颤动着颈部一圈赘肉，鼾声大发；李海生厌恶地盯着她，他想用手扼死她。妻子忽地翻过身来，脸向着他，半睁着眼和口，像是一具已被他扼死了的尸体，但鼾声却没中断。李海生心生恐惧，把被子蒙了头睡，到后半夜竟然睡着了。他梦见警察绑了他，朝他头上开枪，他惊叫一声睁开眼来，额头、脖子上湿漉漉的，用手一摸借着微光看，还好是汗不是血。他再不敢睡了，摸了拖鞋穿上，去了阳台上。

东方已略见白色，空中却依旧挂着银河星月，有早起的鸟群在天际飞过，晨风和煦。李海生住的是上海西南部D国际花园中的一套房，是他岳父母在上世纪末变卖了一套祖传的红木家具买的，可入居不久老夫妇便相继去世了。望着眼前怡人的景色，李海生又想到了黄桃。他想，他不能轻易地毁掉自己，他对自己说："我要慎重，要谨慎，要周密……我一定会想出一个万全之计的！"

3

X综合医院中医科的副科长，因为数次失恋就成了独身贵族的拥护者。眼下过了45岁，对镜自顾，见头发变得稀少了，感到人生的秋天将至，便又对女人有了兴趣。5月中旬的一个下午，中医科办公室仅剩李海生和副科长，李海生见副科长在头皮上洒生发露，随口开玩笑道："你最近在外表上大花本钱，是不是有了中意人？"

副科长笑道："你的眼睛厉害！不许告诉别人的。我的意中人是江苏人黄桃，你不觉得她的声音特别好听？”

“嗯……，你觉得你配得上她？”李海生冲口而出，他还想说“你不看看你长得个啥样，肩膀上顶着个盆样的圆脸，啤酒肚下两条罗圈腿！”但他还是咬了嘴唇，忍住没说。

副科长像是听到了他的心声，却也不生气，说：“我知道自己不帅，所以就找外地女人嘛。我独身，有文凭，有工作，有房子，对她来说无疑是好条件。”

“你和她说啦？她答应了？”

“没有呢，我还得三思而行呢。”

李海生松了口气，胸口处却沉重得像吞了生铁。看手表正好是下午3点，到了给403室B床按摩的时间了，这几天他有点咳嗽，便带上个口罩起身去了。

403室A床有个三十多岁的女客坐着与病人聊天，李海生想起黄桃那天说的话，就想这人一定是罗老头的侄女罗小姐了。她长得白皙、肥胖，脸上的化妆略嫌浓点，可这恰好夸张了她的长睫大眼、丰厚圆唇的妩媚；她的一身时装合身得体，是无可挑剔的。

李海生进病房才几分钟，又有一个带着大包的女人进屋来向罗老头打招呼。她对罗小姐视而无睹，一边对老头说话、一边取出包里的装了菜肴的瓶、罐向床头柜上罗列。

“她一定是老头的女友体育教师了。罗小姐脸红了、脖子也粗了，一场战斗在所难免了。”李海生偷眼望着两个女人，心里暗笑。

果然就听罗小姐道：“你还真不要脸，真把自己当作他的老婆了？”

女教师不做声，却以行动做答：她给罗老头擦身换衣了。

罗小姐说：“你想嫁给他，还不是图他的财产。我把你的底细都给查清了！你原来的老公贪污公款，进了牢房，你和他离了婚，我没说错吧？你的儿子好赌，欠了一屁股的债逃到外地亲戚家躲起来了，你需要钱去还债，可以接你儿子回上海，我没有冤枉你吧？”

“哎，什么都给你说准了。哈哈，反过来我倒是说不出一件事实来证明，我不是为了钱而想嫁给你叔叔的呢。”女教师坐在床沿上冷笑着说，说完忽地一跃而起，如猛虎扑食般地将罗小姐摁倒在地，抡起拳头向她脸上怒击。

李海生急忙按铃叫护士来拉开她们。护士把吃了亏的罗小姐向室外推，罗小姐捂了脸带着哭声说：“叔叔，看到了？这样凶恶的女人，你跟她结了婚还能长寿？”

女教师回道：“别装模作样了！你呀，最好你叔叔明天就死才称心呢。”——李海生听了这话心想：“说得没错，罗小姐指望的是罗老头在未娶之前死去！”

罗小姐青红了半边脸。她擦了嘴角的血，又在走廊尽头的椅子上坐着流够了眼泪才起身回家。等在门房处的李海生见罗小姐走出院门便悄悄地跟了上去，他跟她上巴士又跟她下车，远离了医院时才上前叫住她，并邀她进了一家路边的咖啡馆坐下细谈。

几天后，李海生的手机上传来了罗小姐的短信：“我愿意，成交。”李海生看完后立即把它删除了。

二、疑点

1

牛大姐和李海生本来同住在D国际花园里，2012年夏天，因为花园里有几棵幼树缺水枯死，她找了物业管理处头儿们论理，结果是双方各持其理大吵了一场。当天她去房地产商处挂了牌卖房子，声称不能和物管处的无赖们共处一个花园。

D国际花园里的人听了此事拍手笑道：“好一个牛大姐，痛快！”

这牛大姐的性格自由奔放，就如行空之马。她35岁初婚，以后的15

年内结了五次婚又离了五次婚，这敢恋敢婚又敢离的事，不是凡人能做到的；更让人钦佩的是她十几年前辞职炒弄股票，赚了钱买房买车储蓄，又在2008年国际金融危机的前夜，毅然抛尽股票走出股市，那种洒脱也不是人能学得来的。

到了秋天，牛大姐搬入了松江区的金碧花园。牛大姐选择此处入住大半是为了她的狗。牛大姐年近六十，膝下无子，只管花钱花时间去宠爱她养的两条小狗。金碧花园是个新建小区，花园面积大，是遛狗的理想处；小区深处有个宠物医院，医院还附带个宠物旅馆，这就让既爱旅游又爱狗的牛大姐喜不自胜了。

牛大姐以狗交友，入新居才一周，便大致获得了便利于生活的各种情报。有人告诉她宠物医院的院长叫罗倩兰，确切年龄没人知道，猜是四十上下吧，独身女人。她在日本学过兽医学，金碧花园处是她开的第二家宠物医院。

牛大姐牵了狗去宠物医院打预防针。这医院的装潢摆设展示了罗院长的素朴、明朗又热情的为医志向。一排沙发旁有高低两台饮水器，分别给人和动物饮用；墙为欢快的粉色，沙发则是沉着的青色；照明处用乳白日本纸笼罩着，价廉而不俗。

“这木偶是日本东北的工艺品，叫‘国盖西’的。”牛大姐指着护士身后的壁柜说。那柜里站着个‘国盖西’，这木偶以圆木为头又粘了圆柱作胴体，再用红、黑两色描上个孩童样儿。

护士笑道：“它是我们院长从日本带回来的。”说完用手指指对面，牛大姐回首看见墙上挂个嵌了院长毕业证书的镜框，证书证明罗倩兰在日本仙台A兽医学院毕业。

“这就对了，我就是去仙台旅行时买了男娃、女娃一对‘国盖西’的！可惜被人要了去。”牛大姐说。

“我从日本回国时，也是买了一对的。男娃的‘国盖西’给了一个男孩子，现在只剩下女娃了。”罗院长从里屋走出来，听到牛大姐的话就接上了嘴。

牛大姐看见罗院长，开始擦眼睛摸后脑。她想这女人她是见过的，她是D国际花园里张阿婆家的保姆叫阿琴。她想问她：“阿琴，你怎么穿了一身白大褂扮成个兽医了呢？”

“我看你面熟呢，好像在哪里见过？”牛大姐试探着问。

罗倩兰也没细看牛大姐，却亲切地答道：“有缘分的人会有这种感觉的，这就叫似曾相识。”

这女人极有自信。但还不知道我俩会有怎样的缘分呢？让我再探问一句看看，牛大姐这样想着便又问道：“我和我姐姐长得很像，罗院长可也有姐妹？”

“没有，我爹妈就生了我一个，可寂寞啦。你看我像谁啦？我长个胖圆脸，世界上的胖子长得好像都有点像的！”

罗倩兰的幽默让一屋子人都开心了。牛大姐见罗倩兰抱着自己的小狗亲热，就忙用手机拍了几张照片。

牛大姐想阿琴怎么会变成了罗倩兰的，或者说世上真有如此相像的人？也可能是脑中的先入观念影响了自己的观察、判断能力？整整想了一天，到半夜她给侄子牛辉打电话，说有要事相商，现在就驾车去他家。

牛辉在电话那头叫道：“哎哟，姑奶奶！我现在在昆明出差呢。别坐飞机飞过来，明天我们要去越南的。下星期回上海直接去你那儿。”

2

牛辉在虹桥机场被牛大姐给截住了，牛大姐拉着他去一家咖啡店。

“你耽误了我一个星期时间了！”

“什么？姑奶奶，我要上班吃饭呀。快说，什么事？”牛辉苦笑着说，他去年从大学理工科毕业，现在警察局刑警队工作。

“我碰到了一件怪事。——你看看这个人是谁？”

牛辉接过牛大姐递过来的照片，仔细地辨认了照片上抱狗的女人，说："这条狗是你家的贝贝，这穿白衣的女人是D国际花园张阿婆家的保姆，我不知道她叫什么名字。就是那次大卖场的事故……"

"我听张阿婆叫她阿琴的。事故发生在2005年8月14日，你17岁生日的那一天。我的日记上记着呢。可这阿琴现在叫罗倩兰了，成了宠物医院的院长了。"牛大姐就把那天带贝贝去打预防针时的遭遇说了。

"哦？我记得那次事故的。"那年暑假，牛辉迷上了打网球，刚好D国际花园有网球场，他就住到了姑妈家里。生日那天，他和姑妈去花园附近的L大卖场买蛋糕，刚到店门口，见张阿婆家的保姆推了一辆载满饮料的商场手推车从店里出来，张阿婆的6岁孙子脚踏在推车的后轮杆上，挥舞着手玩战车游戏呢。保姆刚把车推入斜坡时，踩到脚下一块瓜皮，她肥胖的身子向前倾倒跌落，把推车向前投了出去。这推车就载了饮料、载了张家孙子沉重地向下冲去，撞上了斜坡下停着的一辆轮椅车。轮椅上的妇人被撞到一堵墙上，破了头满脸是血。结果这一天牛辉和姑妈被叫到警署做见证人笔录，出警署时就被告知轮椅上的妇人死亡了。

"这一天真倒霉，连蛋糕也没吃上。听说死者是H楼的？"牛辉把照片还给牛大姐问道，他记得事故场面，记得那摊鲜红的血。

"是H楼按摩师李海生的老婆。他老婆本来就有心脏病的。那一天也不巧，李海生坏了肚子，把老婆推到店门口时，他肚子一阵激痛，就把轮椅停在那里，没扣上刹车，慌慌张张奔厕所去了。——死者的姐姐也说，那天早晨李海生打过电话给她，说自己拉肚子，下午要去看病，让她有空过来陪妹妹。"

"李海生还住在H楼吗？"

"事故发生后他情绪低落，也不和人交往，几个月后就搬走了，没人知道他的去处。"

牛辉低头沉思一会，自语道："这是一个在公共场所发生的事故，许多人都是目击者。”

“这事好像有点不对劲！这一个星期我也没闲着。我去了张阿婆家把照片给她媳妇看了。她说穿短袖白大褂的是阿琴，阿琴左臂上有块胎记她记得的。更妙的是我在张阿婆孙子的房间里看到了木偶‘国盖西’的男娃。”

“什么‘国盖西’？”牛辉问。

牛大姐就把在宠物医院看到日本木偶的事对他说了一遍。

“张阿婆家的‘国盖西’是保姆阿琴送她孙子的？”

“是的，张阿婆说了。当时阿琴和她孙子住一个房间的。阿琴极讨她孙子喜欢，她孙子对她也是无言不听的。事故后，阿琴就走了，算起来在张家她前后只待了三个星期。”

“她是怎么到张家的？”

“是保姆介绍所介绍来的。张阿婆儿子在国外工作，媳妇经常出差。张阿婆说她最怕外地保姆，因为她听不懂普通话。阿琴来时，她说自己因为年大未婚，遭父母、弟弟的白眼，一气之下就出来做帮佣了，身边也没带身份证。要找个上海人来当保姆是不容易的，张阿婆想留下再说吧……”

“保姆阿琴和兽医罗倩兰是同一个人？罗倩兰的身世你知道吗？”

见牛辉开始探究此事，牛大姐的眼更光亮了，她拿出笔记本来，用手翻了一页，道：“查了，都记在这里了。罗倩兰在昆山一个高级住宅区开了她第一个宠物医院，那是2007年初。她的开院资金来自她叔叔的遗产。她的叔叔在2005年10月2日死于溺水事故……”

“哎？她叔叔也是2005年死的？怎么死的？有多少遗产？”

牛大姐笑道：“就是俗话说的世界也真小了——这死掉的罗叔叔未有婚娶，但生前是有个女朋友的。这女朋友原本是名中学教师，去年退休在松江一个体育中心教瑜珈。我有个朋友是她的学生，约了我明天去见她。你就请听下回吧。”

第二天，牛大姐在体育中心的休息室见到了女教师：她中等身材，瘦身细腰。一套紧身运动服夸张了她后背面强韧的肌肉。女教师把罗倩兰叔叔叫老罗。她对牛大姐说，2005年国庆节她去深圳参加外甥的婚礼，老罗说他独自去富春江钓鱼；想不到女教师10月7日回上海去老罗家时，罗家邻居告诉她说老罗死了，是在钓鱼时落水死的，已行了大殓，葬在富春江边了。女教师去过浙江的旅馆打听老罗的事，旅馆老板冷待了她，当地的警察也拒绝回答她的提问。说到老罗的侄女，她忽然红了眼睛，咬了嘴唇道："这女人会遭报应的。"

"哎，老天有眼的，——你可知道，老罗留下了多少遗产？"

"老罗临外滩处有一套房，据说在2005年时房价已达400万元了；罗家人丁不旺，听说归了他侄女了。"

女教师说如今她已经再婚，想忘却老罗的事，但她还是把老罗遇难时住的旅馆地址和自己的手机号码告诉了牛大姐。

3

虽说是周末，因为下着雨，富春江畔也显得有点冷清。夹江而立的群山因雨而迷濛，一江的秋水又因群山而曲折。牛大姐望了这美景对身边的牛辉说："老罗在这山水之中长眠倒也是一种福分。"

牛辉说："恐怕老罗还是愿意娶了妻再多话几年的吧。——看，前面就是我们要找的钓鱼翁旅馆了。"

钓鱼翁旅馆建于江弯处，左顾右盼尽为山水。主人在屋前屋后随意放了些钓竿、竹篓，于进门处再挂几顶雨笠，像是刻意地要留住昔日的淳朴时光。牛家姑侄在门前站了收伞时，一辆摩托车轰轰烈烈地驶来，"嘎——"地一声停在他们身旁。一问此人正是旅馆老板——自称渔翁的人，说是去市上买了鱼鲜回来。牛大姐失望地说，"渔翁买鱼吃，桌上的浪漫都让你这一句话扫光了。"

渔翁脱了雨披，是个五十岁上下剃了光头的大个男人，从短袖T恤衫里露出结实的双臂。他深深地望了牛大姐一眼，哈哈笑道：“大姐说得好，我应该说我在江中潜伏了一夜才抓到了鱼虾，那你吃起来就有味了。”

牛辉笑着掏出了警察证让渔翁过目并说明了来意。渔翁一生没做过坏事，最嫌烦的是警察找上门来。此刻他便缩了脖子，勉强维持着嘴边的笑容把他们让进了屋。

渔翁说大约在2001年春天，有个姓钟的常客带了一名叫老罗的人来这里钓鱼住宿，说两人是初中同学。他们几乎隔月都会来一次，玩上四五天回去。过了2005年正月就没见他们来。直到7月初老罗一人来了，说老钟患肝癌过世了，老钟的最后几个月由老婆、儿女围着照顾，安详地走了。由此老罗想到独身的自己，悲戚起来。晚餐时主人家叫他同桌共酌，老罗说自己有个女朋友，想今年底结婚呢，渔翁拍手叫好，说下次如果他带女朋友来，就免费招待他们。

那年国庆节是连日阴雨天，老罗独身来了，说女朋友走亲戚去了。那时附近刚开了一家大规模的宾馆，有时髦的玩意儿讨年轻人喜欢，小旅店的生意就冷清多了。这一天除了老罗外还有一个自称做文具生意的男客。

牛辉说：“噢？这男客多大年纪？什么模样？他说了什么又做了什么？把你记住的告诉我们。”

“出了人命事故，要让我忘记也不容易啊！那男客50开外，穿戴整齐。他和老罗讲上海话，和老罗一样也去过农村，也爱好钓鱼。两人聊得投机，晚饭时又让我老婆添了些酒菜一起吃。”

“他们谈什么？”

“谈水库钓鱼的事。文具商说水库钓鱼须用海竿，可抛远钓大鱼，也不受风浪影响。他又说了些海竿的投抛技术什么的，老罗乐得呀，张了大嘴，哦、哦地叫。”

“第二天他就死在富春江里了？”牛大姐发问。

“谁说他死在富春江了？他是死在水库里的！就在我们家不远处

的水库。”渔翁说，第二天雨后初晴，是钓鱼的好天气。吃了早饭，老罗硬拉着文具商去水库钓鱼，文具商又叫了渔翁的外甥小螺同去，三人拖了钓鱼具走的。三人走后不久，警察打电话来说出事了，他家的客人快死了，让他去水库边。

渔翁到水库时，落水的老罗已被救护车拉走，文具商和警察也同车去了。小螺惊魂未定，说是他们到了水库就找了阴山面处水深两三米的地方。文具商带了些玉米粒同小螺往水里撒，说给鱼儿设圈套；老罗坐在水库边抛投鱼竿作乐。不知怎么的老罗就一头扑进了水里，直挺挺地也不见他挣扎。小螺想下水救人，却被文具商用劲抱住了。因为文具商在前一天和小螺聊天时知道他在杭州长大，不会游水，而他自己也是个旱鸭子。

“很遗憾老罗没能救活，警察说文具商的判断是对的，当时水库的水温低，不会水的人下去是极危险的。”

“你说老罗扑进水里，他可能是突发疾病栽进水库里的？”

“大家都这么猜测。后来的事都由警察决定的，和我家没有关系。警察叫来他的侄女，她侄女说叔叔最喜欢来富春江钓鱼，就在附近买了墓地葬了。”

“没有对尸体解剖？”郑辉问。

“没有。干吗要解剖？”渔翁反问道，“谁还会想去杀了他？文具商和他也是素不相识的；老罗出门谨慎又不多带钱，谁还会去谋财害命？明摆着不是什么案件，干吗要把好好的尸体去割开来？”

“你说的是。”牛大姐道，“那天老罗吃了早饭么？他吃药吗？”

渔翁说老罗吃了早饭，还说他知道老罗是吃药的，老罗患糖尿病，血压也高。就是出事的前一天早晨，渔翁看着老罗把一天三次的用药分放在红、黄、蓝色的三个小盒里，说他最近常忘了吃药或误用剂量，侄女送了他这小盒，还真是方便管用的。那小盒呈心形状，精制可爱，所以记住了。

说到此处，牛大姐打开包来，取出一张照片递给渔翁，道："你仔细看看，这人是文具商吗？"前一天，牛大姐去黄浦区的X综合医院拜访李海生，护士说2006年夏天他辞职了，也不知道他去了何处。牛大姐得了一张医院早年的广告纸，上面有李海生的照片，就把它扫描、印刷了。

渔翁看了照片说："板刷头，方脸孔，不错就是这个人了。"

牛大姐和牛辉对视一眼，会意地笑了，于是便谢了渔翁告辞了。

从钓鱼翁旅馆出来，牛大姐给体育中心的女教师打电话。女教师说她不认识、也没听老罗说起过叫李海生的人；至于说到X综合医院，她说老罗出事的前几个月，因为尿素高在那医院的老年科里住了半个月。

牛家姑侄找了临江的一处茶楼坐了。牛辉望着远方，若有所思："渔翁说得对，如果不是谋财害命的话谁会去杀一个素不相识的人呢？这是一般人的思考方式。谋杀案总是最先对与被害人有利害、恩怨关系的人开始排查……"

"李海生当然也知道这个道理，所以就和罗倩兰来了个[illegible]一交换杀人！你想想，李海生老婆发生事故时，正巧李海生拉肚子，而且那天早晨他还打电话给他老婆的姐姐，可以让她事后证实他当时不在场的理由不是偶然的。老罗的事就更明确了，由罗倩兰提供老罗的行踪情报，他装成钓鱼客接近老罗，在老罗吃的药里做些手脚，事故就这样被他做成了。小螺呢，被他拉去做了目击者。"

"罗倩兰为开业资金杀她叔叔；李海生为什么杀老婆呢？听人说这对夫妻一向和睦的呀。"

"找到李海生就会有答案的。"

"但是，姑奶奶呀，这事怕不会有啥结果的。"牛辉叹气道："如果真像你推测的这是一起交换杀人案，我们也不得不佩服两人手段高明，而且此事都过去了七年多了。除了你脑子里的推理以外，你能拿出什么证据证明是他们杀了人呢？"

牛大姐的脸上阴沉沉的，声音也变得细弱起来，她说：“你说的也是。如何是好？两条人命呢，我们也不能装作不知道吧？李海生他们再狡猾，此事也不可能做得天衣无缝的吧？——这茶怎么越喝越苦了？”

牛辉笑道：“你的心里才苦着呢。”

牛大姐皱了眉头，看茶楼窗外有一面“茶”旗随风晃荡着，又见雨中有黄叶悄然下落，想寒风正赶着秋天往深处去呢。

三、出击

1

2012年圣诞夜，罗倩兰在家里准备了蜡烛、葡萄酒、牛排和鲜花。在等男友到来时，她换上了一套紫罗兰色的羊绒套装，她想象着男友将她拥抱时能感觉到的羊绒的柔软和温暖；想象着男友看到这紫罗兰色时将会为她的神秘和圆熟陶醉，啊——罗倩兰先为自己陶醉了。

罗倩兰看了看墙上的钟，离男友到来的时间还有刻把钟。她坐在沙发上，顺手拿了上下班用的黑色手提包，从里面拿出了当天收到的信件。有一封信是发到松江宠物医院的，收信人处是她的名字，信封上没有寄信者的姓名。她有点好奇，撕了封口看信：

“罗小姐，我第一次见到你时我是这样称呼你的，因为那时你还不是兽医师。自2005年夏天起我就一直在关注你：自从2007年你在昆山开了第一家宠物医院以来，幸运一直伴随着你；你事业进展顺利，今年在松江又开了第二家宠物医院；你写的狗的营养和卫生管理学的论文也被杂志刊用，一家私立大学正准备请你去开讲座；在你名利双收时，有一位在上海滩上小有名气的时装设计师向你表达了爱慕之情，他带给你的是你梦寐以求的浪漫之恋。我为你的成功而高兴。

祝你圣诞夜愉快。”

这封信是手写体，没有落款。邮戳上的发信地为上海市黄浦区。罗小姐下意识地环视了周围，看壁上有没有耳朵和眼睛，只见仿古的挂钟“咔嚓，咔嚓”地慢条斯理地摇着头。她冲挂钟发火道：“下流的东西，监视我！”

是谁监视着自己呢？“是暗中恋着我的人吗？”可罗倩兰的记忆中没有这么个人物。

男友来了，带来了圣诞礼物和他的满腔热情，而罗倩兰却觉得浑身疲软，寒气从心头冒起向全身散发。男友见她苍白着脸、双手抱肩畏冷的模样，便说怕是感冒了，强迫她去床上休息。罗倩兰闭了眼，却哪里睡得着？信中写着的“2005年夏天”几个字就像是一根根刺一样扎在了她的心上。

金碧宠物医院的沈护士对顾客说：“罗院长最近拒绝了某私立大学的聘请，专心于小动物营养学的研究；某杂志社想采访并登她的相片，也被她谢绝了。”

顾客说这个时代沽名钓誉的人多，像罗院长这样务实的人少；顾客们就对罗院长更信任了，医院的收入也增加了。

沈护士觉得罗院长变得谦虚谨慎了。她对每个来客都比以前多看几眼，玩笑开得少了，却对顾客的生活环境的问话多了。休息时她捧一杯咖啡发呆，说是要减肥，也不用午餐。才短短的一个月罗院长就瘦了许多，衣着和化妆也变得淡泊了。沈护士想罗院长是因为过度的节食而患了神经症：她出门时左右环顾，像是怕人跟踪；她每天必叮嘱护士：最后离开医院者要关好所有的门窗。

也许罗院长消瘦的原因不仅仅是减肥所致，沈护士想。她想到从去年底起每到周一，医院总会收到一封写给罗院长的信。很显然这些信给罗院长带来了不快。那次她把信递给罗院长时，她见到罗院长的手是颤抖的，脸上的肌肉也抽搐着——这是人在强烈不安时的身体症状。

2月的情人节前，罗倩兰的男友打电话来，沈护士把话筒拿给在办公室的罗倩兰，就听罗倩兰对着话筒叫："我不要玫瑰，它有刺，它会扎伤我的！"罗倩兰挂了电话伏在桌子上"哇——"地哭了出来。

沈小姐看到罗倩兰的手上拿着一封信，又想今天正好是周一。

2

罗倩兰擦了眼泪，侧耳听四周一片静寂，看腕上的表已经近6点了，想护士们已经回家。她看到手边被泪水浸湿的手绢，想起了2005年5月她被叔叔的女友痛打后在医院里孤独地哭泣的情景，那时候她是为自己的卑怯、屈辱而流泪。那医院叫X综合医院，地处黄浦区，与"周一来信"的发信地是一致的。就是那天，在罗倩兰哭肿了眼回家的途中，她被这家医院的按摩医师李海生叫住了。李海生说为了彼此的幸福，他们可以联手协作除掉人生道路上的障碍者。

她和李海生就此再也没有见过面。所有的计划都是李海生策划制订的。他们以手机为通信手段，她按照他的指示去行动。李海生的计划完美无缺，自己的叔叔和李海生的老婆按照他的计划相继死去，没有人怀疑这两人的死亡会有什么关联，更没有人怀疑那是一场谋杀。——但是罗倩兰已不是2005年时的她了，她成熟了，她知道任何的犯罪，只要有共犯者的存在，被检举、被发现的危险就随时可能会发生。

在收到"周一来信"以前，她几乎忘记了李海生这个人的名字，她竟然没有问过李海生为何要杀老婆；她的叔叔"在地球上消失"后，他们彼此没有联系，她更不知道他现在何处、如何生活着。

她把所有的"周一来信"再重读一遍，很难确认这就是李海生的恶行。来信者要她知道自己在跟踪她，比如有一封信上罗列了她一周的行动：

“周一下班后你去了理发店，是为了周二去会你的情人。你们去了红心西餐店，听说那里的厨师是一流的，味道怎么样？周三是下雨天，你开车去金碧花园处迟到了。周四昆山医院送来一条遭车祸的狗，想必它的伤势不轻吧？从周五到周日，停车场上没见到你的车，你和男友去月亮湾度假村了。”

另一封信则记录了她一天的生活内容：

“九点多你去了洗衣店，把大衣送去洗了；中午你去了星巴克，边看书边喝咖啡；下午你去工商银行取钱；晚上十点四十五分你家的窗帘处漆黑一片，想必你睡了。”

被跟踪到如此地步，谁能不恐慌、不发疯？更何况罗倩兰不知道跟踪者是谁、又有何目的？罗倩兰开始咬自己的指甲，眼前似有暗云浮动。她不能报警，也不能与任何人商量对策，她陷入了深深的孤独中。

她想，自己有个生死存亡的秘密掌握在李海生的手中；反过来说只要不是李海生找来生事，就是被人跟踪也无可惧怕，采取不理睬的态度，那种恶作剧大多会自生自灭的。

今天的来信还没敢拆，定下神后，她还是打开了这封跟踪者写于寂寞寒夜的信：

“罗小姐，我羡慕和嫉妒你的成功，这种感情驱使我向你走去；我们共有着难忘的往事，也必将有共同的未来。冬夜是那么深长难熬，想到你，我的心里才有了一点希望。”

读上去像一封情书，叫人恶心。但如果此信出自李海生的手，那字字句句就能读出另一种意义了：难道李海生落难破产了？

手机叫了，吓了她一跳，是男友发来的短信："亲爱的，你我都是工作的热狂者，我理解你。你太累了，如果你有空我陪你去北海道泡温泉，你需要休息。"

罗倩兰把手机放在嘴唇上吻着，她想为了男友的这番温情，她也要变被动为主动——先把李海生的种种情报掌握在自己手中。

"老葛私家侦探社"来了位女客，她没有多说话，只给老葛递上了一张纸。纸上写着："李海生，60岁左右，2006年以前家住D国际花园，在黄浦区X综合医院工作，请提供此人自2006年起至今的生活、工作、婚姻情报。"

"重点查什么呢？婚姻？财产？还是……"老葛看她戴了大墨镜，墨镜占了大半个脸，黑白相间的头发也是假发套，这瞒不过老葛的眼。

"你能得到的所有的情报，大致的就行。以后看需要再麻烦你。"她说。声音是年轻的，看上去是个有教养的女人。

女人给了他一个手机号码，用现金付了部分报酬。说了声"用短信联系，希望尽快得到你的消息"，走了。

不到一星期，老葛给罗倩兰发了信："李海生，60岁，2006年5月卖了D国际花园的房子迁往虹口区曲阳路×号，同一名叫黄桃的江苏女人同居，同居者还有黄桃的儿子，W大学学生。2006年9月李海生辞去X综合医院职，同月与黄桃结婚，迁居常州市A区。2007年起在常州某私人中医院任按摩师至今。黄桃的儿子、黄桃分别在2007年秋、2011年夏天赴澳大利亚，至今未归。李海生现借房独居。"

罗倩兰身上发热，额头渗出了汗，她捏紧了手机思索了一会，向老葛发了指示：我要2006年起至今的李海生的经济状况报告，越详细越好。

金碧花园里有一片春梅在2月下旬开花了。罗倩兰下班时路过这里便驻足观赏，闻着轻微如丝的花香，想着这几个月来终日经受不安的困扰，不觉眼泪涌了上来。就在此时，放在裤袋里的手机震动起来，是老葛来信了。

信上写道：

“我以我特殊的手段查清了你所需要的李海生的经济情况，向你报告如下：

李海生2006年1月得到妻子事故死亡赔偿金30万元，5月卖了D国际花园的房子得款90万元。2007年黄桃之子赴澳留学，2010年其子结婚，同年在澳开饮食店；2011年其媳生子，黄桃赴澳。这些费用让李海生用尽了全部积蓄，并向亲友二十多人借款15万元。据说李海生有移居澳的打算，可是黄桃一去杳无音信。

李海生现月工资3000元左右，退休金2800元，大多用来还债。他借住在常州市的老式工房内独居，无亲友往来。除了债务，其他一无所有。”

罗倩兰“啪”地关了手机，全身的血液向脑部倒冲上来：她似乎看到李海生变成了一条流浪狗，盯上了昔日的共犯、今日的成功者的自己，它正睁着嫉妒的血眼，伸着一条贪婪的长舌朝自己一步一步地逼近而来！

风吹在脸颊上，罗倩兰在颤抖。她知道让自己颤抖的不是寒风而是那个穷困潦倒的男人——只要他横下心来，他可以把拥有一切幸福的自己拉下地狱。

一只乌鸦停在树枝上，见罗倩兰看它，也伸了脖子警戒地向她窥视。罗倩兰忽然想起李海生说过的一句话：“为了幸福……，除掉人生道路上的障碍者。”罗倩兰昂起头来，抡起手上沉重的提包向乌鸦劈去，乌鸦惊叫一声腾空而起。

身后似有人语声，回首一看，只见沈护士和医院的顾客牛大姐边说笑边朝这里走来，两人就像是多年的老友。罗倩兰心想这沈护士不愧为招集客人的高手：谁都知道牛大姐在金碧花园的爱犬家里是最有影响力的人物。

牛大姐说：“哎哟，罗院长发怒了，乌鸦被赶跑了，可惜带花的枝叶也被折断了。”

罗倩兰苦笑着答道：“我对乌鸦是又怕又恨……”

3

李海生是穷困了，但他还不至于潦倒，他的心中有和黄桃生活了五年的美好记忆。黄桃去了澳大利亚，没有来信。他担心黄桃是生病了，因为在出国前她查出了患有甲状腺肿瘤；担心快降生的孙子没人照顾，她也没做精密检查就走了。

支撑着李海生活下去的除了与黄桃再会的愿望以外，还有他任职处的私人医院老板。这医院连年亏损，规模缩小，现在也已经变成了一个做针灸、按摩的诊所了。老板七十多岁精力不支，全靠李海生支撑门面；李海生遭亲友们轻蔑，只有这老板看得起他，还时常借些小钱给他急用。

最近李海生推出了按摩减肥的专科，年轻的助手还为他做了个宣传网页，果然招徕了不少客人。上周有位宠物医院的女兽医发信来，说她“正在研究和试验对宠物狗进行按摩减肥的实效性，希望能有合作”。老板和李海生看了大喜，想不能放弃商机，李海生忙回信请对方择日，欲去洽谈。

女兽医因为终日繁忙，约了他晚上8点在常州市的一家连锁咖啡店见面。李海生进了咖啡店报了自己的名字，店员领他进了二楼一个包房，说是有个罗小姐订了房间。正说着罗小姐来了，一身普通的深色西装，像是出席了会议刚回来的模样。李海生见了罗小姐吃惊不小，寻思着自己该不该夺门而逃。但见服务员托着点心、饮料进来，把门堵住了。再看罗小姐也是一脸的惶恐，等服务员关了门走后，罗小姐迷惑地说："怎么会是你呢？"

"就当没有今天的事吧。"李海生拿起围巾和包，想起身离开。

罗小姐却放下包和车钥匙坐下了。李海生看她：同那年坐在医院走廊里低头饮泣的罗小姐一样年轻，只是变得鲜艳生动了，就像一张黑白照上了色彩。

"没有想到在这里见面。——吃点再走吧，这里也只有你、我两人。我们不谈过去……"罗小姐说。

李海生点点头，看她全身发抖着，就说："都3月初了还这么冷，今天阴沉沉的像要下雪。"

"你也冷吗？叫点葡萄酒吧。"

一杯酒下肚，两人都觉得放松了些，脸上的表情也自然了不少，便小心翼翼地谈些关于宠物和按摩的事。罗小姐说："现在有钱人舍得在宠物身上花钱，有许多客户怕狗肥了短寿，要求做按摩。本来想找家有经验的按摩院合作的……"

李海生想到了老板期待的眼神，就指着桌上带R字的名牌包和丰田牌的车钥匙说："看你这包和车，用现在的时髦话说，你活得很滋润的！说到合作，我倒是没什么，就怕你——"

罗小姐的心"怦"地一跳，藏在桌下的手捏成了拳头，她想：就是这句话了！他在暗示我，他是何时何地都可以豁出去与我同归于尽的。那好，我也不跟他兜圈子说话了。

"我的幸福还不是在你的手中——只要你不说出去。"

李海生看罗小姐不敢正视自己，说话时脸上的肌肉也在抽搐。他猛地觉悟到自己在这位罗小姐的生涯中的重要地位了。他闭上眼，抬头向天花板长长地吐了口气。他想她怕他，是因为他那被人一眼能看穿的穷相：两年多来他瘦了二十来斤，可穿的还是昔日的肥大衣裤，裤子束了皮带就像女人穿的裙裤；他的旧皮包也斑斑点点地脱了皮，像老人的肌肤。

他见罗小姐睁着忧郁的眼，斜视着他，他想说："你慌啥？我又不是个亡命之徒！"但他还是喝了口酒，把这话吞下去了。他下意识地把手伸进上衣口袋里，他的手触摸到一张纸，他的心紧缩起来。这是一张CT的报告单。前天他去了医院，医生初步诊断他得了肺癌。

李海生把双手插入头发中，头抵在桌子上。他想，"老天让这女人此时此刻来到我跟前，是给我最后一次机会。我要去澳大利亚找到黄桃，我想在她身边死去；我想还了所有的债，一身轻松地走出国门。"——但这些话他不想对比他年轻的女人说，在人生将要走向终点时，他想保持男人的最后一点自尊。

李海生抬起头来，他的声音毫无感情："给我20万元！我没有能力还你的。只有你能成全我了。"

罗小姐并未感到吃惊，却以鄙夷的眼光看他，但见李海生也挑战似地昂起头来逼视她时，她的眼光躲开了，说："我知道我是不能拒绝你的，——可我今生不想再见到你！"说着罗小姐动手摘下了身上的表和项链推到李海生面前："这是香奈尔表和钻石项链，你拿去卖了，足够20万元了。你放心，东西不会是假的，我也不敢去报警的。"

见李海生看过了货，罗小姐顺手从包里抽了个白信封，把表和项链放了进去。

李海生颤抖着手接过了信封，放进自己的包里。这突如其来的幸运让他心跳脸红，接着是一阵猛咳；李海生用手捂了嘴脸，伏在桌子上休息了一会。

李海生抬头见罗小姐在自己的酒杯里倒满了酒，又见她嘴边浮着笑容道："我想得开，今天就当我是不小心掉了手表和项链，再说你也曾经帮过我，我们喝下这一杯走吧。"

李海生默默地把酒喝了，想站起来却咳得弯下了腰，头昏沉沉的，腿也发软了。罗小姐说不放心他包里的贵重品，就用车把他送回了家。

李海生的家在市外僻静处的一栋老工房的底楼，前一天罗倩兰来这里摸过底。李海生抱了皮包，由罗倩兰扶持着进屋和衣倒在床上。迷糊中听见罗小姐"呯"地一声关门走了，就把被子再捂紧一点，放心地熟睡了。

罗倩兰并没离去，她确信李海生体内的安眠药生效后，便开始行动了。这房子仅十几个平方米，再带个过道厨房，中间也没安门。屋内有些简单的家具，却收拾得干净整齐。再看窗缝处贴有防风的软海绵条封密，罗倩兰心里冷笑。她从李海生的包里取回了放表和项链的信封，又找到米和锅开始点火烧粥。不久粥水沸腾外溢，浇灭了炉火。等在门前的她嗅到了煤气臭味时，匆忙地关门离去。

罗倩兰逃回车里，环视四围不见人影灯光，那栋旧工房在夜雾飘浮中忽隐忽现就像是座鬼窝；罗倩兰觉得煤气味在追着她，又想这气味一定来自她的头发，她感到极度的恐慌。车尾处有白光闪亮，是闪电吗？她没时间多想便踩着油门让车轻轻地滑入了小道。

车开进国道，有了灯光人气，罗倩兰把车停在路边，她觉得有点胸闷，便走出车外做了深呼吸。望着夜空的罗倩兰的身体突然僵直了，她眼里充满着恐惧：夜雾散尽，天上有星光点缀却不见一片雨云。她意识到刚才车尾处的白色闪光绝不会是闪电的，而是照相机的闪光灯！

四、结局

李海生在医院里醒来时，正值护士交班之时。他听到两个护士背对着他在轻声说话。当班护士说:“这人煤气中毒,发现得及时,伤势较轻。”

来接班的那位问:“有警察在门外,怎么回事?”

“不太清楚。听说有人想用煤气毒死他,是个女人,被抓了。警察要等他醒来问事情啰。”

护士走后,李海生闭眼休息了片刻,他撑起身子走到窗前,推开窗门见天色已白,东方红了一大片。他用尽全力爬上了窗台,从二十米高处纵身一跃,落地毙命了。

罗倩兰在国道上望着星空时,知道自己在李海生的住处被人拍了照,她顿时觉悟到这几个月追踪着她的不是李海生,而正是今夜尾随着她、拍了能证明她行凶照片的人。罗倩兰崩溃了,她瘫坐在车椅上,直到两辆警车停在她的车前车后。

尾随她的是住在金碧花园的牛大姐姑侄两人。在罗倩兰慌慌忙忙走出李海生房间时,他们对她拍了照。罗倩兰驾车走后,是他们砸了李海生家的门,叫了警察和救护车的。

牛大姐去年从钓鱼翁旅社出来时,就确信李海生和罗倩兰策划并实施了两起谋杀案,但是她知道在没有任何证据的情况下是无法报警立案的。她想共犯者的联盟毕竟是脆弱的,只要有一点风吹草动便会对对方生出疑心。她调查了李海生的情况,她想到了诱逼罗倩兰对李海生采取行动的计策:只要她犯下新的罪行,以前的谋杀案也就能大白于天下了。——罗倩兰真的上钩了。

至于说到发给罗倩兰的那些信件时,牛大姐笑道:“这不用我去操劳跟踪她的,我是根据善于交际拉客的沈护士的‘报告’写成的。沈护士是罗倩兰的崇拜者,和我说话三句不离她的罗院长。”——直到那天在梅树下见罗倩兰铁青着脸追打乌鸦时,牛大姐感到罗倩兰快被逼疯了。当晚她打电话给牛辉说:“蛇快出洞了,我们也跟上吧。”

牛辉告诉牛大姐，罗倩兰交代了犯罪的全过程，就跟他们推测的一样。李海生从罗倩兰处得知老罗的行踪和用药诸事，用罗倩兰寄给他的三色心形小盒换了老罗的药。老罗当然是毫无防备的，当天他吃了李海生为他准备的升血压、升血糖的药。

“李海生患了肺癌，在他上衣口袋里发现了CT诊断书。另外在他的住处找到了他写的一封自白书，从内容上看是在他知道自己得了癌症的当夜写的。开头一句写的是‘人之将死其言也善’，接下来写了和罗倩兰交换杀人的详细过程，与罗倩兰交代的基本吻合；他强调了在整个过程中他是主导者，在最后他写了一句富有哲理的话。”说到此处，牛辉望着远方停了嘴。

“什么话？”

“欲海深处是地狱。”牛辉说。

牛大姐听后打了个寒噤，想象着李海生坠地丧命的情景，便苦笑着说：“他倒像是能预言自己命运的，就算是他对自己犯罪的反省吧。”

可是，这封自白书是在李海生万念俱灰、孤苦无助时写下的，而当他以为能得到罗倩兰的资助、拿到项链和表那一刻时，他是否产生过新的欲望？是否想过要烧掉这一文对罗倩兰不利的纸呢？——牛大姐这样想着却没有说出口来。她想不能再往下想了，还是给死者李海生留一点慈悲吧。

2015年11月16日

幽灵杀人案

一、互联网上的投稿

8月16日（星期六）清晨，有个年轻人在互联网上以《是幽灵杀人了吗？》为题作了新闻投稿，此文迎合人们的猎奇心理，被人疯狂转发一小时，一小时后作者自行删除了，删除的理由说是怕事发地的J花园的房价暴跌，而年轻人正是该花园的业主。现录全文如下：

> 昨夜农历七月半，俗称鬼节，传说中是亡灵归家探亲的日子。那一夜，浦东J花园东楼三楼的住户因为清晨要赶飞机去国外旅行，睡不安稳，起床看表：凌晨1点10分，又熄了灯侧身想再眯糊一会，却见窗外有一片黑影从空而降，穿过三楼的南窗往下坠落。便想道：是谁家晾的衣服被风吹落了？不对，那黑影好像比衣物沉重，垂直落下，会不会是人？
>
> 这片黑影往下穿越了一架葡萄棚、着落于一楼卧室窗户外的小花园内。黑影着地的声响惊动了一楼的单身男人，他匆匆起身从客厅的门进入花园内，但见葡萄棚下一个女人仰天躺着，翕张着嘴唇，双眼直瞪着他的身后处。男人顺着女人的目

光猛回头，只见被砸破的葡萄棚处射入一柱青白色的亮光来，吊在半空中的破木片的影子在青光中晃荡，就像这濒死女人离体的灵魂。男人害怕了，赶忙逃回屋内，喘了几口气后奔向卧室，扑到床前从枕头底下掏摸出手机拨通了110。

坠楼的女士在送往医院的救护车里死亡。听说死者住六楼，姓杨，54岁，是某局处级干部，仕途得意。又闻其女将于10月与香港名人的公子结亲，真可谓是有福之人。人人皆称找不到她自杀的理由，是他杀吗？事发时房门紧锁、她丈夫酒醉至酩酊状态，正在酣睡中，房中别无他人。一楼的男士称，这位女士非落地即亡，临终时瞪眼青空、吐语如丝："死了的……女人……幽灵……追我……"死者隔壁的一位85岁老太说，那一晚她听到南窗有类似鸭叫的鬼啼声，还见到过无脚的鬼影像乌云般地向不幸者的家中飘去。

笔者住在J花园西楼的六楼，北窗正对着死者杨女士家卧室的南窗。当时正在窗前写字桌上用电脑处理完相片，一抬头见到对面有女人背部朝外站在窗台上，便随手操起相机向对窗按了连拍钮。照片记录了杨女士仰天坠落时的情景和坠落后空荡无物的窗口。

这事发生在农历七月半，民间传说中亡灵现形的夜晚。如果有人对你说是幽灵杀了人，你会相信吗？

二、马志远的疑惑

马志远醒来时已近正午，觉得日光刺目、睁不开眼来，他闭目寻思道：昨晚雷电大作、疾风暴雨时，我把窗都打开了，可今天又回到了赤日中空的酷暑日，这天也越发变得肆意任性了。他刚要起身去关窗开空调时，感觉到床在摇晃，像是地震。他赶忙拉住床头的木架，嘴里说：“今天恐怕要倒霉……哎哟哟，头也痛！”

“你快起床，看这篇幽灵杀人的投稿！哦，急死人了！你还睡呢！”

摇晃床的是他的姐姐，在一家不大不小的报社当记者。她未嫁独身，一年前马志远的老婆去世后，她就借住隔壁家的房，说是姐弟俩好有个照顾。现在她一手拿着马志远家的钥匙，一手递过手机来让他看手机屏上的文字。

“微信传给我的。死的不会是杨清晨吧？昨晚11点她还是好好的。”她说。

“不是杨清晨是谁？J花园东楼六层，杨女士，处级干部！她丈夫酒醉至酩酊，——说的是龙小刚哟！不好，昨晚他是在我家喝的酒，我闯祸了。”

马志远的话音未落，电话铃响了，显示是从龙小刚家打来的，但发话人不是龙小刚而是警察，说是让他马上去龙小刚家，有事要询问；马志远战战兢兢地问：是不是为了杨清晨的事？对方“嗯”了一下挂了。

马志远赶忙驱车去龙小刚家。一进龙家，就见杨清晨的弟弟、龙小刚的小舅子杨磊向他怒目而视。他缩了肩膀在一旁坐下，见坐在沙发里的龙小刚眼角额头青紫红肿，衬衣的前襟也被撕破了，马志远想这必是他小舅子撒野打了他。龙小刚漠然地望他一眼，又转眼向天花板出神，两条长腿任性地向外抛出，好似半个灵魂还浸在酒中。马志远想打他个耳光，问他昨晚为什么喝那么多酒！

穿制服的是警察，一个魁梧的中年人，神情淡漠。

“知道今早的事了？”警察问。

“哎，看到网上投稿了，就不知道是不是属实。”马志远答。

“从现在的调查来看基本上是。说说昨晚的事吧。”警察打开笔记本，直视马志远。

“昨天是我老婆的一周年忌日，下午小刚打电话来，说晚上来我家祭拜一下。我们两家是几十年的亲交了，我、我老婆和小刚夫妻是大学同学。昨晚小刚带了两瓶洋酒来，我姐姐买了些熟菜，三人同吃，说着年轻时的事情有些伤感，我和小刚喝了洋酒又喝啤酒，喝了多少我也记不清了，等我回家数一下空了的瓶子。小刚先是趴在桌子上哭，后来又呼呼地睡了。我记得我姐姐发火了，是她打电话叫来了清晨。我们三人一起把小刚扶上了车，清晨开车把他接回了家。”

“是的，听守门的老李说，昨晚杨清晨开车回来时，是他和他儿子帮忙把醉成泥巴一样的龙小刚架到六楼、按在床上的。”警察说着，又问马志远：“他经常喝成这样吗？”

“从来没有过，但昨晚小刚的伤感是真切的，现在想来这种伤感绝不会是为了我的老婆！”马志远这样想着却没有说出口，他迟疑了一下，说谎道：“不是经常，但以前也有过几次。”

警察在笔记本上写了字，接着翻到笔记本的前几页，说：“我是凌晨1点20分左右接到报警和我们署长一起赶来的，救护车几乎与我们同时到达。杨清晨伤势危重，署长让救护车先送她去了医院。我们来到六楼敲门，来开门的是保姆梁彩霞，龙小刚躺在床上打着呼噜。”

杨磊“哼”了一声，警察顿了顿又说：“从龙小刚酒醉的程度来看，杨清晨坠落时他还在深度睡眠中……”

“那你也相信是幽灵杀了我姐？笑话！”杨磊说。

“我说了什么了？莫名其妙！”警察生气了，指着杨磊道：“你没有证据，不能冤枉人的！马志远，最近龙小刚夫妻或者是他们身边发生过什么事吗？”

马志远首先想到的是一星期前龙小刚向他借过10万元的事，但他咬着嘴唇没说，却偷偷地瞟了龙小刚一眼：但见龙小刚把腿缩了回去，朝自己瞥了一眼，换成了托腮弯腰的坐势。

马志远对警察摇摇头。

“杨清晨的精神状态怎么样？”

“没有听说过有什么问题。”

此时杨清晨办公室的事务员小张扶着双目失神的保姆梁彩霞走入客厅来，马志远和小张同为龙小刚家的常客，所以他们熟识。小张是早晨看到网上那段“幽灵文章”赶来龙家的，她目睹了小舅子斯打姐夫那一幕，是她打电话向警察求助的；见梁彩霞受了惊吓、情绪不安，她一直在对面小房里陪伴着她。她对警察说，杨处长昨天还去某公司作了报告，最近也看不出有任何异常情绪。

“她是不是患有睡眠障碍症？比如常做噩梦啦、梦中哭叫啊；还有她有没有出现过幻听、幻视的症状？”警察问，对此龙小刚一口否认，小张也说从没有听杨清晨说过。

警察收起笔记本，对杨磊说：“你也可以回去休息啦。”

目送杨磊出了门，警察起身欲走，马志远也立即离座告辞。小张拎起包，说要搭马志远的车回去。此时，马志远听到保姆梁彩霞急切而轻声地唤了一声“龙老师”，龙小刚像是想起了什么似的，连忙站起来把他拉向一边，说：“志远，帮帮忙，让梁彩霞跟你回去，跟你姐商量一下，这几天梁彩霞能不能住在她那里。”马志远点头答应了。

马志远紧跟着警察出门，在走廊上他轻声问警察：网上写的关于杨清晨临终前说的遭幽灵追杀的话可有其事？警察点点头，说他是听住在底层的单身男人说的，那男人是从事金融工作的，今晨就是他报的警。“但是，杨清晨坠落时，家中除了龙小刚以外还有保姆在！”警察笑道：“是啊，那个吓得簌簌发抖的小姑娘，互联网上的作者好像把她忘了。”

车开到了家，马志远先把梁彩霞送去了他姐姐处住。等他回到楼下时，见小张在车边站着等他。她脸色黯然，轻声道：“你别送我了，地铁站很近的。我是想告诉你一件事才搭你车的。春节时，我去南汇一个农家乐玩，听那里人说村里有个叫徐大仙的人能治鬼救命的事，神奇得离谱，回来后就当笑话跟杨处长说了。不料星期二也就是四天前，杨处长说她的一个亲戚家闹鬼，向我要徐大仙的地址，我看杨处长的脸色不像是开玩笑，就忙打电话给农家乐要了徐大仙家的地址给了她，后来我就不知道她有没有真的去了那里，但是星期三下午吃了午饭杨处长是早退的。我不知道要不要跟警察说这事，我怕再生出些事来，可不说出来吧，心里又沉重得难受。"

小张用手背擦了擦眼角的泪，马志远拍拍她的肩膀劝她回去早点休息，安慰她说："把这件事交给我吧，你就别卷进去了。"

小张点头道谢，叹了口气走了。

马志远回到家里一头栽到床上，他觉得身心疲惫之极，可脑子却异常清晰。他想，杨清晨是不会自杀的，而昨夜的龙小刚喝得烂醉也没有杀人的体力，会不会是保姆梁彩霞？而这个19岁的女孩子清纯、单薄得如荷叶一片。

杨清晨之死如一团迷雾。警察是不会、也不可能相信幽灵作祟的鬼话的，他们更愿意相信杨清晨是大脑出了故障、为可怕的幻觉所杀！杨清晨临终时说："死了的……女人……幽灵……追我……"由此可见，她看到的很可能是她相识的一位已故之人，而这人又是谁呢？从小张说的杨清晨探问徐大仙的事来看，可以说至少在她死之前的几天就发生了"鬼影幻觉"，这些龙小刚是不会不知道的，可他却否认了。

最令马志远感到困惑的是龙小刚最近向他借过10万元大款的事了。8月8日（星期五）清晨，龙小刚打电话给他说，有急需向他借5万元，要现金。上午10点整，龙小刚来取钱，说是受了同事的诱惑借钱炒股，赔了。马志远知道他在说谎，他家的存款都由杨清晨管理，他从来对投资炒股不感兴趣的。龙小刚也知道马志远并不相信他的鬼话，就笑笑说："这事清晨不知道的，别告诉她！你放心，这钱我肯定会还你的！"午饭时，龙小刚又来了电话，他有气无力地说："再借我5万元，别问我出了什么事，反正是用钱能解决的事。这次你一定要帮我的忙，下班后我来取。”这天晚上龙小刚带了酒和菜来，神情颓然。他不多喝酒也不多说话，只默默地盯着电视机想他的心事。到了近10点时，他才把放了现金的白纸袋放入包里带走了，临走时他说：“志远，下个月我会向我女儿要钱还你的。”

三天后的8月11日（星期一），小刚上班前到马志远家还了10万元。马志运看了看装钱的白纸袋问：“原封没动还我了？不用了？”龙小刚没吱声点了点头，好像是怕他会再问些什么，一个转身就走了。马志远对着的他背影想：每个人多少有点不想为人所知的秘密的，自己又何必一定要去知道它呢。

“现在想来龙小刚的借款也许和杨清晨的死有关联呢。”这样思忖着，马志远感到坐立不安，他在房里来来回回地踱了半夜。

三、龙小刚的自白（一）

我老婆清晨的葬礼完了。晚上回到空荡荡的家，一种悲哀、虚无的感情占据了我的心。

近十年来我老婆在任何场合都扮演着主角，出席会议时她是最后的发言者，视察下属单位时她总是走在最前面。然而今天人们为她送行，主角本应是她，却被她弟弟杨磊抢了去。杨磊一入礼堂，便向我海骂几声，弄得人心惶惶；见了清晨的遗体，他号啕大哭，把眼乜了我，顿足起誓道：一定要为姐姐报仇。在场的人沉默着却无不暗中留意着杨磊的举手投足，生怕他有更狂妄的举动。

如果事发那个晚上我不喝醉的话，也许惨事可以避免，我愧对众人；然而杨磊的蠢举无疑是冒渎了死者，这似乎让在场的人忘却了我的过错，相反开始同情于我。我知道，我小舅子一家的生活开销一半来自清晨的支援，此刻他心里的痛楚想必比我更大了！

我和清晨是大学同学，她比我大两岁。她端丽聪颖，是不少男同学的追求对象。所以当她示爱于我时，我感觉到被男同胞们羡慕的快感。问我为什么和她结婚？我心里也是茫然一片，只是找不出不与她结婚的理由。无疑清晨是人生这场游戏中的胜者，可以说我也是她的战利品之一。我入大学之时和一个同龄的女孩恋爱，这事可谓众所周知，但清晨却凛然地向我走来，以压人的自信轻而易举地击败了对手。

大家都知道我是个怕老婆的人，去年在大学毕业25年的同窗会上，有个在日本侨居的同学开我玩笑，说："日本人把怕老婆的人称'恐妻家'。"我老婆抢过话头说："我知道！去年去京都视察时就听人说过这个称呼，现在世界上有名的政治家、运动员都称自己是'恐妻家'的。'恐妻家'成了绅士的代名词了！我家小刚？哈哈，你也太抬举他了！"同学笑得尴尬，推我一把道："这下小刚连'恐妻家'也当不成了。"当时我真想揪了清晨衣服的后领、像扔猫一样把她扔出窗外，可我忍住了，转身去称赞一个女同学："你看上去越来越年轻、有风度了。"谁料这女同学看了杨清晨一眼，忙着躲开了。

是的，我觉得杨清晨把我视作她身上的一个附属品。三个月前，我任教的大学正在角逐副教授职称，我表示不感兴趣。但是清晨说："你连副教授都升不上，我的脸往哪儿放？你别管，我会想办法的。"当我荣升副教授时，我愤怒之极，打理个箱子想永远离开这个能"呼风唤雨"的女人。那天是保姆梁彩霞默默地朝我走来，留住了我。她打开我的箱子，把里面的东西放回到原处，她说："外面下大雨呢。我做好了油焖笋，盛一碗给你吧，我照你说的浇了些麻油，可香啦！"

梁彩霞是半年前为服侍下身瘫痪的岳母来我家的，清晨说我半老不老的，最怕有年青保姆住家来。可是春节过后回乡去的中年保姆竟然没再回来，不得已用了年青的梁彩霞。梁彩霞没读过书，就恳请当过小学老师的岳母教她认字算数。岳母忽然觉得自己残缺的生命有了意义，笑容重回到她的脸上，眼睛也闪亮起来。岳母知道梁彩霞是湘西人，就说她活像沈从文笔下的那个《边城》里的翠翠。梁彩霞问我《边城》里的翠翠是个什么样子，我就把那个情窦初开的小姑娘的爱情故事告诉了她，她红了脸说："龙老师骗我，我真有那么好看么？"我看着梁彩霞，觉得她身上发出奇香，是我渴望已久的花木泥土味。我追着香味而去，终于被这香味缠绕、吞没了。

现在清晨死了，梁彩霞走了，只剩下我顾影独饮。我手中的玻璃杯中有酒和冰块，冰块和玻璃相撞发出浪漫的声音，我喜欢那声音。清晨，这可怜的女人不懂得什么叫浪漫；而那湘西姑娘把男女欢爱视作土地承受雨露，自然而甜蜜。在和彩霞滚作一团时，我会把我俩想象成一对互相追逐取乐的猫或狗，我享受到的是一种野性的快感。

我当然知道，在客厅沙发上与保姆的偷欢对我来说，就像是闷热的夏天中吹来的一丝凉风而已。本月初岳母过世了，梁彩霞也该走了。我想用8万元来打发她，我是个卑劣而贫穷的俗物，我厌恶自己；而梁彩霞则以顺从来报答我们的情爱。

我家的经济大权掌握在清晨手里，我积攒了3万元私房钱，又向志远借5万元，凑足了8万元。

就是清晨坠楼的前一周的星期五，我从志远家拿了借款出门时，接到梁彩霞的电话。她让我去一家地段医院的门口等她，我怕她是得了急病便连忙赶了过去。见到梁彩霞，只见她气急败坏地把一张病历卡往我手中一塞，我一看眼睛都发直了："你怀孕了？我的？"

我头晕了，只听得梁彩霞放声痛骂起来。我无法理解她的湘语，急忙说："我再加5万元，好啦，说定了噢！"我拔腿溜了。为此我只能再向志远追借5万元。我心想：女人一旦怀了孕怎么突然变得如此勇猛？实在是可敬又可怕！下班后我怕见世上所有的女人，就关了手机，到志远家去躲了好几个小时。

到晚上10点多我才回到家门口，见大楼侧影处停着我家的车，车的后座处有团人影。我走到车前张望，后座门开了，清晨一把把我拉进了车内。清晨手上捏了块手帕，哭肿了眼，哑了嗓子道："小刚，怎么是好？梁彩霞死了！我不是有意杀她的。她拿了病历卡，说是怀了你的孩子，她敲诈我。我们打起来了，我用劲把她一推，她的头撞到了钢琴角上。她倒下了，流了很多的血。我怕啊，就逃到了车里。我给你打电话，你却一直关机。告诉我，你去哪里了？你为什么关机？”

我觉得车内闷热得令人作呕，我去发动引擎，开了空调。

“她在敲诈我们，是吧，小刚？你说话呀，她真的怀了你的孩子？你点头了？是真的？你这个畜生！你还有什么脸回到我的家来！都是你惹的祸！”

“现在不是说这个话的时候。”我拉住她向我扑打过来的双手说：“快，我们上去看看，可能梁彩霞只是昏倒了，她还活着呢！”

我拉着清晨向楼里奔去。

四、马志远的调查

徐大仙的家并不难找。汽车站下来穿过喧闹的市场，眼前是一片桃树林，林中铺有一段石板路，路尽处有几间平房，便是徐大仙的住处了。

徐大仙是个五十多岁的女人，中等身材，招呼应答甚是和蔼可亲。马志远见了她失笑道：“大仙呀，我还以为你是穿着黑衣、披头散发、拿着个空瓶向空中哭叫着捉拿鬼魂的人呢。哈哈，你系上围裙，在厨房里一站，恐怕就跟我老婆没什么两样。”

徐大仙端详着他的脸，叹了口气说：“你很爱你老婆，可惜她已离你而去。”

马志远惊愕得像被速冻了一样，身子变得僵硬，挺直了。回过神来，他向大仙鞠躬表达敬意，并说明了来意。

徐大仙凭着记忆，淡淡地说：“8月13日下午3点左右，有个杨女士来过这里。她说她的表妹失手杀了人，被杀的人还怀有胎儿。”

“噢？是孕妇？尸体现在何处？”马志远瞪圆了眼问。

“我问了她，她说已入土了。但被杀人的亡灵这几天经常半夜出现在她表妹家中。她求我教她驱鬼的方法，我给了她一卷经让她表妹早晚念几次，又教她农历七月半晚上必供些水果、糕点祭奠亡灵。”

“这事事关人命，你不报警吗？”

徐大仙望着远处一片浮云，幽幽地答道：“来这里的人，有的是患了妄想症，不必惊动警察。世上本无鬼，你心里有鬼，它必会出现。”

“你是不是觉得失手杀人的不是她表妹，而是杨女士本人？”

徐大仙闭了眼睛，没有直接回答马志远的问题，却说：“我没有捉鬼的本领，但我学过点相术，见杨女士之相，恐怕难逃今夏之劫。”

马志远感到凉气自心头而起弥漫至全身，毛孔顿时倒立起来。

9月初马志远任职的技术学校开学了，可他脑里驱之不去的是杨清晨的影子，想着徐大仙说过的“你心里有鬼它必会出现”，他怕杨清晨的幽灵哪一天会出现在自己家的窗台上！他心里老琢磨着：如果杨清晨对徐大仙说的是实话而非梦境，那她失手杀了的人是谁呢？杀人的场所会不会就在她家里？

马志远想起了J花园东楼进出口处装有监控摄像头，而他有一个学生正在J花园物业管理处当头儿。那天下班后他直奔J花园，叫上了门卫老李同去物业管理处，向他的学生要了录像看。

录像显示，8月8日，就是龙小刚向他借10万元钱的那一天：下午4点多，梁彩霞从外面回来；晚上7点10分，杨清晨拉了个小拖箱进楼，穿着整齐，像是出差归来的样子；7点50分，杨清晨匆匆走出大楼的后影；10点28分，龙小刚在前、杨清晨在后奔入楼内。

老李指着画面说：“是不是突然下起了大雨？我记得那天夜里是下了一夜的雨。”

5个小时后的8月9日凌晨3点半，龙小刚背着个人出现在镜头里，被背的人披着件粉色风衣、头上盖着浴巾，无力地趴在龙小刚背上。这件粉色风衣是杨清晨的爱物，马志远见她穿过几次。后边跟着的人像是梁彩霞，因为她穿的是梁彩霞平日常穿的那套白底蓝花的衣裤。老李说：“对了，那天天没亮时，杨清晨胆囊炎犯了，龙老师背着她出去的，说是开车去医院急诊。天下着雨，后面打着伞跟了去的是保姆梁彩霞。下半夜凉快，我在躺椅里瞌睡着向他们搭讪几句也就没起身。”马志远把镜头停在梁彩霞的身上放大了看：她背对镜头，撑开的大伞遮住了她的上半身，只能见到她的下半身和凉鞋。马志远看到那双凉鞋时眉头拧了起来：那双鞋是杨清晨的！它是杨清晨和马志远姐姐去欧洲旅行时买的名牌货，她们俩买了同色同款、连尺码也是一样的鞋。“是梁彩霞慌忙中穿错了鞋？这不太可能！”马志远想着，手里捏了一把冷汗。

同日下午5点多，龙小刚扶着杨清晨回家来，杨清晨穿了一身青色的套装，没有见到梁彩霞。老李解释说：“那几天梁彩霞说她在一个私人旅馆打零工，有时候就住在旅馆的。杨清晨的母亲死后，保姆说她们家乡的乡俗是主人过世后七七四十九天内是不能去老乡处借宿的，怕会给人带来厄运。杨清晨也是个好心人，她不打零工时就让她留宿在家，过了四十九天再走。”

马志远又把录像快进到8月15日杨清晨坠楼的前夜：下午5点前，梁彩霞回家来；晚上7点，杨清晨一手提黑皮包、一手提个购物袋进入楼里；11点多，老李和其儿子架着醉酒的龙小刚进入镜头，杨清晨跟在后面。次日凌晨1点半，两名警察出现在大楼里。

看完录像从J花园回家，已是夜色降临了，马志远直奔他姐姐家去。进了门就见那双同杨清晨同型号的欧洲名牌凉鞋摆在门前，他提了那双鞋对梁彩霞说：“你穿得下它吗？”

梁彩霞笑得灿烂，说：“马老师作弄我呢，我从小在泥地里打赤脚，怎么会有这么小巧的脚呢？”

马志远姐姐也开玩笑道：“你看她那双大肥足，炖它五个小时才会烂呢。——咦，这鞋怎么啦？你怪怪的，想什么呢？”

马志远摇摇头，放下鞋走了。

马志远回到家闭门静思，他想：那天黎明时分，就是老李说杨清晨去急诊的时候，假扮着梁彩霞出去的是杨清晨，那么龙小刚背上的人又是谁呢？会不会是人的尸体？梁彩霞现在好生生地活着，尸体不可能是她，那么当时梁彩霞又在何处呢？——想到此处，马志远紧张起来，他感到空气沉重得压迫呼吸，他需要和谁说说话，把心中的重压让人分担些。

他拿起电话筒却不知道拨谁的号码好，只能打消这个念头，于是去了老婆的遗像前对她说话：“老婆哟，我们的好朋友小刚、清晨可能杀了人、埋了尸体，我不愿意相信这是事实。可是你想那天龙小刚向我借了10万元，说要去解决他那‘用钱能解决的问题’。从他说话时的口气来看，很可能是用钱去解决‘小三’问题的。徐大仙说死者是个孕妇。假设这个女人怀的是小刚的孩子，小刚答应给她10万或者10万元以上的钱来‘解决问题’，可这女人不满意，又去找杨清晨吵闹，两人在厮打时杨清晨失手造成了不幸。那女人死了，小刚向我借的钱也就不需要了，两天后他就原封不动地退还了我。老婆，你说这只是一种假设吗？会不会是事实呢？杨清晨也死得蹊跷啊！”

马志远等了一会，可四周一片静寂，他无奈地向老婆道：“我睡了。你在那个世界一定能碰上杨清晨的，向她打听个消息托梦给我。拜托你啦！”

马志远一夜好睡无梦，第二天上午10点多醒来，J花园门卫老李来了电话，他先是感谢马志远昨晚送他的厚礼，接着啰唆地说了一大堆话，其核心内容如下：今晨8点，龙小刚出大楼时对老李说，他要到下午3点后回家，托老李代收一个快递公司的包裹。9点左右，老李在六楼走廊扫地时，见龙小刚家门口站着一位二十出头的男青年在按门铃，老李告诉他主人不在。男青年迟疑一下，掏出一张照片给老李看，说："我找这个人，是我的女朋友。你是这里的守门员，可看见过这个人在楼里进出？"老李一眼认出："是他家保姆梁彩霞嘛！她现在不住这里啊。"男青年摇了摇头，说："她不叫梁彩霞，她叫……，这样吧，等这家主人回来了，老伯麻烦你把我的手机号码交给他，让他与我联系一下。"

马志远从老李那儿得到了男青年的电话号码，他想他必须赶在龙小刚之前找到这名青年。拨通了电话，马志远向对方说了从老李那里知道他在找女朋友的事，并说也许自己可以帮助他。对方并无戒心，于是约定在男青年住处见面。

男青年租住在城市南部的老式石库门房里，这片百龄砖木房在四围的高楼大厦下就像是一块"盆地"。马志远驾车驶入"盆地"内，在一条弄堂口，他庆幸自己找到了一个停车的地方。

男青年的家不大却收拾得很干净。马志远看了墙上的一张照片问道："这是你和梁彩霞在湘西凤凰城照的吧？"

男青年说的是带着乡音的普通话："是在凤凰城照的，可照片上的姑娘叫林迎娣，是我的女朋友啊。"

"噢？她现在哪里？"

"我不正找她嘛。一个月前，就是8月7日我们吵了一场。第二天我去上班后，她整理了行李走了，再也没有回来过。打她的电话也不通。当时我也没理会，想她在老乡家待几天消了气就会回来的。可十天、半月过去了她还没回来，我就去她好友处打听了，都说这一段时间没见过她。她脾气倔，说不定去了天涯海角一个我找不到的地方了。"

"你又怎么会找到J花园去的呢？"

"昨天翻到迎娣忘记带走的大衣，摸了口袋，里面有一张纸，上面有个地址，就按地址找到了J花园。我也不知道迎娣和这个地址有什么关系，只想碰碰运气，或许能找到关于她的线索。”

“你去过的J花园六楼的那户人家有个保姆叫梁彩霞，和照片上你的女友长得像是同一个人……”

男青年犹豫了一下，叹了口气说：“这位大叔，我相信你会帮我。”见马志远坚定地点点头，又说：“梁彩霞，我也是今天才知道她的名字，她一定是迎娣的双胞胎妹妹了。这两姐妹生来就是不幸的，她们的母亲年轻时出乡打工，成了未婚妈妈，她们从来就不知道父亲是谁。母亲把迎娣送了他乡人做养女，只带了梁彩霞回家乡。我与迎娣是同村邻居，迎娣的养父母在收养她后又接连生了四个男孩，他们对迎娣不好。迎娣到小学高年级就开始学坏了，她因为偷窃去过少教所，出来后把欺负她的养父打成残废又被送去劳教，劳教所出来后她就来了上海。在上海她终于像平常人一样靠打工生活。我从小喜欢她，一年前我来上海后我们就在这里同居了。今年年初我才听迎娣说有一个双胞胎妹妹来上海找到她，说是母亲死了，在家乡没了亲人……，那天迎娣哭肿了眼。但她从来不对人说起她妹妹，想来她是不想让妹妹知道她的过去吧，她心里是很疼这个妹妹的。”

“迎娣怀了孕吗？”

男青年惊得从椅子上跳起来道：“是的！可你怎么知道她怀孕的？你一定知道迎娣的下落，告诉我！”

马志远感到心肺处被人挖了个洞似的空虚无力，他用双手掩面却是欲哭无泪。

“是啊，就是因为她怀了孕我们吵架了。迎娣说要结婚，要把孩子生下来；我呢，劝她打掉孩子，等过两年积点钱再结婚生子也不晚。迎娣生气走了。我现在后悔了。你如果知道她在哪里，就告诉她，我什么都依了她……”

马志远向男青年摆摆手让他别再唠叨下去，他说：“年轻人，我现在真的不知道迎娣在哪里，但你相信我，过几天我一定会找到她的。”

马志远从青年家里出来后回到他的车里，但他并没马上离去，他坐在驾驶座位上看着弄堂口人进人出。到太阳偏西、弄堂里有人往地上浇水驱暑时，他看到了龙小刚和梁彩霞并行着跨进弄堂口去。马志远迅速地下车跟了上去。

“小刚，别再做傻事了，自首吧。”马志远拦住了龙小刚的去路，望着龙小刚头顶上一片彩云说道。

龙小刚僵直了身子像根木棍一般站了几分钟，然后他向马志远点点头。顿了顿，他又说：“但我没有杀过人。”

梁彩霞也擦着眼泪说：“真的，我们没有杀过杨阿姨……”

龙小刚轻轻地拍了拍梁彩霞的肩头，打断了她的话；他向远处望了望，长长地吐了口气，说：“志远，给我们一个晚上的时间，明天我会去自首的。今晚小梁不去你姐家住了。”

马志远点头应允了，他默默地回到车里发动了引擎。当他的车驰过龙小刚的身边时，他见龙小刚似乎以他的全身心拥了梁彩霞往前走，他的笑容温柔得让人心碎，是龙小刚年轻时的笑脸。马志远感到眼前一片模糊，他干脆把车停到路边痛哭起来。

五、龙小刚的自白（二）

那一晚，我向马志远借了10万元回家，在楼下等我的杨清晨说自己失手杀了梁彩霞，我拉着她急忙上楼一看，见梁彩霞倒在钢琴角下仰面躺着，脑后一大堆血，已经死了。我不假思索地拎起了电话想报警，但杨清晨冲过来夺了话筒，说：“你让我从窗口跳下去以后再报警！”说完大哭起来。我把她扶到卧室里，我们相对而泣。杨清晨先是哭啼着说：“我辛苦了一辈子，最后落得个身败名裂的可耻下场。想想将要出嫁的女儿吧，老爸偷女人，老妈是杀人犯，谁还会和她结婚？我们毁了自己也算了，哪能毁了女儿呢？不行，决不能报警！”

杨清晨停止了哭泣。我瞄了她一眼，不禁打了个寒噤：她眼中的光亮就像是在深海寒夜中闪烁的冰山一般，让人感到透心的冷！她说：“你听着，这灭顶之灾都是你招来的，我到了阴间里也不会原谅你的，可是为了女儿我现在还不想死，你要听我的……”

第二天天还没亮，我们给梁彩霞的尸体披上杨清晨的风衣，头上盖了浴巾，由我背着出楼去；杨清晨呢，穿了梁彩霞平时穿的那套衣裤，扮了梁彩霞跟在后面为我打伞。出楼时我们遇到了看门人老李，他从躺椅上抬头看了看我们，我对他说“老婆胆囊炎犯了”，他瞌睡着说：“下着雨呢，小心噢。”

出了楼，我们开车去了青浦。杨清晨有个朋友很久前在那里承包了养鱼场并建了一栋别墅，以前我们常去他那里钓鱼度假。那朋友去年移居加拿大，养鱼场转给了他人，却把别墅交给了我们看管。

雨停了，我们在别墅后的一块荒地里挖了一个深深的坑把梁彩霞埋了。天边泛出一缕惨白，不远处的一截木桩上停了一只乌鸦哭丧般地叫着。我忽然心里一阵绞痛，“扑通”一声跪了下去，抑声而泣。杨清晨在身后冷笑道：“你哭哭啼啼地对梁彩霞说啥呢？是说等下辈子再娶她吧。”

杨清晨在处理了尸体、歇下来时，却被心中的重负压垮了。她把眼瞪了我恶骂，用剪刀绞那件粉色风衣。剪一刀骂一声，让我想起《红楼梦》里尤三姐痛斥贾珍兄弟的疯态来。我心里厌恶她，没再抬眼看她，默默地把自己衣、鞋上沾的泥污刷净。

回家时已是傍晚了，我们累得倒头就睡。午夜时分我被杨清晨推醒，她拥了一床毛巾被蜷缩在床角，用手指着门外道：“听，梁彩霞住的房间里有声音，她的灵魂跟着我们回来了！”

“没听到什么呀，我去看看。”

我拖了鞋去北面的屋，推门一看惊得几乎跌倒，这不是梁彩霞吗？她正换了睡衣要睡呢。但我是不相信世上有鬼的！见了我，梁彩霞红了脸小声说："龙老师，我对不起你，我姐姐呢？"

"什么？你姐姐？"我怔了一下，我从没听说过她有姐姐，我想其中必有隐情。我随即抱住了她温热柔软的肩膀说："你别出声，听我的，你先躲到床下去，过半小时我过来听你说话。"

我对杨清晨说梁彩霞房里并没有人并拉着她的手去看了，杨清晨说一定是自己心神不宁所致，就让我倒杯水、拿了安眠药给她吃；我先把一粒药挤碎、混入水中，再让她吞服一粒，双倍的药量使她很快地沉睡过去。

梁彩霞告诉我，被杨清晨失手杀了的女人是她的双胞胎姐姐。8月8日我出门后，梁彩霞接到她姐姐的电话约她相会。她去了姐姐借住的小旅馆。原来她姐姐怀孕在身，想和男朋友结婚生子却被男友却拒绝了，一气之下她离开了男友，想远走他乡。梁彩霞劝姐姐别走，又说了自己和龙小刚有情、龙小刚答应给她8万元的事，她说可以把钱借给姐姐成婚。谁知她姐姐听了眉毛倒竖，"呸——"地吐了口唾沫骂道："老色鬼！玷污了 个大姑娘的清白，就想用8万元了事？把我们当叫花子啊？他没有钱，可他女儿、老婆有钱啊！你爱他？还随身带着他的照片呢，拿来我看——人面畜生！你看我怎么去整治他们！"

梁彩霞没了主意，吓得只会掉眼泪。她由着姐姐和她对换了衣鞋、帽子，拿了龙家的钥匙，要了龙小刚的电话号码走了。临走时她对梁彩霞说："在这里等我，我拿了钱就回来。"过了一夜，还不见姐姐回来，梁彩霞心急了趁夜黑摸回到龙家。她悄悄地从楼侧防灾梯走上来，取了门框子上暗处的备用钥匙开了门，溜进了自己的房间。

——原来如此，难怪那天在医院门前碰到她姐姐时想："一只猫怎么突然变成了一只老虎了呢？"现在想来这姐妹俩真是形似神异。此刻梁彩霞躲在我的肋下抽泣、哭累了睡去。我搂着她，两人挤在一张小床上。一会儿，只听杨清晨哭叫起来，我赶忙奔到她床前，只见她半睡半醒，坐起身来向我哭道："龙小刚哟，你把我害苦了！事情败露了我哪有面子活着？早晚是一个死！可我哪里容得下你活在世上！”我听了心里愤怒之极，用双手猛地推了她一把，想不到她滚到墙壁处，咬了一会牙又熟睡了。

“我是你的奴隶，你死了我得给你陪葬！哼！这次我就由不得你了。”我对着杨清晨狞笑起来，笑着又觉得鼻子酸溜溜的，不觉眼泪湿了脸颊，我想出了把杨清晨逼上绝路的妙计。

按照我的计划，梁彩霞此后几天一直没有离开过我家，夜里则悄悄地待在自己的小屋里，偶尔轻轻地啼哭几声。杨清晨早出晚归地上班，回家后根本不敢去梁彩霞的房里。有几次杨清晨说：“你听到没有？那个房间好像有人在哭。”我倾听一会摇摇头说，什么声音也没有啊。杨清晨强作镇静地一笑，又去做她的事了。

那天夜里，我和杨清晨洗澡后在沙发里坐着喝冰果汁。梁彩霞披了那件被剪得破烂不堪的粉色风衣，垂着脑袋倚在门框上；杨清晨大叫一声，扔掉杯子躲到我身后。她用手指着梁彩霞哭道：“她在那里，梁彩霞！”

我装作什么也没看见，说：“在哪里？我怎么没看见？”

我见梁彩霞慢悠悠地返身走了。

“她走了，你没见到她？”

“没有啊。清晨，你是不是眼花了？”

“她穿着那件粉色的风衣。对了，那件衣服你把它放在车的后备箱里，说要烧掉它的……”

“你不说我还真忘了，我去车里看看风衣还在不在。”我说着想抽身出去，杨清晨拉住我说：“别去，我怕。你没看见她？是啊，你看不见她的，她是来向我索命的。”说着绝望地哭泣着。我安抚着她，喂她服了安眠药。

杨清晨睡着了，我去了梁彩霞的房里，把她紧紧地抱在怀里。我在湘西的山水云雨中欢愉，同时又觉得恶魔正在吞食我的灵魂。

我明天将去自首，我和有着同窗之情的温律师通了电话，明天将由他陪同去警署。

我凝视着彩霞的睡脸：她的眼眶里还留着泪珠，像荷叶上的朝露；她气息微动，胸脯起伏着就如池中微波荡漾。对我来说梁彩霞是失而复得的宝贝——我现在是多么的需要她，她是我空虚缥缈的生活中唯一可触摸到的温热肉体。她完全接受和包容我，接受我压抑着的情感的肉体发泄，接受我的眼泪和悔恨。

我用手背为彩霞抹去了泪珠。我会向警察如实坦白林迎娣被杀、被埋的情节，但我决不会说出杨清晨之死真相的。

六、梁彩霞的决断

到了第二年初春的一个晴日，法院对协助其妻隐藏、抛尸的龙小刚作出了七个月刑期的判决。

听完判决，马志远和温律师一起走出法庭。温律师邀马志远去近处一家宾馆的酒吧喝一杯。

在酒吧里，温律师沉默良久道："杨清晨失手杀死了林迎娣，这没有什么疑点；但对于杨清晨的死，你说龙小刚是白的，还是黑的？我相信你是真不知道，依我看他是灰色的。法律对这种'灰色'犯罪者有时无能为力，但我相信龙小刚一生都逃脱不了良心对他的制裁。在拘留所里，他一直在看佛教的书。——他是个懦夫，他不敢面对自己。"

马志远沉默着。

"噢，这里有一封龙小刚写给梁彩霞的信，你带给她吧。龙小刚能获得轻判，是梁彩霞的证词起了决定性的作用。这姑娘奇妙得很……"温律师说着晃了晃手中的酒杯，意味深长地说："我想这姑娘天生是个演员，你记得那天她在法庭上作证时的言行吗？可谓高明之极！"

马志远记得梁彩霞在法庭上身穿蓝衣土布衣衫、噙着泪水，对杨清晨的死因她是这样作证的："……我不知道姐姐死了，8月15日下午5点左右，因为过了一星期也不见姐姐回来，我回到了主人家。我知道门框子上暗处有把备用的钥匙，就拿来开了门。当时家里没人，我因为几夜没睡好，进了自己的房间就关门睡了。醒来时已是半夜了，我觉得口渴就去厅里的净水器前取水喝。厅里只点了一盏昏暗的壁灯，那几夜有台风，窗都开着，风吹来挺凉快的。当时杨清晨坐在厅里的沙发上打瞌睡，听到声音她睁开眼来，一见到我就哭叫起来，边哭边往卧室里逃。她去推床上的龙小刚，可龙小刚没醒。她指着我叫：'幽灵，别过来！'我想今天是七月半，她一定是被鬼迷住了，我拉住她，想摇醒她，可她用力推开我，爬上了窗台。我摔倒在地板上，等我抬头再看她时，窗台上已经没了她的人影。我当时只想到是鬼把她掳走了。"说到这里，梁彩霞用牙咬了嘴唇，停了片刻，泪水夺眶而出，她又说："我和龙小刚有私情。我没有读过书，特别崇拜、敬爱当老师的人，我对不起杨清晨阿姨。在她妈妈死后，我曾经和龙小刚说定分手，从此再不见面。我想只要杨清晨不知道我们的事，就不会伤她的心。后面发生的事是我没有料到的。"

马志远回忆起法庭上的事时感到心烦，就仰起脖子把酒喝尽了。他站起来说："温律师，今天不奉陪了，我先回去了。"

马志远把龙小刚的信带给了梁彩霞。梁彩霞读信后怔怔地坐了一会，佯装笑容道："我识字了，我会读信了。龙老师说他出狱后，将去九华山修行。他劝我回家乡去。"

马志远愣了一下，一拳击在桌子上，骂道："这懦夫，畜生不如的东西！"

梁彩霞说："别骂龙老师，这是老天在惩罚我。"

屋内一片静寂，马志远朝阳台上望去，那里有梁彩霞种的水仙花和郁金香，正盛开着；再看梁彩霞穿着酒红色的紧身薄棉背心，露出一段雪白的长脖子，一头乌发像是在炫耀她的青春年华。比起几个月前她清瘦了许多，眼神里多了忧愁之色。马志远感到全身发热，他想对她说："彩霞，你别走。"但马志远什么也没说，只是涨红了脸。

马志远的姐姐向梁彩霞走去，抱住她的双肩，说："彩霞，你听着，我不会让你回去的，你不是说你在家乡没有亲人了吗？把这里当你的家吧。不管以前发生过什么事，忘了它，噢？"

梁彩霞仰脸望着马志远姐姐的脸流泪了，她摇摇头说："那些事，我忘不了的，龙老师也不会忘记的。这几个月我老是梦见杨清晨阿姨、梦见我姐姐。我希望她们的在天之灵能安息，希望龙老师出狱后能回到我身边来。"

梁彩霞躲到小房间里哭了很久，从小房间里出来后，她说想见温律师，想把杨清晨之死的真相告诉他。

2015年3月24日

永远的玫瑰

一、露丝之死

我叫艾丽，今年59岁，再过几个月就要退休了。时间一晃几十年，现在来说少女时的梦想有点难为情：那时我想成为小说家。在大学里学的是文学专业，毕业后被分配到了公安局，做的也算是文字工作，写写报告、编辑个普及法制教育的资料，就这样不温不凉地过了那么些年！

那天我和刑警杨队长办完公事后，见时间还早就顺路拐进了一家房产中介店里。

店主A先生见有客来，殷勤让座，又端来了热腾腾的红茶。听我们道谢，他忙说："不谢，这样寒冷的天，真怕没客人来，闷得发慌呢。"

我说儿子有了对象，早晚要成亲的，问A先生有没有卖家急于脱手的便宜房子。A先生打量了我们这一对穿着私服的警察，误认为我们是夫妻了。看杨队长不太积极的样子，就猜这生意大半没戏，便侧着脑袋想了想道："有是有，就怕你不敢要。"我问他此话怎讲？

A先生说："从这里走20分钟处有个高档小区叫绿洲花园。进门处是几排高层房，小区深处却建有十几家花园式两层楼别墅房。别墅房的×号，嗯，很多人不喜欢×号这数字，说是有点不吉利。这×号房五年内换了三轮房主，结果是各遭其难。最初搬进新房的是一对浙江中年夫妇，在家乡开了一家不小的鞋厂。鞋厂办得兴隆，夫妇俩移居上海想扩大营销范围，谁知移居不到两年，好端端的一个鞋厂被一场大火烧了个精光，放火的是个精神病患者、流浪汉！夫妇俩含泪卖掉房子回家乡重新起业。第二轮业主我没见过，文书上留下的是一个52岁的男人名字，一切手续都由他的秘书来办完的。经外装内修，该房成了这社区里最豪华的住宅，来居住的是个操东北口音学生模样的姑娘，社区里有人知道她在音乐学院学声乐，暗地里叫她‘金丝鸟’，传说她是某个神秘人物的情妇。果然，一年后，那神秘人物的正妻带了一帮人打上门来，‘金丝鸟’受辱不过从二楼跳下，送去医院后命是保下了，可腹内的胎儿成了花园里的一摊血污，胎儿到底也是一条人命啊！你看，这×号房又增添了血光之灾！”

我笑道：“这倒可以写一部书了。”

A先生摇头道：“还有更骇人的事在后头呢，你们坐好了听，别跌倒了！‘金丝鸟’再也没有回来，业主的秘书来我们事务所说，不管多少钱悄悄地把房子卖掉！很多人虽然对那套房的价格倾心却也不敢去冒险。此时冒出我的一个大学同学来。她先是出于好奇心去望一眼，谁知回来后死活要买下那房子。她老公开了一家贸易公司，有点钱的，缠不过她就依了她。谜一样的老房主像战争时出逃一样，几乎留下了全部家具用品，食器、窗帘、台布都是外国高档货。我们大学读的是英语专业，买房的同学在外企当过几年洋人秘书，外表是一副洋派头，骨子里却是根深的中式虚荣。去年10月她入住后，请了大学时的同学来家里开派对，结果派对上死了人。”

我怕自己听错了，问道：“你说什么？”

A先生毫不含糊地答道：“一个叫露丝的同学被人在咖啡里放了毒药毒死了！谁毒死了露丝？警察还在查，还没个结果呢。只知道是被一种化合物毒死的。那时屋里就四个人和两只俄罗斯血统的猫。这四个人是L大学英文系85年毕业生，大学时同寝室。她们彼此以英文名字相称：死了的露丝，是四人中长得最漂亮的；房主爱米莉；还有那个和欧洲中世纪皇后同名的叫茜茜的人；另外有个小个子，叫米你。两头猫是爱米莉的宠物。”

我看着杨队长，想这一带正好是他的管辖区域。杨队长正皱着眉头，剥着自己的指甲。

我问：“杀人总有动机，她们间有什么纠葛、怨恨至于到杀人的地步？”

A先生为难地摊一摊手道：“女人呢，在感情系统上比男人要发达得多，有时候错综复杂得不是我们男人能理解的。”

我表示赞同：“所谓只有女人才能理解、看穿女人。”

A先生笑而不答，杨队长突然戏剧性地睁圆眼睛盯着我看、用手拍后脑勺笑道：“你说得好，唯有女人才能理解、看穿女人！老板，有急事不得不走了，我们改天再来。”

杨队长拉着我走到街上说：“老板说的案子发生在去年10月，距今快三个月了。案件看来很简单，四人在一个厅里聚会，一个女人喝了咖啡当场中毒身亡。另外三人都说自己与毒杀案无关，都求尽快破案洗清自己，当然其中有一人肯定是在说谎！案发那天，我们查了整幢房子，又征得三人同意对她们的所持物品、甚至穿的衣服口袋都进行了搜查，除了死者用过的杯子以外，没有发现与毒药品有关的东西。是一个很棘手的案子！艾丽，她们都是五十左右的女人，也许你能‘理解和看穿她们’，拜托！”

杨队长对我抱一抱拳，挥一挥手回自己的署里去了。

过个几天，我被借调到了杨队长所属的刑警队，当然对此我也并不反对，我是个空闲的待退休者，我原先的工作几乎都由我的接班人在做。

我看了“绿洲花园女同学毒杀案”的案卷，觉得现有案卷中的资料对于破案来说过于单薄无力，真不知道从何着手。但我的心中有一种跃动感，我想首先该去访问当时在场的三人，我对自己的观察能力还是有自信的。

二、访问爱米莉

爱米莉现住在南京路上。我到达时爱米莉也正从外面回来，她手里拎着个沉甸甸的工作用黑皮包。爱米莉边说抱歉，边让我进了屋，奉茶让座。我看那房子不算大，家具多得有些杂乱；但又看这套家具结实、放着沉着的光亮，心想爱米莉舍不得扔了它们的心情也能理解。爱米莉穿戴极考究，但脸上却透着超过她年龄的疲惫、苍老感，即使精心化妆也掩饰不了这种不合年龄的老态。

爱米莉先是掏出手帕捂了鼻子，又用手帕点了点湿润的眼睛，说："自从那桩事情发生后，我整整瘦了十斤！你不来，我也想去找你们了。露丝死了，我们三人中有一个是杀人犯——大家都是这样想的，连我老公有时候也会用奇怪的眼神看着我，问我：'真的不是你杀了露丝？'真伤心！我们成了陌路人了。"

爱米莉无奈地望望天空，我友善地朝她微微点头表示理解她的心情。她又接着说：

"我们四人1985年毕业于上海L大学英文专业。在学校时住同一个寝室，四人是好友。你还没找过茜茜和米你吧？遇到她们，她们肯定会告诉你的，我的老公顾宗平曾经是露丝的男朋友，在大学里他们维持了两年的恋爱关系。后来露丝遇上了一个医生，结婚成了夫妻。是的，我也有怨露西的时候，顾宗平纵然跟我结婚几十年，可在他的心中露丝是可望而不可即的女神。我也知道这不能怪露丝。露丝长得好，可她不是轻浮的人，她忠于她的家，爱她的丈夫和儿子。露丝的丈夫是胸腔科名医，儿子现在英国名牌大学读书，她不会毁了自己幸福的家庭去跟我老公搞婚外恋的。有人说我是因为嫉妒露丝才杀了她，这不是事实，我至于那样么？说得俗气了，我虽然没有孩子，可我老公有事业，能供我过上好日子。

“话题还是回到去年10月露丝死的那一天吧。我买了绿洲花园的别墅，就请了她们三人来聚会。我们每年都会借机会聚几次的。那天我们约好一起用晚餐，茜茜最会做家务，我让她早一点过来帮我。茜茜是下午1点多钟来的，晚上由她做海鲜意大利通心面和奶油汤，我把食材让她过了目；我拿出了一套法国餐具和咖啡具，茜茜边赞叹边把它们都洗了备用。2点10分，露丝和米你一起打的来了。

“露丝平时穿戴也是非常讲究，那一天更是觉得她光彩夺目。她穿一身白套装，裙长过膝，薄软的质地显示出她优雅的身材；颈上随意地缠了条浅灰色丝巾，进门时还戴了顶蓝边白帽子。茜茜说：‘米你，在露丝身边你像个乡下人。’

“米你一进门就说要到每个房间转一转，我就领她们看了。最后她们去了室外小园子里，我没有去，我到二楼阳台上收衣服。米你用手捂着肚子说要上厕所先回屋里了。我在二楼阳台上看见茜茜神情恳切地在向露丝说着什么，露丝背对着我，我无法看到她的表情，但能见到她一直抬头望着青天。过了大约10分钟，露丝嘴角含着笑回到厅里，而茜茜却咬紧了嘴唇、瞪着她的后背。

“3点左右有四家花店同时送来了玫瑰花，是我老公订的。他那天去重庆出差，晚上不能回来，就托了花店送花来凑热闹。稍后有亲戚打电话来，我就到书房里接听电话，回到厅里时，见露丝找了些桶啊、瓶罐的，盛了那些玫瑰花。茜茜在厨房里好久没出来。

“3点半左右，我把煮咖啡的机器拿到厅里加水煮咖啡，那是夏威夷的狮牌咖啡，水流透过咖啡粉末滴下，散发出的浓厚香味弥漫了全厅；茜茜把咖啡杯拿了出来，分放在各人的面前。往杯里倒咖啡的是我，米你手里一直玩着盛方糖的玻璃器皿，说糖缸是日本制的叫‘江

户切子’的玻璃工艺品，又说：‘这也是旧房主留下的？爱米莉发横财了！’

“米你笑着随手往露丝的杯里放了好几块糖，说：‘我先敬你这个尊贵的公主。你说有时候会头晕，会不会身体缺糖？’茜茜见米你这么讨好露丝，皱了皱眉做了个厌恶的表情，露丝只装没看见。

“此时我听到了猫叫，因为露丝怕猫，我把两只猫关在了浴室里，它们自己开了门逃了出来，我就叫了茜茜一起去追猫，追了片刻才把它们重新关入浴室。我们两人气喘吁吁地回到厅里，见露丝背了身站着在看壁上一幅莫奈的仿画，手上拿着她的咖啡杯。米你说肚子坏了，又上了一趟厕所。

“露丝转过身来，听我们说追猫的事就笑道：‘因为我，叫猫受罪？快，爱米莉去把它们放出来，求你。’我去浴室放了猫，猫就跟了我上厅里来。露丝见了猫还是有点怕的样子，可她说：‘猫真的是很可爱的，我以前怎么就没好好地看过它们呢。’

“等四人坐下来喝咖啡时，咖啡已经半凉了。我刚喝了几口，突然听到茜茜叫道：‘露丝！露丝怎么啦？’

“露丝斜倾着倒在沙发上，浅灰的薄纱披巾覆在她的脸上。当时我根本就没有想到中毒这回事，露丝并不像电视剧中被毒杀的人物那样抓挠颈部、口鼻流血的惨状，她倒在那里，脸部呈樱桃色，手脚微微颤动，后来知道那是痉挛。米你让我赶紧去打开窗子，又让茜茜去拿湿毛巾敷在露丝的额头上。我听米你边给露丝抚背边说：‘别慌，别慌，过一会儿就会好的。’这样慌忙了五六分钟，听米你迟疑地说：‘不对呀，她嘴里流出了什么东西。身体好像也凉下去了，不会是中毒吧？……怎么可能呢？爱米莉叫救护车吧。’

“救护车来了，随车医生俯身看了露丝，指着我们三人道：‘你们最好都别乱动、乱摸。她死了，像是中毒。我打110了。

“警察来后，我们被各自带到其他房间作笔录。那时真不敢相信……，露丝的葬礼只有她的至亲参加。后来警察又来找过我几次。”

爱米莉闭了口，我听到钟的秒针在爬行时发出的声音，好像空气变得稀薄了似的，爱米莉张了大口做了几次深呼吸。

爱米莉再往下讲时语速明显放慢，一字一句就像是一滴滴水珠在往下淌：

“这几个月来我每天都在想这件事，结论只有一个：是茜茜杀了露丝，茜茜恨露丝。去年夏天，她曾对我说过：‘露丝凭什么就那么傲慢？我真想扭断她的脖子！’

“露丝同茜茜的纠葛、恩怨是茜茜那不争气的老公生出来的。茜茜毕业后在旅游公司工作，为外国旅行团做导游。有个意大利青年热恋上她，他叫安德烈。上世纪90年代前后，市面上与老外结婚的人还不多，茜茜带了个长腿卷发的老外青年来也出了些风头。婚后知道，安德烈一无所能，就是个国际游民。他所好的是酒和女人，做了好些不体面的事。

“靠茜茜一人工作，又添了女儿，生活的穷困可想而知。起先大家接济她些，后来还是露丝说要给安德烈找个工作。露丝的哥哥开了几个高级酒店，露丝说情让安德烈站酒店前接客，当个活招牌，听说也付他不少的工资。

“这几年常听露丝抱怨安德烈偷店里的酒，向其他员工借钱不还什么的。露丝没有把安德烈赶走，是因为她儿子看上了茜茜的女儿。

“茜茜和露丝同年结婚又同在次年出产。露丝生了儿子，茜茜是个女孩，幼时这对金童玉女在一起玩，我们当时就开玩笑说让他们订娃娃亲的。露丝虽然嫌恶安德烈，却也喜欢他的混血女儿。这姑娘大眼高鼻，乌发披肩，长得跟模特儿一样，品性也好，大学毕业后在银行就职。但这姑娘却无意于露丝的儿子。

“那小伙子的单相思患得真是无可救药，他深夜也会跟踪、骚扰姑娘。茜茜家房子小，茜茜女儿一人借房居住。那天夜里开门回家，露丝的儿子竟然爬窗入户潜伏在她房里，茜茜的女儿报了警。

“露丝的一生是被幸运宠惯了的，她觉得茜茜家恩将仇报，让自己蒙受了奇耻大辱。偏在此时，安德烈也撬了酒店的保险柜，他的作案手段粗劣，很快被抓住，偷的钱财差不多都还给了酒店。茜茜求露丝以和解方式免去安德烈坐牢，但露丝没有理她。这是去年7月的事，也就是露丝死前两三个月的事。

“我买了房子邀请她们三人时，我也想过露丝和茜茜已经反目为仇，恐怕派对是开不成的。我先探问了露丝，出乎意料的是露丝说并不忌讳与茜茜碰头，说她儿子已经去英国留学了，还说现在想想自己对茜茜做得有点过分了。我打电话把露丝的话告诉了茜茜，茜茜那头沉默了好久，忽然哇地哭出声来说：‘我就想听她说一声道歉的话。她哪里会知道，我的心里有多苦！’

“我想，露丝被杀的那一天茜茜是准备了毒药的。在小花园里露丝很可能不但没向她道歉，还挖苦了她；于是她把放了毒的咖啡杯拿来放在露丝面前；那化合物与咖啡杯底一样是白色的，加上我视力又不好，就往杯里倒了咖啡。”

爱米莉的话刚说完，有人用钥匙开门进来，是个中年男子，我想他一定是爱米莉的丈夫顾宗平了。果然这男子礼节性地向我点点头，又对爱米莉说：“今天晚上去外地，我是来拿些东西的。”说着走进了卧室，我马上跟了进去。

我向顾宗平出示了警察证后，问他露丝出事那天他送花的事。我看过露丝案卷里的照片，死者身边大量的鲜艳的玫瑰花给我留下了深刻的印象。顾宗平随意地往旅行箱里放衣物，答道：“我知道她们要聚会，买了玫瑰花送给露丝的。我一生都恋着她，你会说这种爱有点变态？也许是吧，可我并没犯法。我心里爱着一个女人，我热衷于我的事业，这就是我全部的生活！但是现在露丝走了……”他摇摇头不再说下去。

见我要告辞，顾宗平匆匆地提了箱子先出门了，像是怕和爱米莉单独相处。爱米莉把双臂交叉在胸前，对我苦笑了一下。我指指爱米莉手边的黑包问：“平时参加什么兴趣活动吗？”

爱米莉的眼中透出了生气，就像沙漠地里突然涌出的一股清流，她有点不好意思地说：“有出版社约我翻译一部小说。以前没有做过的事，我担心自己不能做好。”

我忽然想到自己的小说家的梦，会心地笑了。

三、茜茜来访

第二天快下班时，茜茜来警署找我了。她站在门外，似乎不愿踏进署里。我走近她时，她轻声地说：“你是艾丽？爱米莉昨天打电话给我，让我向你自首。但我不是来自首的，我不是杀人犯！但是我有事情想要告诉你。”

我顺着她的眼光，看到斜对面的一家茶室，便笑道：“去那边喝杯热茶怎么样？”

那天茶室里有些冷清，茜茜找了一个角落坐下。只见她拿下了围巾，用手搓了搓脸，喝下几口热茶后，端正的脸上泛起了红晕，她踌躇着不知从何说起。

我问：“露丝出事的那一天，你和露丝两人在小花园里说了什么呢？”

“那时安德烈还在等待判决，我求她再原谅安德烈一次。露丝笑笑说：‘就应该让他进去吃点苦，他才知道给你和女儿添了多少麻烦！’当时我气她无情，后来想想她说的也不是没有道理。露丝不知道，当初安德烈的父母反对我们的婚姻，不承认我这个媳妇，可安德烈宁愿与父母绝交，跑来中国与我结婚。安德烈除了我和女儿以外，他在中国举目无亲。现在安德烈坐了牢，我和女儿在社会上很孤立，但我也不会因此而去杀了露丝呀。

“我想告诉你的是，想杀死露丝的是米你。这是米你对露丝第二次下手了，第一次露丝运气好，逃过了一劫。

“那是去年5月底的事，米你叫上我们三人去她老公的别墅住一夜。别墅在杭州郊外，是一座两层的旧楼房。晚饭前，我们洗了澡，饭后四人就在二楼房里打牌。近11点时牌局结束了，我和露丝睡一间房，我们刚想熄灯，米你来敲门说，露丝的耳饰放在下面浴室的窗台上了，她见时想带上来可一转身忘了。露丝起身去取了，我听到她说一个人下去怪怕的，就起床想陪她去。我到楼梯口时，看到露丝在前、米你在后正下楼呢，突然米你在露丝背后推了一把，这楼梯又高又陡，露丝头朝下跌了下去。我吓得腿一软坐在了地板上，再伸头看楼下时，只见米你搂着露丝，抚摸着她的脚踝。露丝除了右脚踝扭伤外，没出大事。听米你高声说：‘阿弥陀佛，还好今天去过灵隐寺烧了香，否则真会闯大祸。’露丝回房后对我说：‘最近有好几次觉得脚下绊绊磕磕而摔倒的，刚才也是这样的感觉，是不是更年期提前来了？’

“我没有对露丝说米你推她的事，我怀疑是不是自己眼花了。露丝死后，我相信当时米你确实是推了她、想让她摔死的！因为米你欠了露丝50万元，她无力偿还，这事只有我知道。米你是三年前结婚的，这以前一直独身。米你对钱、对物是比较执着的。独身时，她开始买卖些旧邮票、古钱币赚些小钱，打发空余时间。婚后开始做起了玉石文物的生意。

“米你的老公是她任教的私立大专校的老板，也是校长，比米你大好多，60多的人了。这老人家比米你更精十分，婚前做了财产公证，说好这些财产在他死后全部归他的儿女。据说，他老公连给她生活费都很苛刻，露丝笑米你是‘可悲的后妻’——露丝说话太尖刻。话虽这么说，在米你资金短缺时露丝常借钱给她，米你赚了钱也会分利润给露丝。

“这样做了两年多文物生意，每年做两三笔，好像米你运气也一直不错。去年春节后，米你做的一笔‘和玉青花玉人俑’生意失败了。听她说是受骗买了假货，90万元的钱几乎血本无归。这其中有借露丝的50万和我的3万元。我们手中都有她写的借条。米你急得病倒了，我去看她时，她流着泪把受骗的事告诉了我，还说借露丝的款多，怕露丝性急，让我暂时别把真相告诉她。从露丝口中我知道，米你编造了许多谎言来拖延归还借款。露丝渐渐地感到不安了，就在米你把露西推下楼梯的那天傍晚，她们俩在做晚餐时，我正从浴室出来经过厨房时，听见露丝半真不假地说：‘你不是说那块玉有了买家，最多借一个月么？我不是逼你，我真的是有急用啊。你再不还，我找你家老先生去啦！’米你做文物买卖都是瞒着她老公的。

“10月初，米你把3万元给了我，还说：‘先还你的，露丝的再想办法。’也就是说她还没有还露丝的钱。露丝死的那一天，米你好像一直心神不定，在花园里时她说自己肚子坏了先回屋。我和露丝回到厅里时，见米你手里拿个玻璃糖缸，对我们说：‘我在看这糖缸是北欧制的还是日本制的。’我后来去厨房把晚餐用的贝类、墨鱼解冻，等我拿了咖啡杯到大厅时，米你还是捧着那个糖缸。

“爱米莉向杯子里倒咖啡时，米你把我和露丝召到窗前，把糖缸放在阳光下看，说：‘北欧风格的以水滴图案居多，玻璃体接近浊白色；你们看，这只糖缸刻的是箭头图案，玻璃体较透明，是日本产的，叫江户切子。江户就是现在的东京。这是好东西！要卖5000元左右呢。’她说那么多，我想就是为了她的手可以不离开那个糖缸。因为糖缸里有三粒有毒的方糖，是她趁我和露丝还在花园里时把它放进去的。此后，她一边开玩笑说爱米莉发了横财、一边往露丝的咖啡里放了三块糖。

“我们没有马上喝咖啡，因为关在浴室里的猫逃出来了，爱米莉叫了我和她一起捉猫；米你也站起来了，她去了厕所。在厕所里她可以冲洗她的手，可以从马桶里冲掉包过有毒糖块的纸，消灭物证。

“相对做专业太太的露丝和爱米莉来说，我和米你比较亲近。但是露丝被毒死了。米你为了赖掉借款而杀人，这和谋财害命有什么两样？这是无法原谅的。我了解米你，她是个胆大心细、敢想敢做的人。能杀人又做得如此干净、巧妙的，你想除了米你还能有谁？”

茜茜说完后便起身欲走，我把茜茜送到了大路上。茜茜的背影很快消失在人流里。我想茜茜绝不是个引人注目的女人，但她每天匆匆地奔走在她的人生道路上，却从不会迷失她的方向。

四、访问米你

我见到米你是在星期六的下午。米你家住的是三层连排别墅型的房子，外观有点像老式石库门房。米你带着我穿过一楼的会客室上了二楼，二楼是开放式的厨房和饭厅。透过阳台的长窗进入眼帘的是隔壁公园的早春景色。室内的摆设则简洁流畅。

米你的丈夫见了我从椅子上站起来，他的身材高大，肥鼻子上架了副黑边眼镜，笑得殷勤而大方：“是警察署来的？为露丝的事吧，那我就回避了。”说着拿了手上的报纸下楼去了。米你端了茶出来，她浅色的毛衣外罩了橘色的围裙，小巧玲珑的身材，一头爽快的露耳短发。

米你沉着地等着我开口，屋里能听到金鱼缸里气泡的声响。

我直截了当地说：“前几天访问了爱米莉和茜茜，听说你借了露丝50万元钱，是吗？她死后，她家人没有找到你写的借条？你有没有就这50万元归还的问题找过她的家人？去年5月在杭州的别墅里，露丝向你催讨借款，当晚她就从楼梯上滚了下去。当时你走在她后面，有人说看见你伸手推了她。”

米你没有及时反击，却凝神思索了几分钟才说：

“我想这些话是茜茜对你说的，我是借了露丝50万元钱。她死后，她丈夫没有来找过我，我也没有联系过她的家人，是因为我没有钱归还，我一直为此而苦恼，但就在刚才听了你说的话时，我作出了决定。等你走后，我会把此事告诉我丈夫，希望由我丈夫代我归还债务；如果我丈夫拒绝我的话，那么在我离婚后，我和露丝家属可以通过法律来解决借款问题，该怎么办就怎么办。

“在杭州的别墅里，我没有把露丝推下楼去，我走在露丝后面见她要摔下去时伸手想去拉她，没拉着。这给站在楼梯口的茜茜一个错觉，以为是我推了露丝。

“我没有杀露丝，我想茜茜也不会杀她。爱米莉就难说了，这几十年来她一直在露丝的阴影下生活着。露丝和爱米莉的丈夫顾宗平在学生时是情侣。大学毕业后，顾宗平一家移居了加拿大，不知什么原因顾宗平同露丝失去了联系。两年后，顾宗平回上海时，露丝已在谈婚论嫁了。顾宗平说过他忘不了露丝，在他心里这一辈子也就这么一个女人了。顾宗平明言他不会再爱他人，可爱米莉还是追着他、嫁了他。也难怪爱米莉，结婚时她已经三十多岁了，顾宗平开的外贸公司又兴旺。但顾宗平从不许爱米莉进入他的公司，他却常邀露丝以翻译的身份一起参加与外国商人的洽谈晚宴。他说有美丽女人在场的商谈会更顺利。

“露丝的丈夫看来像是给露丝充分的自由和信任，在我看来那是对她的冷漠。她丈夫热衷于他的研究、著书和他的名誉；在他心里，恐怕连身边的漂亮妻子也只能算是他名誉的一部分吧。露丝呢，丈夫的学者身份才是她身上最华丽的包装，她离不开他。而她内心对爱情的饥渴却只能从顾宗平那里得到，他滋养了她的作为女人的自信和美貌。我相信顾宗平和露丝没有什么艳事，因为顾宗平相信这可以使露丝看上去更圣洁，也能把自己的精神之爱看得更完美——说到底这就是顾宗平赖以生存的病态的爱情方式！

“爱米莉自结婚起就在努力把丈夫的心从露丝那儿拉回来，她相信滴水穿石的力量，可她的温柔之水滴了二十年却丝毫改变不了顾宗平。年近50的她终于不得不承认她永远战胜不了她的情敌露丝。爱米莉的心像久未施肥灌溉的田地，枯败而凄凉，她开始想要了断这种让她痛苦屈辱的生活了。

“去年5月，我们在L大学王教授的葬礼上遇到了陈助教，他在我们读大学时主教外国文学，当时他30出头已经结了婚。爱米莉选了陈助教为论文指导老师，常常出入陈助教的住处。记得就在毕业前几个月，那天我在上课时突然觉得胃痛，就回了寝室躺在床上。不久，爱米莉和露丝也悄悄地回来了，关上房门说话。我睡的是上铺，她们没有看见我，听她们俩说的内容是爱米莉怀孕了、露丝催爱米莉去她母亲工作的医院做人工流产的事。爱米莉应了，又哭哭啼啼地骂陈助教，骂了一阵她们回教室去了。这件事本不该让我听见的，我也想一辈子就当没听到过这回事。

“久别重逢，葬礼后陈助教邀我们四人去近处一家茶店坐坐，露丝和爱米莉极大方地应诺了。陈助教说他辞了学校的教职，在香港的一家出版社做事，这些年来是经常回上海的。他说他手上有一本英文小说，在英语国家很畅销，现在他想找人翻译、出版中文版。他说：‘你们都是高材生啊，想不想试试？我敢肯定这是一次在翻译界成名的机会！’我们四人都惊喜地叫了起来，成为翻译家是我们大学时代的最高理想。见陈助教的眼光落在爱米莉的身上，爱米莉的眼睛像少女般闪着光亮，我和茜茜便知趣地走到一个角落里看画册去了。

“陈助教拿了手机到后面去接电话时，我听露丝对爱米莉说：‘我早就想翻译小说了，可没有机会。陈助教肯定会把机会给你的，你为他牺牲了那么多，他还不知道呢，给你这么一点机会又算得了什么呢。’我猜想露丝指的是爱米莉那次人工流产的事，并暗示她和顾宗平婚后患的习惯性流产也与此有关联。顾宗平是不知道爱米莉婚前那段情事的。

“陈助教回来时，爱米莉对他说露丝最适合翻译这本小说了，而她自己最近忙于看护病中的母亲。我们都知道她母亲几年前已经去世了。我清楚地记得爱米莉挺直了腰背坐在那里好久，脸上毫无表情，像极地的一块冻土，一块对摧残和掠夺都麻木了的冻土。想起那张脸我至今都心惊肉跳。这以后爱米莉对露丝的态度也看不出有什么变化，但我现在确信从那时起她就下了决心：宁可玉石俱碎，也要除掉露丝了。

“露丝死的那一天，爱米莉特意把煮咖啡的机器拿到厅里来，那咖啡有特别浓烈的、甜丝丝的奶油香味，它可以盖过毒药的味道。药是在她向杯子里倒咖啡时放进去的，那时我正叫了露丝、茜茜在窗前的阳光下看糖缸的花纹，她有足够的时间放药。过后她借了捉猫的机会去了卫生间，冲洗掉了罪证。

“我说爱米莉是凶手，只是我的推理，没有什么证据。还是那句话，破案是警察的工作。”

米你说完了，屋内一片静寂，又听到金鱼缸里的气泡声了。我想米你如此能言善辩，她的叙事、描述、比喻能力真可以当个作家了！要讲的话都给她讲完了，我也就只能道谢告辞了。

路过一楼会客室时，有歌声从侧面的书房里传来。我驻足倾听，道：“是埃尔顿·约翰的《Your song》，现在唱到‘人生变得如此美好，是因为这世上有了你’？”

米你道：“是的。我丈夫喜欢那首歌。埃尔顿·约翰！等等，我想起了一件事！露丝出事的那天，先是来了救护车，医生打了110。那医生离开时嘀咕了一声‘这房间怎么就像是个葬礼堂？！’当时我站在门口，听了此话再看里面的光景也觉得不可思议：穿着白衣长裙、脸上盖着灰色丝巾的露丝直挺挺地仰卧在沙发上（她倒下去后我们为了让她好受些把她放平的），沙发四周供着鲜红的玫瑰花；我耳边传来了埃尔顿·约翰的歌声，声音很低，似有若无，唱的是《风中之烛》。这绝对不是我的幻听！可我不知道是谁、是什么时候开始放起音乐来的。接着警察让我去了二楼房间。那一天心很乱，没时间想那么多。”

我闭上眼寻思了一会，若有所悟，说："有人不但为露丝准备了毒药，而且准备了悼歌和鲜花，设下了'礼堂'。你想，这人会是谁呢？米你，你记得那首悼念戴安娜王妃的《风中之烛》的歌词吗？"

"记得，Goodbye England's Rose，May you ever grow in our hearts."

我随口把它译成了中文："'永别了，英国的玫瑰，愿你永远盛开在我们心中。'露丝的名字取自英语Rose，是玫瑰的意思，这不会错吧？"

"是啊。大家都说露丝很适合这个名字，不是吗？而且她最喜欢红玫瑰。"

我穿过米你家前的公园向地铁站走去，公园里有几只懒洋洋的猫趴在地上打瞌睡，我走近前去看它们，想到露丝在死前说过的话："'猫真的是很可爱的，我以前怎么就没好好地看过它们呢。"我想那时的露丝是不是怀着一种对万物宽容的慈悲心理呢？而人在什么时候最容易产生这种心理呢？猫见我打扰了它们的午睡、又没有喂食的意思，便瞪了我几眼走开了。

五、风中之烛

一大片的玫瑰在风中摇动，忽而花瓣散落一地如锦毯铺地；白衣女子的背影踏着地毯向远处走去，忽然地毯裂开，女子摇摇欲坠，我尖叫着张开双臂向她扑去……

我跌落在床下的地板上，揉揉眼，觉得嗓子痛，又听到《风中之烛》的歌声在室内回旋，此时我想起我曾在网上找了那首歌，听着、听着就瞌睡做梦了。我起身关了电脑，屋内寂静一片，怎么也睡不着了，就定了定神，开始写我的调查日记。

这天我分别找了爱米莉夫妇。顾宗平在公司里接待我时没有做出厌烦的表情。他说:“还是为了那玫瑰的事?那我就再说得详细一点。在露丝死的前一天,露丝打电话给我,说她知道明天我不在上海,很可惜不能见面。我就开玩笑问她想要什么礼物,我今晚去买好放在沙发的隔缝里,露丝说她想要一房间的玫瑰。我想到在大学里我向她求爱时,买了大学旁花店里的所有的玫瑰送到她们宿舍里的事来。当晚,我回家时开车走了几家花店,付了款又预约了送花时间。”

在我提到《风中之烛》的CD时,顾宗平皱了皱眉头,疑惑地说:“是很久以前的事了。戴安娜王妃刚死不久,我和露丝在书店的咖啡店里听到这首歌。看到露丝凝神倾听的样子,就顺便去对面的柜台买了两张《风中之烛》的CD,一张给了露丝、一张留在自己家里。我记得CD的封面图像,碧蓝色的底色上一枝洁白的玫瑰花,露丝很喜欢。她开玩笑说:‘我会写下遗嘱,让我的儿子将来在我的葬礼上放这支歌。’你刚才说,露丝出事时我家的厅里放的正是这支歌?不可思议!”

我问:“你留在家里的那盒CD还在吗?你把露丝说的关于她葬礼上想放这首歌的事告诉过爱米莉吗?”

“那盒CD应该还在,我没有扔掉过;至于露丝讲的话我有没有告诉过爱米莉,我就记不得了。”

下午我去问了爱米莉,露丝死的时候是否听到过《风中之烛》的歌声,她也点点头说确实听到过,那张CD是露丝放进影碟机里的。出事的三天前,露丝说有事路过绿洲花园想来坐坐。露丝来后,就在放CD的柜子里找出《风中之烛》的片子放到了影碟机里。她听着听着就斜躺在沙发上闭上了眼。大概过了十来分钟,爱米莉以为她睡着了就关了音响,可是露丝坐了起来,擦了擦眼角的泪珠,笑着说:“每次听这首歌都很感动,你的音响设备真好!”说完就走了。以后的两天爱米莉是住在南京西路那边的,所以那张CD就一直放在影碟机里没有取出来过。

“那天是谁随意按了音响的遥控器吧?”爱米莉说,“那张CD现在还在那个影碟机的盘子里呢。”

我合上了调查日记，望着窗外夜空中云起云落，破碎的下弦月忽隐忽现，像是在断断续续地讲述着一个令人断肠的故事。渐渐地云散了，月仍然破碎，却显出了光亮的轮廓来。

“会是露丝自害吗？”那天爱米莉和茜茜去捉猫、米你上了厕所，露丝背身装作看画时向杯里放了毒？毒粉很可能是放在能溶化的食物性纸片里的。事发至今，没有人对露丝和她的家庭进行仔细地调查过。在她周围的人看来，她拥有一个女人、一个为妻为母的人所拥有的所有幸福，她没有自杀的理由，因此确信她是个受害者。然而看眼前的天象也是风卷云舒、瞬息万变的，更何况人的命运呢？

一星期后，我在徐家汇的一排老房子里找到了露丝的丈夫周教授的住处，那是一间三十多平方米的房子，里面堆满了衣物、书籍等，杂乱不堪。

周教授挤出了一小块地方放平了折椅让我坐下。据调查得知，周教授几年前迷上了商品期货的买卖。他以他们的家，上海西区一幢高级小洋房作抵押，借款买了金属商品期货，结果他“一脚踏空”惨败了。在露丝过世后不久，房子便移交了他人，露丝生前是知道房子移交期的。当我向周教授提到此事时，他用忧郁的眼光望着我说：“你觉得这和露丝的死有关？不，不会的。她一直是信任我的，我对她说过我还会挣回一栋洋房来的！她是相信我的。”

我看着周教授憔悴的脸，禁不住摇了摇头说：“你对露丝了解了多少呢？至今你们的亲朋好友中没有人知道你们失去了住房、欠下了重债。他们还告诉我你不堪忍受爱妻的死去才卖掉了房子、住回了老家。——这种解说也许真是露丝所希望的。露丝生前从没向人流露过家庭中发生的巨变。都说女人喜欢诉苦，但女人在感到刻骨铭心的痛苦时，是不会轻易向人诉说的。我想那时她的心像一潭死水，宁静而绝望。”

周教授开始哭泣，流了一脸的泪也不用手去擼一下，就像一个任性的孩子，要人知道他心中的悲切。我闷闷地说："露丝的死因还在调查中，但也不能排除露丝自杀的可能性。"

周教授的回答让我大吃了一惊。他点点头说："是的，我也是这样想的。我昨天刚知道，露丝得了脑癌。前几天我在她的皮夹里看到一张小纸片，上面有我们医院脑科专家的名字。露丝曾经问过我们医院最好的脑科专家是谁，我就匆匆地在纸片上写了个名字给她，当时我想是她朋友托她打听的吧。昨天我偶然遇到那位专家，就想起此事，就顺便问了几句，却想不到查到了露丝的病历记录。露丝就诊是去年8月底，她问了脑科专家她的余命还有多少，她谎称她决定去国外治疗。露丝肯定知道，随着病的进展，她脑子的空间会渐渐被肿瘤侵占，人格完全改变，成为智力只有两三岁的人。我想，这是她最受不了的事。"

我忽然觉得天花板太低，压得人喘不过气来。我向西窗口望去，透过污迹斑斑的玻璃见到的是隔壁人家的一堵墙。我想："露丝最受不了的也许是使她沦落于赤贫的家庭巨变。对露丝来说，让人看到她的不幸才是她人生的最大不幸。"

泪流尽了，周教授喃喃自语道："露丝选择了死，选择了在她的朋友们身边死去，多少对我是一种伤害。她为什么……"

我闭上了眼，想象着露丝在给自己备下鲜花、挽歌，置下"礼堂"时会是什么心情。露丝选择死，是不是想掩盖她早逝的辛酸和赤贫的耻辱？多年来，她在女友圈里才实在地感受到她的优越感，唯有女友的关注、羡慕甚至嫉妒才使她平板、黑白的生活变得立体又多彩，所以当面临命运的恶变时，她决定做一场"死的游戏"并扮演最后一次主角，她想以她的优雅、古典、伤感式的美姿永远活在她的女友的心中，像一支《风中之烛》的歌。——露丝没有留下遗书，她的真实想法我毕竟无从知道。另外，有一个念头在我的脑中闪过：露丝没有选择在自己的家中死去，是否怕那小洋房成为不吉祥的房子而降价？这种想法有点冒渎露丝的亡灵，不想也罢。

周教授张着嘴和眼，像是在等待我的回答。此时听到有人走在狭窄黑暗的楼梯通道上，楼板发出“咯吱、咯吱”的声响。我找不出其他的话来说，就又重复道：“你对露丝了解了多少呢？”

周教授想了想，大概是觉得没有把事情搞得更复杂的必要，于是他说了一句人人皆知的永恒真理：“人死了是不能复活的。”

尽管如此，周教授在我走后对露丝的遗物进行了整理，第二天他把一个贴有指甲油标签的小瓶送来了，说露丝把它放在她的贵重首饰盒里。经化验，小瓶里装的正是那个致命的化合物。

“绿洲花园女同学毒杀案”结案后，我退休了。又过了几年，我为儿子找婚房时偶然走过绿洲花园别墅房的×号前，见花园里开满了玫瑰花；《风中之烛》的歌声从厅里的窗户处流出，像是低低地在向黄昏的空中倾诉，那是压抑着思念与情热的埃尔顿·约翰的声音。

走在我旁边的房产中介店的老板A先生说：“还记得我给你说过这幢房里发生的事吗？我的同学露丝死后，爱米莉也离婚了，现在是她的前夫住在这里。爱米莉奇怪了，去年嫁给了露丝的丈夫周教授，成了翻译家和教授夫人了。”

我一怔，瞪圆了眼看A先生。

“女人的心是个谜。”A先生说。

2015年10月3日

复仇旅行

一

富士山的北麓有五个湖泊，俗称“富士五湖”，其中湖岸最长的要数河口湖了。

河口湖环湖岸筑道，夹着道路则建了许多和式、洋式旅馆，形成了一条旅馆街。旅馆的长窗、阳台一色地面朝富士山，让旅客隔湖欣赏冬夏四季、日出日入、云雨集散的富士绝色。

四年前的春天，这条旅馆街上来了一对华裔夫妇，他们收买了一家濒临破产的六层旅馆，取了个通俗易记的名字叫“山水花”，稍加装修后便开业了。“山水花”的老板是个肤色略暗、肌肉发达的中等个子男人，一身的穿戴尽是银座店头中陈列的上等货。当地人见他开着宝马车进进出出地忙碌，都说这人不像是旅馆主，倒更像是行商的生意人。不久，人们便看到了几乎每天都有两三辆大客车停在“山水花”旅馆的停车场上过夜。

客车载着一批批中国旅客来到这条街上。傍晚时分，中国人穿着“山水花”旅馆的日式浴衣，嘻嘻哈哈地拖着“格的格的”作响的木屐来街上的商店购物。商店老板见了这批购物欲望旺盛的客人，都笑得合不上嘴；店里添加了货的品种，又添了好几个售货员——“山水花”旅馆为这条街带来了生气。

旅馆街的男人们说羡慕“山水花”老板的经营才能，又说更羡慕的是他有一个绝色妻子。有个客人坐在河口湖畔喝咖啡欣赏落日时，不意回头见一妇人在阳台上凭栏眺望的姿色，叹道：“这妇人轻柔光亮得像夕阳下的湖波，真怕她消失在夜幕中呢。”这位被称赞的妇人叫路菱儿，是“山水花”旅馆的老板娘。

就是这样一位绝色美人，眼下却处在人生最深刻的危机中。在8月一个半晴半阴的下午，一个女人挺着个孕妇肚子、脸上堆着神秘的笑容走进旅馆来。服务员钟银花认出这女人叫王娜，哈尔滨人，以前在旅馆做过按摩员。她想上前招呼王娜，却被人从身后扯住了衣袖，回头一看是日本人山田，山田是个60岁左右能说中文的女人，做前台和记账的工作。

山田恭敬地说：“王娜小姐，夫人在三楼的办公室等你，让我引路吧。”

钟银花惊讶得合不上嘴来，她目送着王娜昂首挺腹地进入电梯，心想：“要出事了，谣传的事情被证实了，这女人施计怀了老板的孩子。菱儿可怜了！”

钟银花和路菱儿同生同长在上海城区的一条老街上，又是同龄同学。不同的是路菱儿自幼美貌、受人宠爱；而钟银花呢，饼脸上长着一双田螺眼，朝天鼻两侧是一对大猪耳，不化妆装丑也能让人发笑。钟银花嫁了人、生了子，可儿子幼年时丈夫病死了。多亏在东京的路菱儿给她介绍了老实厚道的日本男人，把她和孩子接来日本定居。现在孩子上了大学，她和丈夫也就跟着路菱儿到河口湖旅馆街来帮工了。

王娜离开旅馆一小时后，路菱儿招钟银花去她居住的五楼一室。

“我想你都知道发生了什么事！”

“嗯。但是，如果王娜在说谎呢？”钟银花探问道，路菱儿惨淡一笑，摇了摇头。

钟银花道：“菱儿，别太当真！在女人眼里，老板是个有魅力的男人，他会有点出格的事；但我保证除了你，他不会爱别人的，包括王娜。”

“这次不一样。他已经50岁了，而膝下无子，王娜怀的是男孩。”

钟银花见路菱儿起身踱到窗前，裹着浅紫色浴衣的修长身子搭在窗框上，像一条美人鱼。钟银花的眼光落在路菱儿狭窄贫瘠的盆骨上，她想起了王娜那强欲丰满的臀部，轻轻地叹了口气。

“你年初回上海老家啦？那一片砖瓦石库门房还没拆？你家还住那里吗？”

“没拆呢，我老家由我哥一家住着。”钟银花答道。

“他呢？还住那里？”

钟银花知道路菱儿指的“他”是谁，就说：“刘长腿还住在那里。他服侍病瘫的娘多年，前年他娘死了。”

“哦，他孤身一人？也没再婚？”

“婚倒是结了，可那是假结婚。——我也是听我嫂子说的。刘长腿从日本回去时，他娘和他姐姐一家挤在他们家的老房子里，他就在浦东买了一间旧房住。不久他姐姐跟女儿去了南方，他为服侍他娘又搬回来的。刘长腿买的浦东房子拆迁了，他找我嫂子说要出钱办张假结婚证，多拿些房子；也巧我嫂子有个表侄女独身，儿子看病急需钱用，就办了结婚证，各得其利了。听说他拿了房子还拿了不少钱，现在阔了……”钟银花没敢再说下去，她见夕阳染红了路菱儿被风吹乱的长发，就像愤怒的火焰在燃烧。钟银花来到日本近八年了，和路菱儿谈到其前夫刘长腿的事还是第一次。刘长腿回上海不久，钟银花嫁到了日本，当时路菱儿已再婚了。路菱儿是一向忌谈过去的事的。

“老天是有眼的。我现在才知道被人背叛、欺凌的屈辱，一切都有报应的。银花，我累了，让我一个人休息吧。”

钟银花点点头，默默地退了出去。路菱儿说话时带着颤音，就像是她的被压扁了的灵魂在呻吟。钟银花搞不清楚路菱儿那句“被人背叛、欺凌的屈辱”的话指的是她自己现在的处境，还是指刘长腿曾经的遭遇？但钟银花是女人，她知道把路菱儿的灵魂压扁了的就是这“屈辱”两字。

二

在上海十六铺码头附近有一条老街，街上有几排经历了近百年沧桑的老房子，那里住了些时运不济的老上海人和从外省来闯天下的新上海人。

黄昏时，刘长腿在自家门口放了把竹椅子躺下，他打着赤膊，背部能感受到竹片的凉爽，脚边放着的一杯啤酒还“沙沙地”发出泡沫破灭的声音。此时隔壁的钟家也搬出了小桌和椅子。有鸡香飘来，夹着酒味，刘长腿感到肚子更饿了。

钟小弟说：“哟，长腿也出来了，来来，把你的酒带过来一起喝。今天蒸了个鸡，又白切了一碟猪耳朵。刚才下了雨，凉爽了许多，我们慢慢喝。”

钟小弟的老婆皮肤黑，她娘叫她黑妹，是从隔壁弄堂嫁过来的。黑妹叫老公去街口的店里再拿几瓶酒回来。支开了老公，黑妹问刘长腿：“拆迁房的房款、房子到手啦？我的表侄女也想快点办离婚手续，了了这件事。”

“房款都到手了，还有点小事要办，你问她能不能过两个月，到10月底、11月初去办。”

“没问题，她又不急着结婚，只是她儿子治病，可能手头钱又紧张了。”

钟小弟拎了两瓶酒回来了，身后跟着个穿戴整齐的男人，刘长腿认出是高中同班生阿慧。阿慧从老街搬出去已20年了，今天是被母亲逼着来参加老邻居的葬礼的。久别重逢，大家高兴，便互相劝酒、干杯，话题也变得越来越自由奔放。对面一家的亭子间里传出婴儿的哭声，又听到有老妇人用他们听不懂的方言在唱摇篮曲。

“那亭子间原来住的是路菱儿母女俩。路菱儿出国后，她娘回了广东老家去，再也没回来。”钟小弟对阿慧说，黑妹在桌下用脚踢他。可钟小弟受酒精摆布，越说越来劲：“长腿，你倒说说，你把路菱儿带去日本，怎么又把她弄丢了？她可是我们这弄堂里最漂亮的姑娘哟。那时我想她会和阿慧结婚的，有好几次我拾了砖头想去敲破阿慧的头！阿慧，你笑什么？你敢说你没有追求过她？怎么也想不到她会选择和长腿结婚的。”

黑妹装了笑脸，对刘长腿说：“他醉了，别理他。”阿慧忽然想起了什么，伸长了腿从裤袋里掏出手机来，说：“是了，长腿，我们高中老同学搞了个微信群，就你没参加。还记得长辫子菊花吗？她上星期发了条消息，3月底跟旅行团去日本看樱花时，在一个旅馆里遇到了路菱儿，路菱儿和她男人开了这家旅馆：你看，菊花还发了这张她和菱儿夫妇的合影……”刘长腿的眼光落在阿慧的手机上，他的眼睛盯在路菱儿身边的男人身上，他觉得阿慧的声音变得遥远，他全身的肌肉紧张得收缩起来，四肢微微颤抖。

要下雷雨了，阿慧匆匆走了，黑妹把桌椅移入室内。钟小弟滚到沙发上发起了鼾声；可刘长腿并没回去的意思，他还是喝酒和吃菜，最后去了厕所间上吐下泻地折腾了一番才说要回家去。黑妹只得扶他回去，刘长腿拉了黑妹的手，涕泪俱下，语无伦次道：“照片上那个男人，是条心狠手辣的狼！不，不是狼，是条肮脏、狡猾的狐狸，他夺了我的老婆，夺了我的血汗钱，我要杀了他！我要在菱儿的面前，用我的拳头，一拳一拳地把他打死！要菱儿知道谁才是真正的男人。”

黑妹想，钟小弟的妹妹银花是由路菱儿做媒嫁去日本的，但银花回上海时从未讲起过路菱儿的事。听刘长腿这么说话，想来他和路菱儿间必有难言的恩怨故事。

过了几天，一身汗臭的刘长腿推着自行车从外面回来，手上拎着一套新置的拳击用沙包手套。钟小弟见此回家对老婆唠叨："有钱人就是好！隔壁刘长腿拿到动迁房款后，辞了工作，待在家里又怕发闷，就学起了拳击，还每天买了牛肉、甲鱼吃，强壮身体呢。"

这以后黑妹每夜都可以听到隔壁"咚、咚"的击墙练拳的声音，早晨一开门又见刘长腿在弄堂里"叭、叭"地挥绳弹跳。黑妹想这人疯了，为了长辫子菊花在微信上发的那张照片而疯了。

三

刘长腿很快地掌握了出拳、发力的技巧，拳力也增强了一百多磅。近年来练拳击的人多了：有想减肥的中年男人，有梦想当拳王的高中生，也有以拳击来发泄工作压力的白领青年。但刘长腿为啥练拳击李教练不知道，每天见他带了个红色的沙包手套，赌命般地猛击沙袋，还口中念念有词，念的是一个人的名字，但李教练听不大清楚，好像是"荆中原"，或者是"秦中原"。问刘长腿，刘长腿板了个脸，两眼就像要喷火，答道："晋中原，我的仇人！"

"你这个人很幽默……"李教练讪讪笑道，心想这人跌进了叫"仇恨"的地狱。

刘长腿坐在角落里擦汗喝水时，李教练又跟上去问一句："告诉我，你和晋中原怎么啦？"刘长腿向他摆摆手，双眼含泪扭过头去，起身走了。

李教练对着刘长腿的背影温和地说："老刘啊，练了拳击就不能轻易对人出手了，你的手会变成凶器的。"

刘长腿沿着黄浦江岸向东走，他想绕个大圈子回家。泪眼望天色，月亮也变得朦胧了。

路菱儿嫁给他的时候，他曾背着人来江边问月："我前世做了什么好事，今世能得如此幸运？"婚后三年，菱儿未孕。去医院检查，说是菱儿子宫有病，受精卵难以着床。菱儿变得忧闷寡欢了。那天傍晚，刘长腿去卖大闸蟹的阿三处，挑了几个濒死的撑脚蟹跟他论价，阿三用纸包了蟹说："拿去，我请客了。长腿想不想去日本打工挣钱？在日本打一天工，抵得上你一个月的工资。我想找个伴一起去，长腿你是个忠厚的人，靠得住。"

路菱儿听说两人能一起去日本，兴奋得吻了刘长腿。刘长腿知道，菱儿为了自己的生育问题想逃离现在的生活环境。他们是以留学签证去日本的，可到日本第二天，刘长腿便去了建设工地扛泥包了。1988年日本的泡沫经济还未破碎，找工作容易。工地收工后，刘长腿吃了菱儿给他准备的两个饭团，又去桑拿浴室为客人递送毛巾。每天乘末班地铁回家时，他能看到菱儿的笑容，她会为他干裂的手擦蛤蜊油，还心疼地说："烘毛巾的烘箱温度有多高？皮肤都烘焦萎缩了。"刘长腿坚持让菱儿去日语学校读书，说以后回国可以当个日语教师什么的，心里就是舍不得让她去打工。

后来菱儿考上了大学，拿了奖学金。存款也不少了，两人搬到了东京和埼玉县边界处的两房一厨里住下。隔壁住的是个单身男人，叫晋中原，年龄和他们不差上下。他穿着体面，一口流利的日语叫菱儿羡慕不已。一来二往熟了，说定大年夜一起吃饭。那晚晋中原带了酒菜来，后面还跟着个很年轻的中国姑娘，说是他的女朋友；长腿看那姑娘相貌平凡、一双笑眼望着晋中原，对大家的言论也频频点头，表示赞同。这天他们像是异乡逢故友，直谈到天际发白时。晋中原生长在中国的哈尔滨市，16岁时他娘突然告诉他，她是日本人，是终战时被遗弃在中国的日本孤儿。就这样次年他跟着父母来到了人生地不熟的日本，他说他来日本十多年了，可心里的孤独感却一直无法消除。晋中原的话说得大家泪汪汪的，彼此的心也更贴近了。晋中原问了刘长腿夫妇的工作诸事，摇摇头说："太辛苦了。"

从此，刘长腿夫妇的生活发生了惊人的变化。晋中原把刘长腿带到繁华街一个专为妇女服务的酒吧里。在这里工作的晋中原周旋于一群有钱的妇女中，他常常以俗语谈笑又不失风雅，游刃有余地对客平等施爱博宠。晋中原为刘长腿在酒吧里了谋了一职，刘长腿穿起了西装、戴上了黑领结，在柜台前洗杯子、开酒瓶，有时也为喝醉呕吐的妇人扫脏物，工作比原来轻松多了，工资却多了一倍！酒吧凌晨两三点钟关门，头班车还未发车，刘长腿舍不得浪费这段时间，就蹬着自行车挨家挨户地去发送报纸。晋中原见了，笑他是改不了的穷相，而他本人是每天坐着出租车回家的。

到了樱花季节，晋中原借了辆皇冠轿车带刘长腿夫妇和女友去箱根旅游，他们泡了温泉，又游了富士山，在回东京的路上菱儿说："像在天堂里过了两天。"晋中原的女友也说："中原，到秋天去看京都的红叶噢。"菱儿的眼睛闪亮闪亮地看晋中原，晋中原笑了。

在京都的旅馆里，菱儿初次穿了叫"浴衣"的和服，当她移动小步进入晚宴场时，许多外国人的视线落在她的身上，刘长腿还看见有人偷偷地朝她照相。晋中原对刘长腿耳语："外佬把她当成日本美女的典范。"菱儿也意识到他人的眼光，便羞涩地垂下眼帘，缓缓地屈腿端坐在榻榻米上。刘长腿觉得菱儿的美发自她那得到满足的心灵，美得让刘长腿感到炫目、不敢正视，更叫他担忧。果然晚饭后，菱儿拉着他的手说："长腿，如果我们能长期住在日本就好了。"刘长腿拍拍菱儿的小手沉默着。菱儿持有留学生签证，而刘长腿是个违法居留者，俗称黑户口。"别担心，我只是说说罢了，我会跟你回去的。"菱儿小声说。

好景不长，酒吧老板突然中风要关店了。刘长腿犯愁要失业，晋中原说这店开了十几年，有许多老客人，关了可惜，还不如由我们两人盘下吧。晋中原没有积蓄，刘长腿和菱儿商量了把储蓄的三分之二作了盘店资本。晋中原是个天才经营者，他让女人掏腰包的花样真是层出不穷。酒吧的利润相当可观，看上去一切都顺利。晋中原买了车，又和女友同居了。假节日四人经常出入高级百货店购物、开车去看海泡温泉。

不久，晋中原准备把酒吧移至有名的欢乐街S桥旁，扩大规模将酒吧改为俱乐部。这需要花更大的资本，刘长腿犹豫了。那时菱儿常望着天空发呆，愁上眉头，一年后她将毕业，因为丈夫是黑户口，难以指望在日本就业。晋中原知道他们的难处，就说："如果你们不忌讳，要合法留在日本也并非难事。你们去中国大使馆办个离婚手续，半年后我和菱儿去政府那儿领个结婚证，等菱儿跟从我加入了日本国籍后再和长腿复婚，搞个特别签证就行了。当然这离婚、结婚都是纸面文章，我们两家还是和原来一样，各过各的生活。说真的，我是怕你们回国去，没有你们我将一事无成。"

菱儿听了直摇头，晋中原的女友却笑道："菱儿姐真是老脑筋！说穿了，还不是一张纸么？只要你俩彼此忠心不移就行了。我是不在乎的，等你们的事圆满成功了，我和晋中原再办结婚证也不迟。"

刘长腿想了几天，觉得晋中原的方案也确实可行，就说服菱儿按照晋中原所说的去做了。

刘长腿把辛苦了多年的积蓄全部投入到事业里去了，但店铺营业顺利，倒也没有让他感到不安。到了第二年的春天，有几个穿便服的警察不动声色地踱进酒吧来，客气地把他请上了停在门外的警车里。警察以违反日本入国管理法拘留了他，并把他强制送回中国。晋中原两口子和菱儿来拘留所看过他，晋中原说："一定有人看到我们店赚钱而嫉妒了，干出这告密的下流勾当。你放心，等菱儿拿了国籍我们就离婚，到时让菱儿到上海去和你复婚，你就可以堂堂正正地回来了！"菱儿只是擦眼泪，把一个信封递给了他。

信封里是70万日币，菱儿把投资后剩余的钱全给了他。刘长腿回到上海，和姐姐一家挤在一处不方便，就拿50万日币买了浦东一套旧房住。那时没有电脑，国际电话费又贵，菱儿就写长信向他倾诉衷肠。但到了秋夜漫长、落叶飞舞时，刘长腿开始失眠了：菱儿有好长时间没来信了。到年底托日本友人去打听情况，回答是S桥的店门关了，晋中原、菱儿的住处也换了新房客。刘长腿急得要发疯，打晋中原和菱儿的电话也不通。唯有晋中原的女友的电话是接通的，可那姑娘一听是他的声音立即挂了。

不知给那姑娘打了多少次电话，终于有一次姑娘发了慈悲，开口说话了："长腿哥，你真傻呀。嫂子这么个绝世美人，晋中原哪有不垂涎她的？从头到底是晋中原设的圈套，你被抓也是他向警察告的密。我也是上了晋中原的当，他在利用我欺骗你们、让你们安心。"

"你是说晋中原绑架了菱儿？"

姑娘沉默一会，道："菱儿姐是好人，一定是被他连哄带骗，最后搞得身不由己了。"

刘长腿的心肺被掏空似的，痛恨和懊恼每天都在折磨他，可他还得活下去。他姐姐一家搬去南方了，照顾病瘫的娘便成了他的生存意义，直到为她送了终。他娘过世不久幸运就突然来临了，他买的浦东的旧房子动迁了，他分到了房又拿到了钱，对他来说这是一笔莫大的财富。隔壁的黑妹羡慕之余说："人在做，天在看。长腿孝娘感动了天地。"而刘长腿对自己说："老天给我复仇的机会了，有了钱，我将跑遍日本，去找到那个畜生！"

四

男孩吃了鸡块和薯条，又在椅子上爬上爬下地玩了一阵；见母亲的脸阴沉下来，就想做个乖孩子，歪了头睡着了。当母亲的就把两个椅子一拼，给儿子做成个小床让他睡舒服了。那个男人的名字她没记住，表姑好像叫他"长腿"的。他是她户籍上的丈夫，她现在在等他带钱来给她，这是付给她的报酬。她与人办假结婚的事连她娘都不知道的，除了表姑黑妹以外没人知道。这种事情如果被她的朋友们知道了一定会说：“金凤莲何以堕落至此？”想到此处，她的心里就会充满仇恨。恨谁？她也说不清，她娘说恨你自己看错了男人。医生说儿子患的自闭症是天生的，言下之意只能去恨老天了。但她从来没有恨过儿子，仅此她为自己感到骄傲。为了儿子她不能恨自己、也不能恨老天，她指望能通过医治让儿子像正常人一样生活。

肯德基的店里总是那么嘈杂。旁座两个女人往往同时说话、又各人说各人的事，她们张开了嘴却闭上了耳朵。长腿昨天打电话来时，约她去外滩一个宾馆的咖啡厅坐，可她拒绝了。她好几年没买衣服了，找不出像样的衣服和鞋子来穿。另外，她和长腿只见过一次面，在她的记忆中他是个长腿、长脸、长脖子的男人，身背单薄得像贴在墙上的纸人片，和这样的男人在高级咖啡厅并坐，不见得会生出什么浪漫之情。——想得好笑时，金凤莲就用手遮了脸笑。

一个男人站在她身边，是刘长腿？他身材结实多了，脸也丰满了，变成了长国字形脸。他穿了件短袖T恤，露出双臂隆起的肌肉。金凤莲想开玩笑说“士别三日得刮目相看”，但又想说什么都是无意义的，就只等他付了钱，双方在离婚协议纸上签了字完事走路。

刘长腿见金凤莲摆出庄重而冷漠的表情，便知趣而谦虚地说几句感谢的客气话，递上了一个放钱的纸袋，说：“去厕所里点一下，看我有没有搞错。”金凤莲听了摆摆手，她也不知道为什么自己会觉得刘长腿是个能信任的人。

金凤莲说趁儿子睡着，早点把离婚协议的字签了。刘长腿在包里掏了一阵说，忘记带笔了，下次吧。此时刘长腿的脑里生出一个念头，他说：“小金，我想去日本旅游一次，你能陪我去吗？你放心，我决不会生出下流心来的。刚才去了旅行社，这是行程表。你的费用由我来，我再给你2万元——你要雇人看孩子的。当然要是你不愿意，就当我没说过。”

“你独身去国外，怕签证签不出来？”

“就是，就是。”刘长腿忙点头说，实际上旅行社的人也并没说过此话。

金凤莲看了日程表，低头想了片刻，咬了嘴唇道：“为了2万元，跟你走。”说完了，她的脸上浮起笑容，像云天里一抹浅薄的阳光，只表示还未下雨罢了。他们离开店时，孩子还没醒。刘长腿说正好跟他们母子同路，就背着孩子送他们去地铁站。刘长腿感到背上热乎乎的，是孩子的唾液滴在了他的肩上，他笑了。

他们踏上日本之旅时，是11月中旬。旅行团在大阪国际机场进日本海关后，直奔京都的Z国际宾馆。晚饭后，刘长腿为了让金凤莲有足够的时间洗澡，便换衣去了二楼的酒吧消磨时间。他点了一杯葡萄酒，贴近柜台处坐下。他见带着黑领结的男服务生为客人调制酒的姿势，就想到当年自己站在酒吧柜前的情景，晋中原的身影也在他眼前舞动起来。男服务生和他搭话：“今天来的都是中、老年顾客，来一段爵士音乐怎么样？”刘长腿摊了摊手，像是说随你的意吧。

宾馆的酒吧以优雅为主调，适合于熟年男女的浪漫。有一对夫妇吸引了刘长腿的眼光，他们看上去有六十来岁。看那丈夫穿戴的衬衣和领带的颜色、花纹都能让人联想到他的良好教养。他头发不多却笔直地三七分开，略显瘦削的脸上是一双柔和的眼睛。他去衬衣口袋里掏什么，却摸了个空；妻子递了一块白手绢给他，看他擦完了手再把手绢收回叠好放入包内。丈夫笑着轻声说了什么、瓜子脸的妻子也就露出一对酒涡笑笑。老夫妇听了一会音乐，喝了少许白兰地悄悄地离去了。刘长腿则喝到酒吧关门，轻手轻脚去房里的沙发上睡了，醒来时见身上多了条毛毯，想是金凤莲为他盖的。

这是刘长腿第二次来到奈良公园，初次来时的记忆都是和路菱儿和晋中原有关的，令他烦躁。他慢慢地走近跟鹿群玩耍着的金凤莲身旁，买了两包鹿食米饼塞在她手里。金凤莲红了脸，想这男人肯定知道自己连一包鹿食都舍不得买，她分了一包鹿食给刘长腿。两人边说笑边喂食，鹿食喂完了，一头小鹿跟了金凤莲来咬她手上的草帽，金凤莲跟小鹿来回地争夺帽子，鹿不恋战张口放了帽子，金凤莲往后一仰滑倒在泥地里。刘长腿仰天大笑，笑完了见金凤莲像孩子般的坐在泥地里抹眼泪，连忙用手去扶起她。金凤莲抱怨小鹿把帽子咬了个洞。

近黄昏时，刘长腿辞了团队的晚餐，拉了金凤莲的手说要为她去买一顶帽子。他们来到京都车站前的"伊势丹"百货店，在富丽堂皇的大门前，金凤莲踌躇了一下，刘长腿把她推向买帽子、围巾的柜台。有一对夫妇在挑选围巾，刘长腿认出他们就是昨天酒吧里的那对夫妇。见金凤莲和他们打招呼，刘长腿才知道原来他们是同一个旅行团的。丈夫为妻子挑选了一条驼色羊毛披巾，像在征求她的意见，妻子则笑着把头靠一靠丈夫的肩膀算是回答，丈夫付了钱。

欲离店时恰遇一场豪雨，便在店内等候。忽有烤鳗鱼的香味飘来，刘长腿就觉得肚子饿极了。问店员近处可有烤鳗鱼的名店，店员说："一楼有个鳗鱼店，但对面四楼有个百年老店，用的是九州野生河鳗，真是极品啊。"刘长腿拉着金凤莲的手冒雨穿过人群向对面奔去，到了大楼前抖掉身上的雨水，虽然有点狼狈却有顽童般的快乐。有一对男女撑着伞，女人轻挽着男人的左腕稳步走来，伞遮住了他们的脸，可金凤莲还是认出了他们，小声说："是刚才那对夫妻。"

四人同乘电梯到四楼，刘长腿笑道："你们也是被香味引了来的？"男人点头道是，又指了妻子说："我太太，我姓吴。"刘长腿正想着如何作自我介绍好呢？店员出来把他们请进了店里。店铺不大，七八张低桌子，用和式屏风隔开，让客人能彼此相望却又似乎拥有一个私人空间。吴先生和太太坐在他们的斜对面。太太脱去了外面的薄风衣，里面是一套黑底银丝的套装，浅红色的珍珠项链和耳饰并不显得耀眼夺目，却给人一种柔和上品的感觉。吴先生在看菜单时，太太把两人的外衣叠好放在墙边。吴太太挺直腰背的坐姿让刘长腿想起路菱儿，于是又想到明天团队将去富士山，将在河口湖边的旅馆里见到菱儿……他额头出汗了。

刘长腿注意到金凤莲的眼睛也时时地望斜对面的老夫妇，她自语道：“一对令人羡慕的夫妻。”说完低了头不再做声。刘长腿这时才仔细地打量起了金凤莲，乳黄色的灯光下她的脸是圆的，眼睛和鼻子也是圆的，多肉圆润的嘴唇很可爱。她眼角处有太多皱纹，就像小孩子画的太阳图一样。她穿了条印度布长袖连衣裙，褪了色，袖口和裙边上能看到些油渍；裙子的领口开得低，能见到双乳间雪白的谷底——他把眼光移到了别处。

那顿饭吃得无味，刘长腿和金凤莲各想各的心事，谁也不说一句话。回到旅馆，金凤莲开始抽泣，就像是忍耐了很长时间终于得到了发泄机会一般。等到哭够了，听刘长腿说：“给吴家老夫妻压迫了？”金凤莲想这男人倒能一言道破她的心情，而这种心情刚才还像是一堆乱鸡毛，连她自己都理不出个头绪来。她擦了泪，叹了口气说：“是啊，你看他们的生活是稳定和安宁的，就像冬天的阳光一样静悄悄的，暖和和的；再想想我自己的生活呢，干燥无味，每天在怨恨之中。叫我怎么不恨那个男人呢？他开了个灯具厂，订单多，投资也日益增多，投资借的是私人高利贷；他按照订单制作、出货，却收不回货款。当我告诉他我怀孕时，他正在外地躲债，后来他买了商务签证逃往国外去了。”

“去了哪里？”

她迟疑了一下答道：“南非。……我回娘家生了儿子，还是个未婚妈妈，真苦了我父母。儿子3岁时被诊断为自闭症，最近又被确诊为轻度脑瘫，看病需要钱。那男人去了国外，刚去时还写信来说找到了工作，拿了工资马上给我汇钱。可我没拿到过他一分钱，就没了他的消息。”

“如果遇上了他，你会去杀了他吗？”听上去刘长腿的话像是在开玩笑。

金凤莲摇摇头，泪水又涌了上来：“不会，我坐了牢，我儿子怎么办？我遇到他，要狠狠地打他几个耳光，拍掉他几颗牙齿！让他一生都不要忘记我们母子吃了多少苦！”

刘长腿闷闷地走出房去，迎面碰上了旅行团领队小张，就拖了他去二楼咖啡厅里坐，并说由他请客。

刘长腿向他打听明天住的河口湖的“山水花”旅馆的事。小张说，他们旅行社和“山水花”旅馆是签了长期合同的，他几乎每个月都要去几次。这“山水花”旅馆是华裔开的，旅馆虽没Z国际宾馆大，但最受中国人喜爱。底楼有中菜餐厅和日式餐厅两个，让大家自由挑选用餐；六楼有温泉大浴场，可眺望富士山。还说老板娘是个上海人哪。

刘长腿说：“听人说过，是个美人。那旅馆一定很赚钱啰？”

小张笑道：“旅馆肯定赚钱啰，跟中国旅行社签约的也不止我们一家。说到老板娘，真是漂亮得不入俗套，你明天见了就知道了。只是最近老板娘憔悴了许多，为的是她老公的女人问题。我跟在旅馆打工的叫小裙的姑娘搞熟了，是她告诉我的。那老板绝不是搞个小三、小四的问题，他让在旅馆做按摩的女工怀了孕，那女人强悍，又欺负老板娘不会生孩子，就‘母以子贵’在旅馆住了下来。老板五十多岁的人了，宝贝这女人肚子里的孩子。老板娘本来就文静得跟窗外的月光似的，哪里拉得下脸跟那泼妇争斗？就忍声吞气地过着妻妾同堂的日子。”

刘长腿捏紧了拳头放在桌上，说：“这男人就该被人打死。”

小张见刘长腿的脸变成青紫色，觉得有点莫名其妙，也就附和着说：“小裙也说这男人会有恶报的。”

五

从“山水花”旅馆望去，富士山就像浮现在红叶之上。旅行团的巴士是半小时前到达旅馆的，有几个服务员出来迎接团队，但没见到菱儿的身影。刘长腿穿过马路去旅馆对面的河岸边，岸边放有白色桌椅和遮阳伞，伞上写着“山水花”的字样。远处似有人语声，近处却不见个人影，刘长腿在椅子上坐下。刘长腿刚坐下，菱儿就大大方方地出现在他的面前了。

菱儿手里拿着两杯茶，一杯捧了给他，在他旁边的椅子上坐下了，和他一样面朝富士山。刘长腿心想八年的岁月在她身上静静地流淌而过，而她的美貌和风致却丝毫没有改变。

“我在楼上见你下车，一眼就认出你了。”菱儿说。

“你也没变。你娘呢？还在广东？”

“过世多年了。”

“我刚才看到那个大肚子女人了，这事情我听说了。”

“……”

“八年前是晋中原算计了我、密告了我，是吧？”

“我想是的，但他从来没有对我说起过此事。”

“冤有头，债有主。我想找到他。”

菱儿穿的是淡黄色和服，配了华丽的织锦腰带，和服是这一带旅馆老板娘的正装，表示对客人的敬意。她的头发挽了个髻、插了同腰带一色的织锦发饰。她沉默着低下头去，刘长腿看到她纤巧、光滑的颈部。

她想了想，说：“明天傍晚他会回来，你也来吧。他欠你的应该还你，否则对你太不公平了。”

“……”

“明天晚上8点在501室等你。明天旅馆没客人，服务员也休息；正门是锁上的，你绕到后面厨房口有个门，我不会上锁，你从那里进来，直上五楼就行了。”

“我一定会来的。”

菱儿走了。富士山顶处突然浮起云层，云又被风吹得支离破碎，就像是刘长腿的心。他想菱儿的心是空虚的，好像空虚得既没有过去也没有未来；空虚得可以包容一切荣辱恩怨。刘长腿自问自答道："晋中原欠了我什么？是钱，而不是老婆。菱儿不是物，是个有意志、有人格的人！"刘长腿涨红了脸，忙用双手捂住脸。

此时，领队小张正仰视着五楼阳台上凭栏俯视河畔的老板娘，心想她又憔悴了许多，却又像是多了一种凄凉和悲壮的美；小张顺着她的眼光看到坐在河畔的刘长腿，他把头深深地埋在自己的双膝中。

夜里睡不安稳，刘长腿梦见自己带着沙包手套在拳击晋中原的脸，但拳拳都是击空的；他醒了觉得又累又渴，看表是深夜一点。忽然听到有轻轻的敲门声，开了门见是吴太太站在门外朝他招手。吴太太说她丈夫好像没有了呼吸，刘长腿急忙跟了她走。

刘长腿心慌意乱地用手在吴先生的鼻子下试试，气息奄奄；又摸了摸他的脉搏，也极微弱。刘长腿说要叫救护车和通知领队小张。可吴太太坚定地摇了摇头，说："他患的是肺癌，但他拒绝任何治疗。他说过如果上天要招他去了，就让他自然而去，不需要施救。对不起，我一个人到底有点害怕，就把你叫来了。"

吴太太流泪了，用手轻轻地抚摸吴先生的额头、脸颊。刘长腿正站在那里不知所措时，却听到吴先生咳嗽的声音。吴先生张开眼要水喝，吴太太忙背身擦了泪去开冰箱，倒了两杯水，一杯给丈夫，一杯给了刘长腿。吴先生看看刘长腿又看看表，幽默地说："你来这里干什么？来陪我喝水的吗？"刘长腿"哈——"地叹了口气，回了自己的房间，竟然睡着了。

早上醒来，刘长腿对着窗外伸了个懒腰，眼光投向河口湖畔。富士山倒映在湖中，柿树的熟透了的果实在青空中悬着，成了鸟的美食。在柿树下缓步而行的是吴家夫妇。吴先生穿着细格子衬衣，头发还是一丝不乱，只是背驼得比往日更厉害了。他们忽而驻足像是在倾听秋虫鸣叫——刘长腿觉得胸中涌起一股热潮，眼睛潮湿了。

巴士开往东京。这天下午团队安排的是去秋叶原购物，第二天去迪斯尼乐园。这些活动参加与否是随客人之意的。巴士到了东京先把不去购物的客人送往新宿的宾馆，刘长腿和金凤莲也下了车。金凤莲说她下午要去高中女同学的家，和这女同学是约好了的。

在宾馆一楼商场碰到吴太太，吴太太为昨夜的事向他道谢，并说自己“太紧张而闹笑话了”。刘长腿说：“不谢，今天是我老婆生日，想给她买套衣服、皮鞋，请你帮忙挑选。”吴太太竟然知道金凤莲的衣服尺寸、鞋码，她说她见过金凤莲试穿衣服和鞋子。

下午3点钟，刘长腿把穿着一身新衣服的金凤莲送到地铁站，并叮嘱她出了地铁站就打的去朋友家。刘长腿则在地铁站附近坐上了去河口湖的高速巴士。到河口湖高速公路口时是5点半，富士山顶阴云缠绕，突然就下起了倾盆大雨。刘长腿奔到附近一家“家庭餐厅”内。店铺宽敞，顾客大多是带老人、孩子的家族，一家围着一桌，其乐融融。

刘长腿畏缩在一个角落里，看雨水拍打窗玻璃。他知道他意识中的复仇之念在动摇、在崩溃，这种动摇是从在Z国际宾馆酒吧里遇到吴先生夫妇的那一刻开始的。刘长腿的脑里出现了吴家夫妇在雨中共撑一把伞、互相扶持缓步穿行马路的情景。

雨还在下，刘长腿想到金凤莲没有带伞。金凤莲今年39岁，比他小了11岁，“她儿子需要一个父亲。只要金凤莲愿意，我可以为他们母子撑伞、遮蔽风雨。”刘长腿感到希望的火种在他黑暗的心田中渐渐燃起。

雨停了，看时间还早，刘长腿坐了公交车在河口湖畔下车，沿着湖畔大道走向“山水花”旅馆。他又想到了路菱儿，心里依旧隐隐作痛。他对自己说：“那仅仅是块伤口，我决心不再去抓伤它、让它出血化脓！但是我也不是圣人，我也需要一块能遮住伤口的膏药——就像金凤莲所说的，今晚我将要狠狠地打晋中原几个耳光、拍掉他几颗牙齿！”

“山水花”旅馆那天虽然休业，但走廊、大厅和电梯却依然点着灯，灯光昏沉沉的，像在打瞌睡；一楼有个房间点着灯，有人影在晃动，像是值班员的房间；5楼最东端是501室，拉上了厚窗帘，窗边透出些微光。停车场有一台黑色的宝马车停着，刘长腿想应该是晋中原回来了。刘长腿掏出包里的手机看时间，是7点40分，他在旅馆前待了一会，天又下起雨来，他去湖岸的大伞下消磨时间。7点50分手机响了，电话那头说是埼玉县的警察，问他是否认识叫金凤莲的人？他说是他的妻子。警察说金凤莲在7点左右被人发现昏倒在埼玉县的荒川边，被救护车送往了朝霞市B综合医院。警察在她包里发现了刘长腿的电话号码，并说医院已给她做了检查，除了身上有些挫伤以外没有大碍；只是精神处于极端不安状态，现在留院观察中，希望他尽快去医院。

刘长腿想马上去医院，但又想附近是拦不到出租车的，还不如上五楼去找路菱儿，一来可以避免失约，二来也许可以叫她帮忙开车送他到高速公路口，到了那里找出租车就容易了。刘长腿迅速绕到旅馆后门，进门后直奔501室。

敲了501室门，无人应，心急了就扭转手把开门进去了，刘长腿怀疑自己是踏进了地狱：昏暗的灯光中，晋中原在床上仰躺着，像砧板上的一条死鱼；路菱儿斜倒在床边，地上放有好几个炭炉，烧得通红。刘长腿向后退了几步，他快速从包里拿出一条毛巾，所幸刚才用这毛巾擦过淋了雨的头脸，是湿的。他用手巾遮了口鼻在脑后打个结，爬了进去，把路菱儿、晋中原背到走廊里。刘长腿断定晋中原是死了，而路菱儿好像还有意识，他背着她乘电梯到了底楼，将她放在厅里的走廊上。他又迅速从后门出去绕到前门，用劲按了几下门铃。在听到厅里有女人的惊叫声后，他便快步穿过马路，消失在湖畔的夜色中。

六

她在东京都边际的高岛平处经营个饮食店，大家叫她林妈妈。从中国嫁过来时，丈夫开了个小小的居酒屋，客人都是些体力劳动者，利薄客多，日子过得忙而清淡。客人们在店里喝了酒就说些肉麻话，或者说些绝对不能对家人说的秘密事。听着客人们的酒话，日复一日地她就变成了熟谛人情世故的林妈妈了。她的丈夫是个重义气的人，有一天他失踪了，留给她一封信。信上说他为友人借款开店做了连带担保人，友人开店失败跑了，两千万债务落在了他的身上。她想，她没有孩子，靠着那个小店总能图个温饱。

六年前，她的丈夫失踪半年后的一天，一群水道局的挖掘工下了班来店里喝酒。其中有一个陌生脸、手脚细小不像是干粗活的人，却穿了一身沾了泥污的工作衣裤坐在那里。有个挖掘工对她说："陈桑是上海人，上月来日本的。不会日语，也没有正式签证，在工地打个零工。他明天又没有工作了，林妈妈店里添个帮手怎么样？"林妈妈用中文问陈桑几句，知道他在上海事业失败，为逃债买了商务签证来日本的。林妈妈就说她店里正缺帮手，叫陈桑明天来上班！看陈桑连连称谢，就想到自己的丈夫，想他现在寄身于何处呢？又想也许他在某处也有好心人在伸手帮他呢。

小店本来傍晚开店，供应些酒和菜肴，夜半关店，陈桑来了一切都改变了。他白天也开了店门，在店里供应炒饭、煎饺、盖浇饭，又在店前搭个长桌卖盒饭。没几天，就有附近工地来电话订盒饭了。陈桑把林妈妈前夫的摩托车推到修车铺去，在后座上按个保温箱，开始向客户送盒饭。陈桑吃、住都在店里，两人忙得没有时间闲聊，林妈妈只听陈桑说过他没有结婚但有女朋友。陈桑来店不足一个月，那天他骑了摩托车去送货时，因为超速行驶，在拐弯处摩托车翻倒，他的头撞在铁架上。林妈妈在医院里守护了他三天，医生告诉她，陈桑的命保住了，意识却没有恢复，也可能永远不会恢复了。林妈妈忙带上医院证明去给陈桑延长了签证，又去办好了医疗保险，这才松了口气。后来林妈妈把陈桑接回了家。陈桑能自行呼吸，但需要使用管道来供应身体的营养。

今天有个叫金凤莲的女人闯入她家，说是来打陈桑耳光的。林妈妈想这人一定是陈桑的女朋友了，就把陈桑从来店工作到出事故的经过说与她听。金凤莲在陈桑床前站了一会，恍恍惚惚地走了。7点多钟警察打电话来说金凤莲在雨中的荒川边狂奔了一阵后昏倒在河边，手里捏着她家的电话号码和地址。林妈妈听后就开车来到医院，此时金凤莲已被用了安定药熟睡着。林妈妈听警察说已联系到了金凤莲的家属，就坐在病房外的长椅上等她家人来了再走。11点多有个男人来了，说是金凤莲的家属，林妈妈就婆婆妈妈地把金凤莲来她家找陈桑的事以及陈桑来日本后的遭遇告诉了他。男人在她离去时深深地向她鞠了一躬。

刘长腿是坐出租车赶来医院的，见金凤莲在单人病房里安睡着才松了口气；然而“山水花”旅馆501室的情景毕竟太惨烈，像烙在了他的脑里似的让他惊魂未定。他觉得全身乏力，瘫坐在地板上。他自言自语道；“晋中原死了，路菱儿被救了。路菱儿是知道她会被救的。路菱儿以她自己的方式清算了我们三人的，不！是她和晋中原的恩怨。菱儿呀，你无疑是在赌命啊！今天我离开旅馆时看了你一眼，觉得你是个陌生人……”他压抑着声音哭了，就像五脏六肺都化成了水，向眼、鼻处流出。

金凤莲醒来时见刘长腿伴在她床边，就扑倒在他怀里哭。他把她抱在怀里，两人的泪流到了一处。刘长腿为金凤莲擦了泪说：“昨天你回来时迷了路，天又下大雨，吓着你了。”金凤莲听后没做声，只是点点头。刘长腿没有告诉她自己昨晚遇到过林妈妈的事，他想，金凤莲和他一样，需要花时间来清理心中的伤口，消除伤痛。

刘长腿洗了脸，去拉开了窗帘，窗外是月落日出的黎明光景。不远处有一排银杏树，黄色的扇形树叶比起红枫来显得淡泊、宁静。在旅行期间有好几次他自问：为什么在肯德基店里我突然想到要与金凤莲同行日本呢？现在好像有了答案。

七

很显然，晋中原是没有自杀愿望的，他是被有自杀愿望而获救的路菱儿杀害的。路菱儿以杀人罪被起诉。

路菱儿对警察说："当天旅馆休息，王娜也不在。我给晋中原喝了放安眠药的葡萄酒，等他睡后我去搬来了旅馆烤肉用的炭盆，点燃了炭火。此后我去大厅里写了三份遗书，又在厅里看了一会富士山才回到501室。我也喝了葡萄酒，靠床坐在地上闭上了眼睛，等待着死神降临……"

旅馆街有许多人证实，这场悲剧是由被害人晋中原自身酿成的。先是他犯了重婚罪，又以"妻妾同住"的形式侮辱妻子、逼迫妻子离婚。"山水花"旅馆服务员山田出庭作证："路菱儿是很爱她的丈夫的，她曾经对我说过宁可跟他丈夫一起死也决不离婚的话。从晋中原的情妇王娜来旅馆后她就整夜失眠。"

街上的精神科医生也在庭上出示了路菱儿的病历卡，说："她的性格内向，不会向人倾诉心里的苦恼。她患了较严重的忧郁症，可以说案发时她的精神状态是不健全的。"

庭上的证人证词和优秀的律师的辩护，使路菱儿获得了轻判。

"是谁在那个漆黑的雨夜，摸到'山水花'旅馆5楼把路菱儿背到大厅里的呢？"钟银花问当天值班的山田，出事的那几天她在东京儿子家。山田说她也不知道，那天傍晚五点多她购物回来，见路菱儿在大厅里边抹眼泪边写字，想又是夫妻吵架了，便回到值班室里；但心里又觉得不安，她在7点半过后去大厅问路菱儿要不要吃饭，见路菱儿呆呆地隔着玻璃望富士山那边。山田也朝玻璃外望了，天色昏暗看不见什么，但能看见有一个瘦高个子的男人站在旅馆门前避雨，一会儿就走了。此后路菱儿向山田道了声谢就上楼去了，山田也就回到值班室看着电视瞌睡了，直到有人按门铃才从值班间出来的。

钟银花想，瘦高个子男人，会是刘长腿吗？但怎么可能呢？钟银花摇了摇头，笑自己又在胡思乱想了。

旅馆街的人们还记得上个月的雨夜“临湖旅馆”被盗窃的事，有人说是不是小偷光顾“山水花”旅馆时，偶然发现自杀现场就救了人命呢？但旅馆没有丢失钱、物，警察也不必立案侦查。此事对河口湖旅馆街的人来说是个谜，但事不关己，过了几周也就忘了。

河口湖警署的一个年轻的刑警，却觉得“山水花”旅馆一案有些蹊跷。他暗中对案子进行了再调查：案发之夜，一个到过旅馆门前避雨的瘦高个子的男人引起了他的注意……

2015年10月15日

山茶花

一

铜铃叮当
系着寂寞呀依也
山茶花悄悄地开在山坡呀依
春寒才走过哟
秋霜又落
生长你的土地荒凉又瘠薄呀
山茶花呀山茶花

9月上旬，谭人杰坐在澳门葡京酒店赌场的咖啡厅里，又想起了这首山歌。

谭人杰离开他的故乡巴东山区已经近二十年了，对故乡的记忆就像是今夜的月亮一样朦胧虚幻，模糊得恼人，然而就是这首山歌《山茶花》却时常出现在他的脑中：一人独处时他会从鼻子里哼出来，喝醉的时候会唱出来，唱到“土地荒凉又瘠薄”时他就放声地哭，再呜咽一声“山茶花呀山茶花”就睡去。醒来时听老婆或情人说到那首歌时，就有点惭愧和惊慌，因为她们只知道他是在新加坡长大的华人。此时他便会随口编个故事给她们听："那一年我坐豪华游轮维多利亚号去长江旅游，又换小船去神农溪时遇到一个土家姑娘，她边唱这首歌边卖山茶油，我也买了一瓶，在船上空闲无事时，想到山茶花有美发作用，就给我一个做事业的熟人发了一封产品建议书。后来被采用了，山茶花做成的商品销售量极大，当然我也就发了一笔小财。不知怎么的这首歌就像刻在了我的脑子里一样。""刻在你脑子里的是那个土家姑娘吧？"情人撒娇道，谭人杰却忘情地继续说："嗯，那姑娘的名字滑稽，叫茶油。"

现在他的近处的沙发上坐着的正是他的23岁的小情妇朱夏，她在和她前天刚认识的姓林的女子聊天。她俩都为人情妇，说话也就相当投机，谈的内容从社会诸事转向私人秘事，渐渐地由浅向深发展，仅两天时间她俩就成了肝胆相照的闺蜜了。谭人杰看林小姐：大约30岁左右，言谈举止比朱夏老成得多，她的曲尽其致的S形身材会令男人想入非非，谭人杰想如果在以前自己也许会向她伸手，可是现在不会那么做，他目前需要一笔大款，所以他更感兴趣的是林小姐的男友、一个在N市K银行分行任副行长的人。咖啡厅是开放式的，能看到外面的赌台。在靠最右边的一张赌台的中央坐着小林的男友——一个谢了顶的中年男人，此刻正沉溺在赌海之中。谭人杰幽然地看着秃顶男人想，这几天这男人的脸色一天比一天憔悴，想来赌运不会好。

林小姐对男人的视线是敏感的，她感到谭人杰落在她身上的视线是热情而温柔的，但却不见得有肉欲的贪婪；再仔细看他的长相：肌肉型体格，四方脸，端正的鼻子上架一副细边白金属眼镜，精剪过的板刷头让人联想到博物馆前的草坪，整齐而柔软。在林小姐看来，谭人杰是一个外表极普通而又极富魅力的男人。

谭人杰踱步到林小姐旁边的沙发上坐下，轻声地向她讲些客套话。林小姐问："谭先生不赌么？"

“我喜欢看人赌，观察他们的心理变化。”谭人杰说。

“他也赌，在证券公司赌；赌是他的职业，全世界的证券市场都是他的赌场，而且他又总是个赢家。”朱夏开始吹捧她的男友，因为林小姐看谭人杰的眼光令她不快，其实朱夏也从没搞清过自己男友究竟是干哪一行的。

“谭先生的职业是……”

谭人杰躬身为林小姐递上了一张名片，这张名片是他这次来澳门前制作的。他嘴角带笑自嘲道：“有人把这种行业的人看作是职业诈骗家，但愿林小姐不会有如此偏见。哈哈……”

林小姐拿了谭人杰递过来的名片看了，就把羡慕的眼光投向朱夏，说：“朱夏，你好福气呀！谭先生是有名的Z证券公司驻华代表，真是个人才呀。”朱夏听了，刚才的不快烟消云散，用手指指向赌台一方说：“你那位，还不一样！”

林小姐的脸上浮起了阴云，欲言又罢，只摇了摇头。谭人杰见林小姐的表情便乘势说：“林小姐，我是人在这里，心里却在想着工作。我专为中国超级富豪打理财务；我不是在赌，不是凭运气，而是凭我的金融知识和常年的工作经验在分析、判断和运作资金；我也有输的时候，只是赢的占百分之九十罢了。”

林小姐“哦”了一声便眼睛发光，娇柔地说：“朱夏，你先生真了不起呀，也许我们也能沾些光呢。谭先生，到请教你的时候，可不要推托呀。”

“我恭候着呢。”

不出谭人杰所料，第二天清晨5点多，林小姐的男友手里拿着谭人杰的名片找上门来了。朱夏熟睡了，谭人杰正裹着睡袍、斜倚在围椅里，听到门前有动静就去开了门。走廊里昏黄的灯光下，男人的肥脸出了汗，像上等的蜡一样光亮。他说：“听小林说了，谭先生是有名公司的打理财务的高手，就来上门请教了。我叫高松。”

“不敢，不敢，里面请。能相遇是我们的缘分，不瞒你说，我相信命，在我的人生中有过几次艰难时期，但总能得贵人相助、化险为夷。就像冥冥之中有一只命运之手在推动我……”

“是的，冥冥之中有一只命运之手，把我领到了你的房间里——我是来求你的，我想也许你就是我命中的贵人，能帮我化险为夷。”高松说，他的眼光呆滞，声音低沉，像被谭人杰施了催眠术似的，“刚才，我还在想要不要跳楼自杀，但我舍不得我的儿子。”

“高先生，何至于此！听林小姐说了，你是K银行分行的副行长，和我一样都是与钱财打交道的人。常在水边走，哪有不湿鞋的？你慢慢讲来我听，但愿我能为你尽微薄之力。”

“我私自动用了顾客的存款，赌输了。想扳本却输得更惨。我已经动用了近300万元。”

“300万元是说大也大、说小也不小的数字，在这个赌场里我什么人没见过？像高行长这样做了一点出轨的事的人我也遇到过，半年前有个陆先生大致情况和高行长相似，与我一商量，问题也就解决了。”

“我怎么做才好？你能帮我渡过这一关就是我的救命恩人。”

谭人杰托腮沉思片刻，见高松欲说什么，忙摇摇手说：“你是怎么动用他人存款的事就别跟我说了，这些手法我都知道。你原来怎么做的，现在就照样再做一次，只是钱的用途不是用于赌博，而是用于投资。你运气好，我手上正好有一个投资项目，最少可有1倍的纯利润，需用三个月的时间。此事我是瞒着总公司干的，公司规定高利益的投资产品只能卖给老客户的，因为我们公司在经济低潮时是靠这些老客户伸手相助的。你答应我，这事绝不能向任何人泄露。”

高松擦了额头的汗，说：“好！就这样。”便觉疲倦之极，回自己的房间睡去了。

二

台静英这几天心神不安，睡眠浅，眼皮跳，像是大祸将临头。谭人杰离家已经五天了。在离家第三天的晚上，谭人杰给她打过一个电话，说他在云南，并说如果他遇害的话，凶手是某银行分行的副行长高松。台静英问他发生了什么事，谭人杰那边却说："你现在什么也别做，等我电话！"说着慌忙地把电话挂了，这以后谭人杰的手机一直处于关机状态，没能再联络上。

已是午夜，台静英却毫无睡意。她和谭人杰结婚近十年了，她是个不善言辞、温文尔雅的公务员。她记得初次遇上谭人杰是在好友的一个生日聚会上，显然谭人杰的幽默谈吐、才气横溢的样子让在座的许多年轻姑娘倾心，当时已经28岁的台静英觉得谭人杰对她来说是个可望而不可即的男人。然而，次日下班时，台静英却见谭人杰在她下班的路上等着她。十年来，长她三岁的谭人杰对她温和、体贴，两人的日子过得就像一泊静静的湖水。

台静英的好友曾经对她说过："谭人杰身上有一种神秘的色彩。"当时台静英笑笑，点头称是，但却从未想去探究过谭人杰的"神秘色彩"究竟为何物。台静英想她确实对谭人杰了解得不多。谭人杰告诉过她，他母亲是巴东土族人，外祖父母移居新加坡时把他母亲留在巴山亲戚家扶养，到成人后他母亲才去了新加坡。在新加坡成婚后，他母亲也不改中国国籍并且回巴东生下了他，让谭人杰也持有中国国籍。谭人杰和她结婚时，据说遭到了他母亲的反对，他母亲坚持要他娶一个土家族姑娘。对此谭人杰义无反顾地说：他宁可与母亲断了关系，也绝不放弃台静英。台静英感动之余，就劝谭人杰道："等我们有了孩子，你妈见了孙子喜欢，我再去拜见婆婆好了。"可结婚至今台静英的肚子竟然一点动静都没有，她本来就是个随遇而安、对任何事都不执着的人，也就再不提此事了。——关于谭人杰母亲诸事都是听谭人杰自述的。

谭人杰能说一口流利的英语，他平时阅读的是英语报刊、书籍，在台静英看来这就足以证明谭人杰的身份了。据谭人杰说他在新加坡大学毕业后，来到中国大陆成了自由职业者。谭人杰在上海有个事务所，平时他住在上海办事处工作，到了周末、假节日，必赶着回家和她同过。谭人杰赚的钱并不交给她，谭人杰说都用来投资了，为了两人年老时能过上宽裕的生活；台静英本来就是过低调生活的人，自己的工资也足够开销了。

“谭人杰做的是什么工作呢？最近好像是给人做投资指南什么的，谭人杰说过，而自己却没放心里去；如果真的发生凶事，肯定与他的工作有关。”台静英想着心里干着急，却不知道如何是好。到了凌晨5点多，突然手机响了，想是谭人杰打来的，台静英连忙接听，却听到的是一个陌生人的声音：“谭人杰欠了我们300万元，我们扣留了他，等你把他赎回去。两天后再打电话给你！如果你报警的话，我们会知道的，就撕了……”

对方挂了，台静英全身哆嗦着，手机落到了地上。台静英哪有地方去凑300万元钱来？一时急得晕了过去，醒来后把被子捂住眼睛哭。

三

N市的警察署在11月15日接到本区K银行分行长的报案，案件的内容是：分行副行长高松伙同其情人、同银行职员林媚用伪造的存单交付储户，而实际上并未将钱款存入银行的手法，于今年5月和9月两次非法占有同一客户的财产共600万元。K银行分行行长说，高松和林媚五天前开始休假，说好昨天上班的却不见他们现身，而此日被诈骗的客户来取款，高松和林媚的罪行败露了。

高松和林媚去了何处？警察署署长胜景南去了高松妻子的住处询问。高松的妻子对丈夫的失踪之事非常冷漠，说：“跟那个姓林的女人在一起还会有什么好事？我都听说了，他们卷了客人的存款逃了！逃往哪里我怎么知道？我和高松已分居三年多了，他在银行里找了女人，是他自己从这个家里搬出去的。高松每月给我和儿子生活费，是他的工资的一半，打在我的银行卡上的。所以说，他的非法所得与我是没有任何关系的。今年春天我听人说过，高松常带姓林的女人去澳门赌场。我和高松最后一次见面是在十天前，他突然来电话说周末要带儿子去郊外住一晚，他来接儿子时我们就在门前说了几句无关紧要的话。”

高松的儿子是高中生，看得出他对父亲身上发生的事感到惊恐和不安。他接着母亲的话说：“那天是周末，我爸说带我去郊外划船、钓鱼，银行的林小姐和我们是同去的。那时我也没有感到爸爸有什么异常，只是觉得他脸色憔悴了许多，不像以前那么爱说爱笑了。晚上我们住在郊外的度假村。大约在9点多钟有个男人来找我爸爸，爸爸就让我去里面卧室待着。过了将近半个小时，当时我在做功课，听到外面房间里有杯子落地破碎的声音。我把门开了一条缝向外张望：一个四十多岁、穿西装的男人面朝我坐着，脸上没有什么表情，也没有说话；而背朝我的爸爸却情绪激动，粗声叹着气。我听爸爸绝望地说：‘谭人杰，我求你……真的没有办法了吗？’又听那个叫谭人杰的人答道：‘我已把钱用于投资了，这不是我的责任。当然我也不能不管你们，我把自己的150万元先挪给你们用，你们去外面避一避风头，过几天我送你们走。等年初我把投资的本利拿回时，你们再回来。’说完他走了。他走后爸爸拉着林小姐的手哭了。当时我也不知道发生了什么事，现在想想谭人杰也许和我爸的失踪有关。”

胜景南回到署里，林媚的母亲来了。她还没开口先向胜景南递上了一张谭人杰的名片，名片上写着谭人杰的身份是“Z证券公司驻华代表、理财专家”，办公地点在上海。林媚的母亲说最近她女儿和男友高松来她家时常提到这个人的名字。在林媚出走前一天，林媚对她说：“我要去南方出差一星期，万一我出了事，你以后去北京的姐姐那里住吧。”林母问她会出什么事？她笑笑说：“我瞎说的。”

“昨天，银行里有人来告诉我银行里发生的事情，我才知道林媚是跟了高松跑了。我打开林媚的房间，见收拾得干干净净的写字桌上醒目地放了这张名片，”林媚的母亲说，“我猜想，林媚是想告诉我们，万一她出了事，是和谭人杰这个人有关的。”

胜景南看着名片上的电话号码给谭人杰的办公室打电话，没人接；再拨另一个手机号码，耳边传来了年轻女子的声音，对方得知警察在找谭人杰时，便说自己是谭人杰办公室的文员，叫朱夏。为找寻失去了联系的谭人杰刚从上海到N市，并表示她现在可以马上去警署。

朱夏来了，她比胜景南想象得还年轻，穿着格子的连衣短裙，裙外套着黄色薄呢大衣；圆脸，短发，像个大学生。朱夏说话坦率，没有拘束，也没有深思熟虑的样子。她说，她今年23岁，读大学两年级时在校外英语补习班上认识并爱上了讲师谭人杰，两人同居已有三年了。朱夏知道谭人杰有妻子，也没有让谭人杰离婚而嫁他的意思。朱夏说她是上海近郊一个工厂主的女儿，独身在上海念书时，父亲在上海市区为她买了一套房。每周一到周四谭人杰去她家和她共同生活，星期五、周末朱夏回郊区娘家，谭人杰则回到N市他老婆那里过。

“他干什么工作？一个月给你多少生活费？”胜景南顺口问道。

“哎？你问谭人杰给我多少钱？你以为我是为贪财而和大叔、老伯睡觉的小三？不，我不是。我喜欢谭人杰，和他在一起的时候很开心的，虽然他比我大了近二十岁。倒是他的老婆抱着他就像抱着一棵摇钱树，谭人杰说他赚的钱都交给他老婆的。我爸爸每年给我三四十万元，两人的生活费就不说了，连他的衣着、旅行费都是我拿出来的！谭人杰是个自由工作者，具体做什么我不知道，我也不感兴趣。我学的是时装设计，大学毕业后在公司里工作，所谓谭人杰办公室的文员之职，也只是挂名而已，他名片上印的办公室地址就是我的住址，而他接待客人都去咖啡馆的。一星期前，谭人杰说他老婆住院动手术，便回N市伴他老婆去了，但每天早、晚都会给我打电话或发短信的。可是三四天前突然没了他的音信，他的手机也关了。我来N市找他是想知道他为什么关掉手机，我想他如果想断绝与我的关系呢，就爽爽气气说个明白，是吧？但转眼一想也可能是他老婆的病情恶化了，他正忙着呢。总之，我是想来找他问个明白的。你们警察为什么找他呢？难道他犯了事？”

胜景南笑笑，想这姑娘活得也真任性，就温和地说：“现在还难说，我们正在调查N市K银行分行副行长高松和他的情人林媚侵占储户存款、失踪的案件，觉得谭人杰有可能知道些内情……”

“高松和林媚？9月初我和谭人杰去澳门玩，在澳门葡京酒店的赌场上结识他们的。林媚告诉我高松是K银行分行副行长。那几天高松好像一直在赌。和他们在澳门分手后，我再也没有见过他们，谭人杰也没有再提起过他们。啊，原来谭人杰瞒着我在跟林媚来往！在澳门时我就感觉出谭人杰看林媚的眼光有点不对头。好啦，这种见异思迁的男人我也不稀罕，就让给林媚啦！——这是谭人杰在N市的住址。”朱夏边尖着嗓门嚷着，边把一张小纸片放在桌上起身走了。

胜景南目送着朱夏的背影，苦笑着摇了摇头。此时已是夜里10点多了，胜景南收起朱夏留下的小纸片，想明天上班后得赶紧去一趟谭人杰家。

然而到了第二天清晨，高松一案则变得更加错综复杂了。一个名叫台静英的中年女子慌慌张张地来到警署报案，说她的丈夫谭人杰六天前外出至今未归，就在三个小时之前有绑匪打电话给她说，他们绑架了谭人杰并要求300万元赎金。台静英全身颤抖、脸色惨白，紧张得手足无措，只是含着泪说着同一句话：“求求你们，快去救出谭人杰来！”

胜景南让女警小苏给台静英送上一杯热茶，等她镇静下来后问道：“你认识高松和林媚吗？”

台静英突然想起来似的，说："对，高松！就是这个名字，谭人杰在离家三天后给我打过一个电话，说他在云南；还说如果他遇害的话，凶手是N市K银行分行副行长高松。"

台静英的话音刚落，她外衣口袋里的手机响了。台静英惶恐地看着胜景南，胜景南让她按下录音键再接电话，她刚说了一声"喂"，那边就有男人骂一声："你报警了是吧？等着给你点颜色看看！"便挂了电话。

警察断定高松金融犯罪案与谭人杰被绑架案是个连环案，便立即成立了以胜景南为首的专案小组。专案组查到了谭人杰的个人情况，他41岁，出生于湖北省巴东县，土族人，没有前科。专案组兵分两路：一路奔向巴东县谭人杰的故乡；另一路飞往云南的中越边境，胜景南认为高松、林媚极有可能在那里非法越境去越南。

两天后去云南方面的警察在当地警察的协助下，确认高松、林媚在11月15日已通过当地老乡的指引，非法出境去了越南。"老乡"说，他只是受当地一个旅馆老板之托，送两人出境，赚点辛苦费罢了。旅馆老板则说，他接待过高松和林媚，"这对夫妻用钱大方，说是想去越南那边玩一两天回来，我就找了个引路的人送他们走。这种客人我们也是经常碰到的，他们只是为了免去签证的麻烦罢了。"但老板否认见到过谭人杰。

去巴东县的警察发来调查报告说，谭人杰出生于农民家庭，自幼聪明好学，上世纪80年代初考入武汉W大学英文系。他同本村姑娘李茶油是青梅竹马的情侣，但因婚事遭到谭人杰父母的反对，在谭人杰读大学四年级时，谭人杰弃学携女友双双逃离了家乡至今未归，也无任何消息。谭人杰的父母一生未有离开过家乡，他对妻子台静英所说的自己的出生背景等纯系捏造。

这天胜景南和女警小苏正值夜班。他看完调查报告后，闭眼想了一会说："谭人杰现在何处呢？十多年前谭人杰违父母之命弃学与李茶油私奔，但现在李茶油又在何处呢？我觉得谭人杰才是本案的关键人物，他身上有太多的谜。他编造自己的身世，仅仅是出于对自己贫穷出生的自卑感？还是想掩盖他的人生中的某段经历？”

小苏接口说：“或许两者都有。昨天我又去找过朱夏，我觉得谭人杰是在靠女人过着悠闲自在的生活。他偶尔才做做代课教师和当翻译、导游挣点钱来买些名牌衣饰包装自己而已。”

胜景南笑道：“这几年他在妻子和情人间周旋，靠的是他那张三寸不烂之舌。高松、林媚和谭人杰的接触是在9月初的澳门开始的。今年6月高松非法侵占储户存款300万元，至9月上旬为止多次去澳门赌场用于赌博而惨败输尽。”

“在葡京酒店谭人杰偶然遇到了高松，便立刻盯上了高松这条‘肥鱼’。一向过着平稳生活的谭人杰为什么突然伸出了犯罪之手呢？是不是因为他的生活中发生了什么突发事件，让他急需要一大笔钱呢？”小苏说。

胜景南说：“嗯，很有可能的。我打电话询问了Z证券公司，接话员说他们公司有一个在香港注册的办事处，也确实有个姓谭的业务员，但他已近退休年龄，显然这人不是谭人杰，他们同姓只是一种单纯的巧合；高松也许也打过电话去证实过谭人杰的身份，这同姓的巧合使穷途末日的他轻易地相信了谭人杰。从现在掌握的情报来看，我的推测是：输尽了最后一笔钱的高松，把假冒理财顾问的谭人杰当成救命稻草。谭人杰很可能以高利润的理财产品来劝诱他再次作案、筹钱投资；而高松呢，为了填补赌输的300万元现金的缺口决定孤注一掷；所以在9月中旬，高松和林媚再次作案，把不法所得的300万元给了谭人杰用于‘投资’。本来就以欺诈为目的的谭人杰并没有作任何的投资，却把钱藏起来伺机逃跑。”

小苏冲了两杯咖啡来和胜景南同饮，又翻了案卷说：“我去访问过高松侵财一案的受害人，她是林媚的好友，澳籍华裔。那两张高松伪造的定期存款单是来年一月到期的，但因为她开的小公司发生了意外的赔偿事故，而想提前来取款了；受害人在澳大利亚曾打过电话给林媚，说是要在11月中旬来取钱。我想，这才是高松、林媚狼狈出逃的原因吧？”

“据高松的儿子说，谭人杰把赃款的一半还给了高松，用作他们的逃跑资金。谭人杰知道他如果不帮助他们逃跑的话，高松的罪行马上会败落，而他的计划也会破产。但出逃途中，又发生了什么事致使谭人杰遭遇绑架了呢？”

“会不会是高松和林媚发现了自己上了谭人杰的当，便控制住了他，致使这件金融案发展成了绑架案呢？”

胜景南看着墙上的挂历说：“11月15日高松和林媚出境；台静英在11月16日清晨接到两次绑匪的电话，都是国内电话，也不是高松的声音。可以断定，此案另有他人参与。眼下找到谭人杰才是当务之急。”

两人说到此处，见台静英手里拿着一个邮件急步而来，她说：“这是刚送来的快递，我没敢拆封。信是从云南省发出的，信封上的收信人姓名、地址是打字印刷的。”

胜景南看了一眼台静英惨白的脸，能感觉到她瘦弱的身子在发抖，便背身面墙打开了信封。信封里装的是一节人的小指头，胜景南倒抽了一口冷气。

经法医鉴定，这节小指是谭人杰的左手小指，而且是从活体上切下来的。

四

在离N市近两千公里处的重庆郊外有个避暑胜地叫金刀峡。金刀峡有山、有溪、有瀑布，到了夏天重庆人快被酷暑逼疯时，会去那里躲几天，喘口气再回去斗暑。峡中有一观瀑处住着吴姓人家，吴家有两幢漏风的旧房子。房前的墙则用新石炭刷白了一片，上写黑字“吴家旅馆”，异常醒目。有客人在吴家平台上观瀑赞叹时，就会见屋子里有一老妇迎出来，说家有几张竹榻可供休息、过夜，费用也不论多少，随客之意付吧。在客人犹豫时，吴老太会送上一壶清茶说：“喝吧，别掏钱了。这山前山后是用不完的清水，我收什么钱呢？这里的水好，我们家就是靠水吃饭。我女儿用这水做了豆腐挑出去卖，养家活口呢。”

客人喝了茶水，喜上眉梢，说：“这茶清甜可口呢。今天就在这里住了，晚上吃你女儿做的豆腐！”

客人中也有中年多闲的妇人，她们放妥了行李，便会坐在屋前石板上与吴老太聊天，问吴老太有几个子女；老太呢往往是边低头做针线活边自言自语道：“小时候看相人说我命中无子，被他说准了，我没有生过孩子。但我是满足了，我也没做过多大的善事，有一天老天爷就给我送来了一个女儿和孙子。我孙子聪明，读书好；可是生在我们穷人家，又能怎么样呢？女儿和孙子天一亮就出门干活去了。”

客人听了好奇，便笑问：“老天爷怎么给你送来了个女儿和孙子呢？”

于是，吴老太又讲起了她那对人讲了几百次的故事来：“17年前的一个初夏，有六七个拍照的城里人来旅馆住宿，他们是扛着很重的照相机、铁架子来的。他们后面跟着一个姑娘，说起来可怜，她像一只脏兮兮的怀孕的野猫一样。城里人说在山下的古镇上遇到在乞讨的姑娘，见她怀孕就把身边带的好吃的东西给了她。那姑娘说跟着他们走就不会挨饿，就跟在他们后面上山来了。这几个城里人是好心人，付了姑娘的住宿费。姑娘洗澡换衣后露出了笑容，是很漂亮的一个人；大家问她姓名、住址、家在何处，姑娘摇头说不记得了，只知道有一天醒来后自己躺在山里的一棵大树下，盖着一身的落叶。她想活下去呀，她就往山下走，一路乞讨着走过来，希望有个认识她的人把她带回家乡去。城里人听了她的话，说老天爷保佑她，没碰上坏人；又说她可能是在山里出了事故摔倒了，脑子碰伤了才丧失了记忆。城里人下山前都掏空了口袋把钱留下了，还求我们夫妻俩留姑娘到生下孩子后再让她走。姑娘的笑脸好看，手脚又勤快，那一年夏天客人来了很多。秋风起后，姑娘生下了一个白胖小子，乐坏了我们。我没生过孩子，就去政府那里认了姑娘做女儿，取名吴吉利。我女儿忘不了城里人的恩情，就把儿子叫大恩了。”

客人们听完了老太的故事，感叹几句又去观瀑乘凉了。

五

吴吉利在吴家忙忙碌碌地过了17年。这些年里有上门来说媒的人，也有对她一见钟情的浪漫之客。对此，吴吉利说：“我有儿子，我以前肯定是结过婚的，大恩他爸说不定哪天就会找上门来的。”但年复一年，吉利等待的人并没有出现过。最近她独自望着清风明月会寂寞哀叹：“那么多年过去了，我总是想追回我的前半生的记忆来，恐怕我的记忆是永远不会恢复了。”

山上的冬天来得早，照在赤裸的山脊上的阳光过了正午就变得浮浅了，山色也渐渐地显得浓重起来。这天，吉利把晒在平台上的被子收回来。她望一眼山脚下：那里正在往山里开道，那新道看上去像一条白绸带一样日复一日地往上延伸着。儿子大恩在修路工地里扛石板、倒泥浆，每天带着一身泥灰回来。想到儿子，吉利的心沉重了，这孩子从小读书成绩好，中学毕业后恰逢吴大爷去世，家里穷没能进高中。儿子有一个同学的家长是高中老师，不忍心看大恩废学，每年买了高中课本和复习资料寄来给他。

吉利把被子拍了灰，放到儿子房里去；儿子吃了饭会将下半身钻进晒得香喷喷、暖烘烘的被子里去读他的课本。从儿子房里出来时，抬头一看有个中年男人站在门口向里探望，吉利迎上去，叫一声：“嘿，是当翻译的谭先生啊，贵客，贵客。怎么留了胡须？更洋派了！不细看还真不认识了呢！咦，你左手的小手指怎么啦？”

谭先生凝神看了吉利一会，说：“你记性还真好。小手指出了事故折断了。”接着谭先生说自己过腻了城市生活，想来山里住几个月换换空气。

吉利便问：“谭先生是个自由人？没有家小？这里冬天冷啊。”

谭先生笑得开朗，道：“你说得文雅，把我叫自由人，叫俗了就是光棍一条了。嘿，这风还真刺骨的冷哪！”

“不碍事的。隔壁那栋房冬天不能住，冷！就住我们这边吧。那间朝南的、宽敞的房间给你住。吉利，快把客人的行李搬南边房里去！”老妇人出来了，看着别人家新修的旅馆的屋顶，生怕跑了生意，便让吉利上前去提客人的行李。吉利提了箱子去朝南房里，说：“这箱子沉着呢，也亏你背上来的！”

谭先生说：“尽是些英语辞典呢。我在翻译一本书，山里空气好，安静。”

吴老太端了茶水出来，说：“谭先生喝茶，在这里住个半年、一年都随你意；上次有北京客人来，说好水、好空气是多少钱也买不来的。”

谭先生说：“人的感情也不是钱能买到的……我是说你们这般热情待客哪。”

吉利听了谭先生上半句话，突然觉得心跳脸热的，慌忙转身下厨去了。吉利想，跟这谭先生就像有似曾相识那种感觉；听谭先生话的意思是说他是奔感情而来的……昨晚吉利站在平台上看星星，见自己头顶上的那颗星由暗转明：“现在想来那是我的宿命之星。哦，老天，我再胡思乱想要把自己的手指头切在腊肉里了。”

谭先生说如果主人不嫌弃，大家坐一桌吃饭可好？吴老太说：“这样好，就像一家人似的。”

大恩回来了。他洗了头，脸出来，见了桌上摆的菜说：“今天有腊肉吃？又不是过节！”吉利声音里带着喜气道：“也不看看桌上坐着客人呢，可还记得谭先生？”

大恩瞥了谭先生一眼，说：“嗯，是8月头里带四个老外来旅游的翻译。”说着举筷吞食起腊肉来。吉利见谭先生带着微笑、慈祥地看着大恩，便说：“大恩，什么吃相呢，叫谭先生见笑了。”

夜雾从山头升起时，吉利又去门外看自己的那颗“宿命星”，忽听谭先生在身后说：“漆黑一片什么也看不见，你就不怕吗？”

“对面的山头、四周的树木都印在我的脑子里呢，就是漆黑的夜里我好像也能看到它们。从我有记忆的时候起……”吉利闭嘴不说了。

“夏天来时听老太太说过你丧失记忆，跟一批摄影家来到这里的事。”

谭先生的口气低沉而温柔，听得吉利鼻子酸酸的说不出话来。谭先生又问：“大恩还在做修路工吗？修了路，来山里的游客多了，山里人也就会富裕了。”

吉利说：“这道理我懂，可是我家没钱把房子去翻新、装修成像样的旅馆。”

吉利似乎在黑暗中还能看到谭先生的含笑的眼睛，又听他说：“你家处于观瀑的最佳位置。洋书上写着这样一句话‘上帝关了门，又开了窗’，你懂这意思吗？就是说，别担心，总会有办法的。”

吉利用劲地点点头，心里说：“我懂。可不是么？老天让我失去了大恩的爸爸，却把谭先生送来了。”

吉利在黑暗中羞红了脸。

六

这是这一年的最后一天，谭先生来“吴家旅馆”已经整整一月了。吴老太坐在离大恩不远处的火盆旁织她的袜子，又开始自言自语起来。她说：“老话说‘千里姻缘一线牵’哪！前山村‘大树旅馆’不是来了个法国人女婿吗？烧的法国菜引来不少客人呢。我们吴家不知道有没有这样的福分。”

在看书的大恩听了脸上露出了羞恶之色。17岁的男孩也懂得些男女之情了。他最近常常梦见邻村叫雪琳的姑娘，昨天特意绕道从她家开的小店前走过时，不知怎么的就红了脸。雪琳没搭理他，这使他心里一直不痛快。说到脸红，他就想到自从那男人来家后，母亲的脸变得滋润光洁了，两颊上常常浮起红晕来；她的体态变得丰腴了，笑容也变得娇娆又多情。总之在这一月间母亲是从母亲变成了……女人。他觉得那男人试图接近自己，可自己的心里却在排斥他，因此常常感到烦躁不宁。

吴老太像是看透了大恩的心思，说：“城里人也越来越闲了，夏天来避暑就不说了，到冬天还有客人来赏腊梅花。你爷爷没了两年了，这两年来多亏你打工挣钱，能过上日子。看这势头客人来的一年比一年多，你娘想把隔壁的那幢楼翻造了。你爷爷没了，家里需要男人呢。你也不是想去大城市里读书么？”

隔着一片薄墙是厨房，厨房门敞开着，谭先生帮着吉利在厨房里选筛黄豆。吴老太的话两人听见了，吉利害羞地说：“这老太太整天在自言自语的，尽说些叫人难堪的话。”

谭先生笑着说：“我倒是觉得老太的话挺有趣的，她有着叫人恐惧的洞察力呢。”

吉利并没有完全听懂谭先生的话意，却红着脸与他对视而笑了。此时传来“卟嗵”一声，两人惊回首，见大恩用脚踢翻了身边的木凳子，并向谭先生瞪上一眼，眼光里充满着嫉妒和憎恶。

谭先生默默地起身去了自己的房间。大恩像一头急躁的小公羊，跑到屋外的平台上兜了几个圈子，又踢树根，又扔石头。突然他转身回来冲进了谭先生的屋里，吉利快步跟了上去，在门外看着他们。

大恩说：“你是冲着我妈来的，看你的眼神就知道。”

“不。”和衣躺在床上的谭先生连忙坐起来，摇摇头说。

“你说谎。”

“大恩，你听我说……”

大恩打断他的话：“别啰唆了！你说，你什么时候离开这里？”

见谭先生踌躇着，大恩学着美国西部牛仔电影里的英雄模样，从后腰处抽出了一把尖刀扎在床边的桌板上。

吉利冲了进去，对大恩说：“收起你的刀，出去！”她的声音不大，却有着不可抵抗之力。

大恩僵持了一会，对吉利哭道：“小时候，不是你对我说的吗，只要我们等着，我爸总有一天会来接我们的！”

大恩用袖口擦了擦鼻涕转身出了门。吉利迅速地把刀从桌上拔下，用床边的旧报纸包了刀锋处并它扔到床底下。她见大恩从窗前穿过，奔向山下去时，顺手拉上了窗帘。

吉利眼中放着异样的光彩向谭先生走去，眼里噙着泪花却口角含着微笑；她开始脱她的衣服——17年来她第一次嗅到自己身上的女人味道。

她见谭先生用右手捂住左手断指的创口时，轻声问：“痛吗？”

谭先生点点头，说：“我的心更痛。”

吉利听了便觉自己的胸口也隐隐作痛，这种痛楚刺激了吉利的野性欲望，她投身于他的怀抱。就像曾有过承诺似的，两人搂抱着、翻滚着，激情与欲望化作了冬日原野中的一团烧荒的火，在干燥的空气中燃烧、蔓延得不着边际，当火尽烟灭时，吉利轻轻地舒了口气，身子仍然缠住他，轻盈得像空中的一片云。谭先生抚摸着她的头发和颈部，忘情地说：“茶油，你听我说，我最担心的是我们的儿子啊！我要他上好学校，成为一个体面的人。可我不知道怎么去对付他。茶油，我该怎么做才好呢？”

屋里静悄悄的，过了几分钟，吉利说：“茶油是谁？这个名字很熟悉。你没有说胡话吧？你看到刀尖怕了吗？没事情的。大恩看上了邻村的雪琳，最近被人家冷落了，就把嫉妒、怨恨冲你来了。因为你是个男人啊。——茶油是谁呢？让我想想。”

“大恩把我当作猎取他母亲的男人，哈哈……他的青春的烦恼，哈哈……”谭先生说着笑了，笑着又哭了，他那伤心狼狈的样子让吉利想到猴群中斗败的公猴。

金刀峡的冬日是如此寂静，树影摇摆着投在陈旧的窗帘上，做出千奇百怪的样子来，这让吉利想到一幅冬日景色来，这景色是藏在记忆深处的，没有光线也没有色彩：那是黄昏时分，有个女人在叫“茶油”的名字，由远到近，随着女人的喊声，她脑里的景色也变得清晰起来——狭窄的小石路旁长得青苔和杂草，沿着小石路拾级而上有一间土墙的房子……忽然，她听到耳边有人唱起歌来，那歌声就像是从她的遥远的记忆之处流淌出来一般：

铜铃叮当
系着寂寞呀依也
山茶花悄悄地开在山坡呀依……

是谭先生在唱，于是吉利也跟着唱起来：

春寒才走过哟
秋霜又落
生长你的土地荒凉又瘠薄呀
山茶花呀山茶花

谭先生呜咽起来，用他的九个手指遮住自己的脸；过了一阵，他又像受了惊吓似的张大了嘴，用惊诧的眼光盯着吉利看。

而吉利却若无旁人似的在她的“梦境”中漫游，她仰天躺着对天花板说话：“土墙的房子是李寡妇的家，房前有两棵山茶花，一棵开红花，一棵开白花。它的花一年比一年开得好，大家都说就像是李寡妇家的两个女儿，大女儿叫茶油，小女儿叫茶花。叫着‘茶油’名字的是李寡妇，茶油听不见她的叫声，因为她躺在一大堆落叶杂草中，……我想起来了，李寡妇是我妈，这首《山茶花》的歌就是她教我的，我叫茶油。你是谭先生？谭人杰？你命根处有一块胎记的，我第一次看到这块胎记是在……你是大恩的爸爸。”

她一把将他推开，慌忙拾起地上的衣服把身体遮住。谭人杰的身体就像被抽了气的皮囊，萎缩下去，“卟嗵”一下跪在了李茶油脚下；但见李茶油的脸上露出愤怒之色，她边穿衣服边说：“那时候你也是跪在地上的，然后扑上来把我杀了！”她说着拉开门逃走了。

谭人杰不知道自己在地上跪了多久，忽然感到赤裸的身体冷得像刀割。他穿上了衣裳侧耳听到大恩回家了，又听到外面房里母子在说话的声音。

他走出房间，看到蹲在墙角处的大恩时，想蹲下来拥抱他；不料茶油挺身拦住了他，吼道：“别碰他，你那双肮脏的手！”

谭人杰不敢正视李茶油的眼睛，便用手捂了心口，费了全身之力才说出：“儿子，原谅我……茶油，我对不起你们。”

李茶油涨红了脸，她为悲愤所激昂。她说：“17年前你想杀了我们母子俩，今天你又来骗我、欺负我！大恩，他是杀人犯，快去报警！”

大恩没有动，却抬起头来看谭人杰，那眼神就像一头迷路的小羊。

“我去自首。”谭人杰说着回房里从床底下取出他的沉重的手提箱来，往门口走去。

大恩伸手拦住了他，牙齿咬住嘴唇把头扭向一边。谭人杰摇摇头，小声说：“大恩，以后你会知道的。我做错了事……”

七

在收到装有谭人杰断指的邮件后，台静英就再也没接到过绑匪的电话。N市警察署在侦探出逃越南的高松、林媚住处的同时，也在查访谭人杰的下落。虽然谭人杰有诈骗巨款的疑点，可毕竟没有任何证据，无法通缉他；同时，从台静英的报案情况来看，他是绑架案的受害者，生死未卜，令人揪心。

但胜景南确信谭人杰犯有诈骗巨款罪，但其作案动机又是什么呢？专案组对谭人杰在当年9月份前的几个月的活动进行了逐一排查，但并未发现疑点。此时，一名年轻的技术员对胜景南说，他在胜景南留下的电脑网上阅览记录中发现，从8月中旬开始到谭人杰失踪的两个月时间里，谭人杰几乎每天都在查看重庆市郊外金刀峡的天气预报。胜景南的眼睛一亮，他决定过了元旦节去一次金刀峡。

恰在元旦那天，胜景南接到了谭人杰在重庆自首归案的报告。

胜景南在重庆初会谭人杰时，见他脸色苍白，双眼布满血丝，颓然地坐在那里，但他说话的声音却平静而坦然，思路也异常清晰。他说他的箱里有一件自制的棉衣，棉衣中层缝进了犯罪所得的150万元现金。

站在一旁的警察向胜景南递过两页信纸来，说是谭人杰写的自白书。胜景南展开了信纸，见上面写道：

自白书

9月初我在澳门赌场上认识了高松和林媚。得知高松因嗜赌而犯罪的事情后，我以高利投资为诱饵，让高松去再次犯罪筹款。我假冒Z证券公司驻华代表的身份，是因为几年前我曾经带该公司几名职员去西安旅行过，知道其中有一男人与我是同姓。

9月中旬，高松、林媚如约到N市我的家，送来了300万元现钞。我把钱锁进了保险柜，开始计划我的逃跑路线和日程。然而到了11月初，林媚的澳籍好友因为有急用打电话给林媚，说一星期后想来中国提前取回存款、舍去利息。高松、林媚狼狈地把我叫去，向我求救。我心里窃喜：我原本打算到年底以“投资失败”、帮助他们出逃的方式来结束这场骗局的，但现在我可以堂堂正正地说，这不是我的责任，我已把钱用于投资了。

当然我不能让他们去自首，否则我全部的计划将泡汤。我说：“我也不能不管你们，我把自己的150万元先挪给你们用，你们去国外避一避风头。等明年年初我把投资的本、利拿回时，你们再回来。”

就这样第二天傍晚我们三人坐上了去昆明的飞机。到昆明后我把他们送到了旅馆，我告诉他们如何坐车前往中越边境的小镇，又往镇上哪家旅馆投宿。我告诉他们这条路我曾经走过，也曾经求助过这家旅馆老板，越境去越南玩过。这天晚上我就与高松、林媚分手了。

“绑架案”是我自编自演的戏。初到昆明时，我打电话给台静英，暗示她“绑架案”的犯人是高松。在11月16日清晨5点我去了我住的旅馆附近的菜市场，找到了一个中年流浪汉，我发现他是个健忘症者。我说自己在拍电影，让他试着演两三个镜头。也许流浪汉并没有理解我的话，却迅速地把我给他的一张百元钞票放进袜子里、踏在脚底下跟我走了。我把他带到公用电话处，拨了台静英的电话，让他对着话筒说：“我们绑架了谭人杰，等你拿300万把他赎回去……”

我知道台静英无处筹钱，除了尽快报警以外她别无选择。

于是在8点半时，又让流浪汉给她打了第二次威胁她的电话。我把流浪汉送回菜市场时，流浪汉觉得脚底下有异物感，脱了袜子一看，他惊喜地发现了一张百元钞票。他的健忘，让我感到安心了。

回到旅馆，我用喷雾急速冷冻剂将自己的左手小指冻僵、麻木后，用锋利的刀切落，又把切落的小指用布包好后装入信封，托快递公司寄给了台静英。我想高松和林媚现在正困在异国的旅馆里，当他们得知自己已成了绑架我的嫌疑犯时，他们就更不敢回国了。久而久之，活不见我人，死不见我尸，此案也就会成为沉案，“过去的我”就会这样消失了。我期望着在金刀峡开始我的新生之路。这就是我玩“绑架游戏”的动机和目的。

我走上了诈骗巨款的犯罪之路，现在想来我真是愚蠢之极。

因为我的人生中隐藏着一段不堪回顾的可怕经历：17年前的农历正月，那时我是武汉W大学英文系的四年级学生。过了寒假返校时，是青梅草马的恋人李茶油把我送出巴东山村的。李茶油怀孕了，她拉住我的手说：“我说什么也不会打掉我们的孩子的，那样做老天会惩罚我们的。我跟你走，你看我把换洗衣服都带上了。我知道你为难，你爸反对你娶我。”我父亲反对我们结婚是因为李茶油的母亲早年守寡、惹了些风流之事。说实话我对父亲的反对是不屑一顾的，只是想到夏天我将毕业，同班的一个女同学有意于我，而她的父亲是武汉市某局的处级干部，我想她父亲能为我在武汉找到一个好工作。我说：“我后悔上次回家和你干了蠢事。”李茶油瞪大了双眼，气得说不出话来。我向她跪下了，说：“求你，放了我。我不要那孩子！我不要再回到巴东！”李茶油没有理我，径直向前走，还大声嚷道：“你太欺负人了，虎毒还不食子呢，我会杀了自己的孩子吗？我到你大学里叫人评评理去！”我跪在泥地里又羞又恼，一个箭步冲上去用头去猛顶她的背部，她轻盈的身子飞了起来，一头撞到一棵粗壮的树干上。等我回过神来，见李茶油的身体瘫痪在地，断了气。

我记得当时我哭着把李茶油背到一棵大树下，给她擦净了脸上的血污。说不清那时是怕她会冷，还是怕她会被人发现，我用枯枝、落叶把她覆盖起来。我知道“杀人偿命”是中国最古老、最淳朴的刑法准则，我没有再回到大学去，而是往西北方向逃命去了。我隐姓埋名地在新疆的一个农园里打了几年工，我常被噩梦所困扰，我梦见的是李茶油的尸体和白骨。每次梦醒时，我便感到恐惧和绝望，直到有一天我偶然遇到了一个操巴东口音的商人。这商人是我的同村人，在我幼小时他便出山闯天下去了，说是近年又回家乡去发展事业的，所以我俩并不相识。

我向他探问：“我去你们村玩过，见过叫茶油、茶花两姐妹，长得很漂亮。我到现在还难忘她们呢。”巴东商人应道：“可不是吗？我回村时只见过两姐妹中的妹妹茶花，她去三峡游船上打工和外国人恋爱了，结了婚带着娘去国外住了。听说姐姐茶油从小跟村里的一个男孩好，那男孩脑子好，考上了大学。因为男方家人反对他们成婚，两人逃山外去了，至今也没回来过！”

我这才知道我从来就没有被警察通缉过，这世界上根本就没有人知道我杀了人！第二天我和老板结了工资，辞了农园奔东海边的大城市去了。我在上海附近的N市结婚定住，过着平静的生活。

然而命运之神再次作弄了我。去年8月初，我受雇于在上海任教的外籍大学教师四人，带他们去四川旅游，我任翻译兼导游。到金刀峡的山脚下往上走时，我们见到一群上身赤裸的男人在炎日下搬运石块，沉重的扁担压在他们的肩头。这群修路工中有个十六七岁的小伙子特别引人注目，他的肩背狭窄而瘦小，外籍女教师看着蓬头垢面的小伙子心痛地对我说："这孩子多瘦呀。"晚上，我们住宿在观瀑处的吴家旅馆，我发现吴家的女儿正是李茶油。从吴老太的话中得知，17年前被我撞倒的李茶油并没死，她醒来后因为丧失了记忆一路流浪到了金刀峡，李茶油被吴家收留并生下了我儿子。那天晚上我见到了我的儿子——那个背石块的瘦弱的孩子。

金刀峡之行后，我每天想到的是我儿子瘦弱的背影，我心里的凄惨难以言说。我每天在互联网上查看金刀峡的天气，我怕儿子在酷暑中倒下，我怕雨雪天我儿子会背着石块滑入山谷。我已人到中年，我开始想到要回到金刀峡去和他们母子团聚，翻造房子，装修旅馆；我想要让我的儿子受到良好的教育、过上体面的生活，这一切都需要钱。

在命运突变之时，是我自己的错误选择导致了我的悲惨命运。在走出吴家时，我醒悟了：茶油和我儿子虽然贫穷，但他们是容不下犯罪之恶的；一旦他们知道我是个逃犯时，无疑是我第二次"杀"他们。我想我不能再伤害我的儿子了。

看完谭人杰的《自白书》，胜景南的眼前出现了台静英为恐惧而颤抖的身影、为担忧而憔悴的脸颊，他感到悲哀和愤怒！他抑制了自己的感情说："谭人杰哟，你好好想想，你伤害的何止你儿子一人啊！想想李茶油、你儿子、台静英他们的命运，不正是被你的以自我为中心的狂妄行为所作弄、践踏了吗？你是个卑劣的男人！"

八

从谭人杰提供的线索中，警察发现了高松和林媚在越南的藏身之处，他们在家人的劝说中也归国自首了。此案送交检察院起诉后，胜景南就被调往N市近郊的警察署了。

三年后的一天，胜景南去医院探望住院的妻子。进了病室却不见妻子的人影，邻床的妇女对他说："她去做CT检查了呢，——呀，是胜署长啊。"胜景南认出说话人是台静英，便笑说："正巧了，你和我老婆是同病室啊。你还住中央区那里吗？"

台静英摇摇头，说："我把原来住的房子卖了，那房子是我父母留给我的。现在借住在郊外、租金便宜的地方。"

胜景南见房内无旁人便说："也难为了你，那事情发生后你在原处住着有些难堪了吧？"

台静英笑笑，说："他投案自首后，有律师来找我……我就把房子卖了，与李茶油达成了赔偿协议。我是不想让谭人杰再加重刑罚，更重要的是想到吴大恩需要有学习机会。他是个聪明的孩子，去年考入了上海W大学英文系。听说李茶油不久前也再婚了。"

"他呢？"

"谭人杰吗？不知道。他拒绝了我的探监，我就再也没去过。他提出了离婚请求，我也没理他，等他出狱了再说吧。"台静英淡然地说。

此时有人斯文地敲了两下敞开着的房门，只听台静英欢快地叫道："嗨，是大恩来啦！"

胜景南见门前站着一个面目清秀的青年，正朝他们腼腆地微笑呢。

2016年1月17日

妻子的逆袭

一

深秋的下午，在上海市某机关任要职的卢飞跃在读完一份工作报告书后，秘书走进来轻声对他说："刚才接到你妹妹来的电话，好像有急事。"卢飞跃的妹妹在部队医院任妇产科医生，过着独身生活。

他从抽屉里拿出手机给他妹妹拨电话。话筒里传来妹妹清脆响亮的声音："哥，王芳的事你不知道？"

"王芳的事？啥事？"卢飞跃问，王芳是卢飞跃的妻子。

妹妹叹了口气说："她也没打电话给你？哥，我就担心你们，夫妻的感情怎么冷到这种地步了呢？她连这样的大事都不跟你说！"

妹妹虽然在埋怨他，但口气却是温和的。他们兄妹平日忙于工作，难得见面，但兄妹感情却如幼时一样笃实。卢飞跃说："担心什么呢？我们都老夫老妻了，谁还会像新婚时那样有激情呢？说吧，什么事？看你大惊小怪的。"

"几天前，王芳在洗澡时无意中摸到左边乳房外侧有个硬块，想到她母亲几年前就是患乳腺癌去世的，就来我这里就诊了。今天一早她来看精密检查的结果，我告诉她是癌症。不幸的是，她得的是her-2

阳性，这类肿瘤恶性程度高，进展也快，容易复发和转移，是较难医治的乳腺癌。”

“……”

“不巧，我要去美国的医院学习两个月，明天就动身。但你放心，我把她托付给最可靠的妇科专家王教授医治。哥，你以后要多关心嫂子了。”

卢飞跃默默地挂了电话。他想起几年前岳母在被确诊为乳腺癌后不到一年就病故的事，便怔怔地坐在椅子上发呆。呆了一会，想也许王芳会在家里等他，便对秘书说：“我有点事要早退了，叫小张开车把我送回家。”

二

韩炎是某大学物理系78级B班毕业生的同窗会的组织者。这年他在网上发表了两部长篇玄幻小说，得了可观的稿费。今天同窗会的宴请费当然就由他支付了，而且他把宴会办到了南京西路的一个大饭店里。

下午近6点，陆续来了十几位老同学。一个叫罗晓明的人，现在是受人尊敬的中学教科书的主编。他进包房后大大咧咧地脱了大衣、围巾，顺手递给了韩炎的妻子凤媛，又环顾四周道：“嘿，来聚会的就是这些老面孔，我记得上次也是我们这十几人，凤媛，啊？”

凤媛夫妇是大学同学结婚，她和罗晓明也算是至交。她边给罗晓明挂大衣边说：“没看见？还来了位港澳同胞呢。”

“噢，张大炮！听说你在澳门包了几张赌台发财，这可不是我们有知识的人应该做的事。”

张大炮看罗晓明成了个干瘪老头子，稀少的几根头发留到耳根处剪齐了，活像乡下孩子手里玩的拨浪鼓，便拥抱了他，又嗅了嗅他的头发说：“罗晓明哟，你的酸臭味与三十年前一个样！”

大家哄笑起来，突然笑声戛然而止，凤媛见门口站着王芳。王芳对瞪圆了双眼的罗晓明说：“不欢迎我来？我也是收到请柬的人呀。”

罗晓明脱口道：“不是不欢迎，是没有想到你会来！坐哪儿？我旁边？”

王芳瞥了罗晓明一眼，径直向里走到彭大树旁边的空位上坐下。罗晓明说：“你来找初恋情人的？有没有征得你老公卢飞跃的同意？”

王芳拿了瓶啤酒为彭大树倒了一杯，再给自己倒一杯，对罗晓明说：“没你的份，省得你喝醉了乱说话。”

张大炮拍了腿大笑，说：“好一个王芳，我们进大学时她才18岁，与人说话时脸上一阵一阵地发烧，把我们这些年龄上可以做她大哥的人都吓得不敢正眼看她。转眼三十多年了，王芳的儿子也到该结婚的年龄了吧？”

没有人搭话，凤媛用眼光阻止他说下去，罗晓明也干咳起来。大家知道王芳的儿子因为恋人变心，竟然用药物毁了对方的容颜而被判了十二年徒刑，正在服刑中。张大炮不知道其中的底细，却隐约觉得自己失了言，戳到了王芳的痛处，便尴尬地笑笑闭了嘴。

王芳装作没听见，只顾与彭大树说话。彭大树注意到周围人的眼光，便频频喝酒，让脸上添些酒色来掩饰内心的激动。彭大树对王芳说他妻子过世了，儿子在国外，只留下他一人在崇明岛上种花弄菜过寂寞的生活。

王芳说她上月也退休了，就想着过田园生活呢。彭大树和王芳同龄，都是出生在崇明岛上的。大学分配时彭大树回到岛上工作，去中学当了老师；王芳却被分配到了上海市区的一所大专任教，因为她的男友是她的同班生、学生会会长卢飞跃。

彭大树说，我的“农庄”随时欢迎你来，我在自家园子里种了腊梅树、水仙花；我现在吃的萝卜、生菜、芋艿等都是有机作物，我自己种的。我养了鸡，它们每天生鸡蛋给我吃。

王芳说：“我明天就去你家，住到老死！”

彭大树以为她说笑话，就说：“看你，又回到了三十多年前天真烂漫的样子。你来，我还会赶你走？”

罗晓明醉了，指着彭大树说：“你当心，让卢飞跃知道了有你好看的。卢飞跃，什么东西！那时候我们物理系竟有十多个女同学想嫁他，但我知道王芳没想嫁他，是他看上了王芳。王芳你说说，你当时怎么会想到要嫁给卢飞跃的？”

王芳也有了酒意，幽默地说：“当时他对我根本就没有魅力可言。他每天穿着同一套军装，在他身边能闻到男人的油腻味；他那张铁板脸能把个三岁的孩子吓得发烧！说真的当时我有点怕他，他父亲是学者、是名见纸端的人物呀，他本人在入大学前是劳动模范，连掌握了我们毕业分配大权的辅导员都忌他三分的，我能不怕他吗？他看上了我，我对我妈说了；我妈是农妇啊，她听我说卢飞跃曾经是劳动模范，就说他是个文武全才。我妈又猜学生会会长的官要比村长的官大，于是就对我说，还犹豫什么呢？嫁吧！”

王芳自虐般的说话方式让半醉的同伴们笑得差点翻倒在地。王大炮又追着问：“那时你喜欢的是彭大树吧？卢飞跃太霸道！”

王芳看彭大树，说：“嗯——，大树，我不记得了，我们恋爱过？大炮你别往歪里想，彭大树曾经拉过我一次手，当时我甩了他的手说：‘我妈要骂的！’”

大家又开始顿足大笑。众人醉了，唯有凤媛没醉，她从侧面仔细察看王芳在灯光下发光的脸：鹅蛋形脸的正中是秀丽的高鼻梁，嘴唇的形状也极柔和。然而，美人易老，王芳那秀丽的眉间刻有几条深深的皱纹，下巴处的皮肤也松弛下垂至颈部处；而且凤媛发现她的眼角处红肿着，像是哭肿了的。凤媛去年曾路遇王芳，见王芳未有长谈之意，便在道旁站着和她说了一会儿话。王芳告诉她，自从她儿子进了监狱后她活得并不顺心，屡次向卢飞跃提出离婚却遭拒绝，她叹道："离婚难哪！"

宴会散后，凤媛拉了王芳去一边，问她："告诉我，发生了什么事？"王芳低了头沉默了一会，拉了凤媛的手道："我和我妈一样，得了乳腺癌，已是中晚期。"

三

王芳回家时已过了深夜11点。卢飞跃等了她8小时了，等得他肚脐眼下的小肠都发了痒，坐立不安的。见了王芳，他坐在沙发上没有起身，控制住自己的感情说："这么晚去哪里了呢？而且关了手机！"

王芳爽朗一笑，爽朗得如秋天的晴空——卢飞跃吃了一惊，自从儿子进监狱后，他就没看见过王芳这样笑过。听王芳答道："去大学同学的聚会了，你不是也接到了韩炎发来的请柬了吗？可你从来不去。"

"等我退休后会去，我在这个职位上，……大家也能谅解吧。"卢飞跃打断了王芳的话说道，他想现在不是说这种闲话的时候，就又说："我妹妹打电话给我说，今天你去过她医院看病。"卢飞跃没有再说下去，舌头舔了舔嘴唇，把眼光移向了窗帘处。

王芳接着他的话说："哎，我患了乳腺癌，中晚期。你妹妹打电话告诉你啦？现在跟你谈谈好吗？"

卢飞跃点点头，咽喉处像有异物似的感到难受。王芳在他斜对面的沙发上坐下了。

两人无言地坐了几分钟，卢飞跃说："我妹妹明天去美国进修，她已安排好由王教授当你的主治医生，后天我陪你一起去见王教授。"

王芳脱了拖鞋，低着头用穿了袜子的右脚脚尖在地毯上画了好多个圈才抬头说："不麻烦你了，我也不会再麻烦你们卢家的。我妈的治疗过程你也见了，手术、化疗，折腾了半年多，没有过上一天的好日子，还没死就弄得像鬼一样。我不会走我妈的老路，我决定了。”

卢飞跃急了，挺直了腰背说：“你的意思是放弃治疗？不行，我要对你负责的！”

王芳目不转睛地盯着他看，忽然眼里涌上了泪水，她说话了，声音清脆而有力：“也许我还能活三个月、半年，或者更长一点，那是我的生命，我的！我要怎么个活法得由我自己来决定！我明天就离开这里、离开你。我曾经求过你多次，让我离婚，可你拒绝了。在我生命最后的岁月里，只求你别再来干涉我，给我自由，让我尽情地享受生活。这要求不过分吧？你答应我！”

卢飞跃像被人抽了耳光似的，用双手捂了脸颊，觉得委屈，但他还是保持着清醒的头脑，点点头答道：“我答应你。……告诉我，你恨我吗？说出来，也许你心头的恨也会解消。”

王芳踢掉了另一只脚上的拖鞋，在沙发上盘腿而坐，说：“是的，我恨你，恨你妈。儿子进监狱时，你们口口声声说我坍尽了卢家的台，说是我教育出了一个任性、自私、冷酷的孩子。你们把痛苦、悲伤向我发泄，你们明知道我这个做母亲的心也是肉做的，偏偏把这块肉再扔到绞肉器里去绞。我的婆妈，她的嘴比刀尖还锋利，她对我说：‘犯罪也像是有遗传的，你舅舅不是打伤人坐过牢吗？’你现在知道我每次去你娘家吃饭时会呕吐的原因了吧？太伤人了……”

卢飞跃见王芳颤动着双肩哭，哭完了用手背把鼻涕、泪水一抹说：“好了，说完了。我不会把怨恨带去天堂的。”

卢飞跃很想去握住她的手，可他不敢，他低头细声地说：“王芳，原谅我们。”

“嗯。”王芳点点头。卢飞跃觉得王芳的脸忽然变得明净、安宁了。他的眼前出现了三十多年前一个冰清玉洁的少女形象，他呻吟着：“噢，王芳，我知道，我不能拦住你，也决不干涉你，……那是你的生命。但我们不离婚，好吗？”

王芳又“嗯”了一声，说：“事到如今，无所谓了。谢谢你妹妹，你们家里就她对我好。”说着拎了身边的包、没穿拖鞋便小跑着去了自己的卧室——自从儿子出事后，他俩一直分室而卧。

卢飞跃听到王芳“咔嚓”一声锁上卧室门时，像是被人在心窝上击了一拳。

四

王芳患病、离家出走，这一切都发生得太突然，卢飞跃觉得自己在做噩梦似的。尽管这几年来与王芳相处不睦、很少交谈，但王芳走后，卢飞跃便像失了魂一样。

王芳走后的第三天晚上，卢飞跃在晚餐时突然兴起，用脚踢翻桌子、椅子后，再撕旧报纸……突然他闻到一股焦味，便停了手，见刚才踢椅子时碰翻了一个小型电子取暖器，它的高热烤焦了纤维织成的地毯。他忙去扶起取暖器，地毯被烙了脚印大一块黑印。

这一惊让卢飞跃清醒了，他想他一个男子汉哪能感情用事呢？弄不好王芳外出遇到不测，警察还会找上门来怪罪自己呢！

他想给王芳打电话，但又想王芳不一定会接他的电话。王芳是独生女，小时候父母离婚、父亲早已另组家庭，王芳很少与他联系；有个舅舅与她娘家住一起，他把王芳当自己女儿一样爱护，可这舅舅也因病卧床多年、靠儿女照料，王芳当然不会去打扰他。

卢飞跃想到了凤媛，她和王芳在大学里同寝室居住，长王芳三岁，两人曾是好朋友。他从抽屉里拿出一张请柬来，上面有凤媛的电话号码。

电话通了，卢飞跃说：“是卢飞跃，王芳的老公。我与王芳吵架了，她出去没回来，我想问问你是不是知道她的去处。”卢飞跃尽量把话说得很轻松，也没说王芳出走的具体日期。他想如果凤媛对此一无所知的话，那她也会把它看作是普通的夫妇吵架。

但凤媛说："我知道的。"

卢飞跃忙说："我马上去你家，行吗？我有你家地址。"

凤媛说："行啊，来吧。"

五

听凤媛的口气，卢飞跃猜想她对自己家里发生的事都知道。

她对卢飞跃说："王芳在彭大树家。"

"彭大树？是谁？"

凤媛的丈夫韩炎笑道："嗨，贵人健忘，连大学的同班同学的名字都忘了！是那个崇明人。"

卢飞跃忽然想起来了，拍了脑袋说："记起来了，说话带崇明口音，每次到期末考试时就会急得整夜失眠的大个子！——王芳去他那里干什么？"

凤媛把眼光移向天花板，想如何回答是好；而韩炎不满卢飞跃说到彭大树时的轻蔑口吻，便冲口道："你不知道？他俩是初恋的情人哟。"

"没那么严重。他俩都是崇明人，所以在大学时，到了星期六也偶然结伴坐船回家的。说不上谈恋爱，我猜想只是彼此有点好感吧。"凤媛打断了丈夫的话。

韩炎像是在同凤媛斗嘴似的，说："恋爱也好，好感也罢，反正王芳现在是跟着大树走了。30年前，飞跃在大学里是目空一切的人，他哪里会留意别人的恋爱琐事？就算他当时知道王芳、彭大树在恋爱，飞跃也不见得会善罢甘休的，飞跃是头雄狮，彭大树哪里是他的对手？"

卢飞跃有点狼狈、细长的眼眯成了一条缝，装着笑脸说："看韩炎把我说得跟恶霸似的……"

凤媛听卢飞跃带着颤音说话，觉得于心不忍，便瞪了丈夫一眼说："说句公道话，那时代的女生就是喜欢像雄狮般的男人，王芳也是其中之一嘛！——飞跃，我们说正事，王芳是大前天去彭大树家的。她对彭大树说她得了不治之症，她想让自己的余生在彭大树家度过。彭大树当天晚上就打电话告诉了我们。我们昨天就找了借口去彭大树家，见到了王芳。王芳也不忌讳，把彭大树对我说的话又说了一遍。很遗憾，飞跃，我不得不告诉你，依我看，王芳不是在与你赌气，而是经过深思熟虑的。"

卢飞跃沉默着，他两肘撑在桌面上，双手的十指互为交叉抱成一团，低着头一动也不动地坐着，像一尊泥塑。

韩炎的目光变得温和了，他把手搭在卢飞跃的肩上说："我也是个男人，你的心情我理解。你也别怪大树，王芳处于这种情况，他总不能把她拒之门外吧？我们是旁观者清，王芳得了那种病，提出了她生前最后的请求，这请求也许对你来说比割肉还难受，但你又能怎么样？你不能反对的，要引起共愤的！再说你把王芳逼绝了，她来个自我了断，你就更难堪了，是吧？要我说，你还不如当个男子汉，默默地关注她，让她任性地、愉快地度过她的余生。"

韩炎的话像一股寒流直击卢飞跃的心脏，他的呼吸急促起来，脸也变成了粉红色，凤媛看着害怕，急得顿足骂韩炎："有你这么说话的吗？他犯了心脏病你偿命啊！"

"我的心脏哪有这么脆弱呀，"卢飞跃说话了，声音低沉，嘴角边还冷冷地浮着一丝浅笑，"韩炎说得对，他分析得透彻！凤媛，告诉我彭大树的事，我对他一无所知。"

凤媛松了一口气，说："彭大树的老婆很多年前死于车祸，是他一手拉大了他们的儿子；他儿子去德国留学，得了医学硕士学位，最近娶了个金发碧眼的老婆在欧洲定居了。大树提前退休，现在岛上种花、养鸡，过他的田园生活。"

韩炎接口说："大树的'农庄'很有趣，最近，我们也经常去他家住个一两宿的。儿子去欧洲后，他感到寂寞无聊，就拿起了照相机学摄影，嘿，真学出了名堂来，他的作品在全国大赛上得过奖。飞跃，王芳喜欢弄插花？昨天我们进大树家，见他们俩正在剪枝插花呢。"

卢飞跃说，他在他家的书架上看到过几本关于插花的书，儿子出事后王芳参加了插花学习班，休息天常常用插花来打发时间的。想到这几年和妻子冷战的光景，卢飞跃的胸口像被什么东西堵住了一样。他伸手去拿茶杯，想喝口水润嘴，可凤媛说茶冷了，要拿出去换杯热茶来。

韩炎拿了沙发上放的平板电脑来按了几下，画面上跳出了一张插花的照片，他指着照片说："彭大树给我发了他昨天拍的照。看，这盆花，是不是有点创意？"

卢飞跃甚至怀疑韩炎是否有意在揶揄他，便起身告辞道："真的很感谢你们，知道了王芳的下落，我多少有点放心了。毕竟王芳是我的妻子，我会牵挂她。如果王芳有什么变化，麻烦你们一定通知我。"

韩炎见卢飞跃说得真切，便说："这也不难，彭大树常会给我发照片、发消息的，你回去后在网上下载QQ软件，加我为好友，我把跟他们相关的消息转发给你不就行啦。"

凤媛端了茶进来，卢飞跃却说不喝了，时间不早了该回去了。他笑着对韩炎点点头，走出了韩家。

六

过了一个月，卢飞跃像得了贫血症，脸色苍白，双颊凹陷，细眼上的粗眉更显得色彩浓重，整个人为阴气所笼罩。

韩炎把彭大树在QQ上发给他的照片、图文随意地转发给了卢飞跃；卢飞跃对韩炎发来的那些记载了彭大树和王芳的日常生活的照片过目难忘——岂止是难忘，一切就像是烙在了他的脑中一样！就是这些照片图文使他的身心发生了悲剧性的变化。

那一天他去监狱给他儿子送食物和书籍。驾车从郊外回家时，正是阴沉昏暗的傍晚时分，那种难以忍受的忧郁感和无处倾诉的痛苦再次袭上心头，他把车停在了道旁，点了烟抽着，想道："眼不见为净，以后我再不看QQ了。这世上多的是女人，我又何必吊死在一棵树上？"他想到了保险公司那个叫金铃的业务推销员来，便掏出手机，约她出来共进晚餐。

金铃是个近四十岁的体态丰腴的未婚女人，她虽精于世道、熟谛人情，但偶尔也会把职场和情场混淆，比如碰到像卢飞跃这样有权势的客人。金铃接了卢飞跃的电话，就开了车去G宾馆的二楼餐厅同他会合。两星期前，她在半夜里接到过卢飞跃的一个电话，他像是喝醉了酒，一会儿说他老婆患了癌症、活不了多久的话，一会儿又说他老婆跟着其他男人跑了的让人费解的话，但这些话使金铃确信卢飞跃的婚姻出了问题。她在路过宾馆的服务台时，留意看了一下当天有没有空房，心跳加速了。

两人在桌前坐定，卢飞跃拿过服务员递来的菜单点饮料、点菜，并没有征求她的意见；金铃笑了，她倾心于他那种霸气。卢飞跃没有提起两周前那个电话的事，金铃也就闭口不谈。上了菜，卢飞跃并不动筷，只是抽烟，又慢慢地吐他的烟雾；金铃想卢飞跃是条硬汉子，不会轻易地把他软弱的一面在女人面前呈露的，于是她开始想一些有趣的事来说。

"这几天我们公司的事故勘察组的人挺忙的，你知道到了冬天室内事故最多的是什么？"金铃问，她想把卢飞跃的注意力引向自己。

"是煤气中毒吧？一般的煤气泄漏有异味，大都能引起人的警觉；最怕的是在门、窗紧闭的室内，用煤气淋浴器、取暖器时，因气体不完全燃烧而产生的一氧化碳中毒。一氧化碳无色无味很可怕。"卢飞跃说，他进大学前是在煤气公司工作的。

金铃眨着刷了睫毛油的妩媚的眼睛，笑着说："你真不愧是读理科出生的！——真是这样，上星期听同事说有四人开了煤气取暖器在屋内打麻将，结果呢，因为一氧化碳中毒而一个个地倒了下来，幸亏发现及时没出人命，但有两人留下了后遗症。关于保险赔偿问题还在争议中呢。比如说事故是因为人的疏忽造成的，还是人为制造的……"

"人为制造的事故？那不是杀人么？为保险金而杀人？就像是外国电视剧里演的侦探剧？"卢飞跃挺有兴趣地问。

"嗯，"金铃说，"前年冬天，我有一个买了大额生命保险的郊区客户，死在自家车中，死因也是一氧化碳中毒。事故的前一天夜里，有人看见他老婆深夜开车回家，把车倒入车库停放的。第二天凌晨，死者要驾车去工作的建筑工地时在车库里出事了。调查组对事故进行了调查，发现他家在狭窄的车库的后部堆放了杂草、细枝等垃圾。他老婆把车倒到了车库深处，车尾埋在了垃圾处，杂草堵塞了排气筒。在狭小的车库里，遇难者坐进车内后，先发动了引擎开了空调取暖，又关了门慢悠悠地喝咖啡和吃早点——每天清晨出车前，他在车里喝咖啡的习惯他老婆是知道的！你说这事故是他老婆故意制造的，还是无意中闯的祸呢？"

"哈，这事恐怕天、地也不知，只有这女人心里有数啰。"

金铃把背靠到椅子上，嘴角泛起微笑道："我为她老婆辩白，她是清白的！为什么呢？因为他老公是个大大咧咧的人。他是个有钱的包工头，他买生命保险只是因为对我有好感，按照我的提议才签了保险合同，他老婆不知道他买了保险。出事故后，还是我提醒她老婆，她才在他的一件肮脏的工作服口袋里发现保险单的，她不可能为骗取保险金而制造事故。"

卢飞跃吐着烟圈、眯着眼思索着。金铃说话的声音则变得低沉、性感起来："但是一年后关于这事故的风言风语又传入了我的耳里：未亡人在事故原地造了豪宅，再婚嫁了她高中时的初恋之人，因此又有人说这女人有‘为情杀夫’的嫌疑。”

卢飞跃又吐了口烟，自言自语道：“是初恋情人啊！”他又想到了王芳和彭大树，心头酸楚，泪眼在灯光下闪烁。金铃拉下了脖子上的丝质围巾，露出了低领处白净的乳沟来。卢飞跃看了金铃一眼，把玻璃杯举起挡住了自己的脸。他想起自己初婚时的情事来，王芳比他小了四五岁，清纯而被动，在床上就像是一头温柔的、受惊的小鹿，让他感到醉心和欢畅；而眼前这娇艳、辛辣的女人……并不是他的所好。于是，他就找个借口离开饭店了。

七

彭大树记得上个月在参加了大学同窗会的第二天上午，王芳带了个大行李箱、叫了出租车来到了他家。她说：“昨天跟你说好的，要到你家住到老死的，你答应了的。”

午饭后两人喝茶时，王芳才对他说出她患病、想在他家疗养一段时间的话来。她说：“就当我借你一间房来度过我的余生。我娘家没人了，我无家可归，可我怀念崇明岛上的生活呀。大树，我俩曾经互相有过好感……很多女人一旦对现实婚姻不满时，喜欢把失去的感情放大了看，再做些浪漫的想象后，把它放在心中温存、回味着。说实话，我就是属于这样的女人。但仅此而已，我不想给你增添太大的麻烦。”

彭大树开朗地笑道：“别说那么复杂的话，我听不懂，恐怕连你自己都不知道自己想说什么。来，擦了你的眼泪，跟我去田里拔几只萝卜，晚上烧肉吃。”

彭大树当天晚上同在欧洲的儿子通了话，说了此事，他儿子用中文说欧式话：“作为一个男人，爸爸，我为你感到骄傲，你值得一个女人的信赖。保护好她，这是男人的自尊，不管是出于爱情还是友情。”

然而想到卢飞跃，彭大树心里沉甸甸的。幸亏好友韩炎和凤媛这对夫妇在为他分担重负、关注着王芳。凤媛说过，她曾把王芳在他家住的事告诉过卢飞跃，但至今卢飞跃也没找上门来过；而王芳呢，也从不提卢飞跃的名字，就像世界上根本就不存在这个人似的。

王芳和彭大树各居一室而共同生活，那感觉就像是一起度过了几十年的老龄夫妻一般。对于治病一事，王芳说同用药相比，她更相信用食物来提高免疫力的方法，所以王芳每天精选了食材做餐。

王芳热心于她的插花工作，他俩常常一早去附近的花市场挑花，买回来后王芳在工作台前一坐就是五六个小时。插完了一盆花，王芳左看右瞧地感到满足了，就叫彭大树去为自己的作品拍照。

岛上风冷。那天晚餐时，两人在厨房兼餐厅的房里开了取暖器吃火锅，王芳说她想出版一本关于插花艺术的书，彭大树说好，书中可以用他拍的相片，出版的事最好与罗晓明商量。

真是“说到曹操，曹操就到”。听到敲门声，彭大树去开门，门外站的是罗晓明和张大炮。罗晓明抱着一瓶酒，张大炮拎了一大包羊肉片、墨鱼片来。进了屋，看着火锅里沸腾的汤水，两人说：“来的不是时候？”

彭大树笑道：“来的正是时候！我们的火锅里只有蔬菜和菌菇，等你们拿鱼、肉来呢——王芳，添两副碗筷来！罗晓明上我家从来都是不事先打招呼的。”

罗晓明的眼光在王芳和彭大树间来回移动，他在猜测眼前的这对男女间发生了什么事。

罗晓明的恶癖是每次喝酒必醉，醉了就会找人寻衅、说些刻薄话。出了彭家，张大炮开车回市区时，听横倒在后座的罗晓明说：“大炮，你说我和卢飞跃哪个能力强？凭什么他能挤掉我当上学生会会长？卢飞跃有那么多女同学看上他，而我至今还打着光棍，这公平么？”

张大炮没去理他，直到见他坐起身来打电话时才想要阻止他，但来不及了，只见他对着手机大声地叫："是卢飞跃？我是罗晓明啊，我找的是你呀。我想报告你，刚才我在彭大树家看到他和王芳在吃夫妻火锅呢。哈哈，世道变了，你的小天使变成了小恶魔啰，喂？喂？怎么电话断了？"

罗晓明扔了手机倒下去"呼呼"地睡着了。

卢飞跃从G宾馆回家，坐在沙发上生闷气时，家里的电话铃响了，一听是罗晓明在说醉话，没等罗晓明讲完，他一怒把电话线拉断了。卢飞跃觉得自己受了侮辱，是个被害者；加害者是彭大树，他乘人之危，夺人之妻，是个无耻之徒。

他也恨王芳，是她的行为扫尽了他的脸面。此时，他一头冲进了王芳的卧室，对着梳妆台上摆着的王芳的小照怒目而言："王芳，你摸着良心问问自己哟，当初是我骗了你、哄了你结的婚？我去你家抢亲了？我第一次去你家时，你娘那张皱脸笑得像菊花一样的，我还记得呢。没有我帮你，三十年前你还不是回了岛上去当乡村教师？你和你娘还不是寄人篱下地住在你舅家里？"

没人回答他的问话，四周一片寂静。他伸手拿过王芳的照相旁放着的一个玩具熊来。熊是红绒线织出来的，带着绿帽子、绿丝巾，样子挺可爱。卢飞跃用食指和拇指搓弄着熊头上的帽子，冷笑道："绿帽子？哈哈，戴绿帽子。什么狗屁东西，连你也来嘲笑我！"

他一抬头在梳妆台的三面镜里看到了自己的形象，眼睛充血得更厉害了。他先是感到自己的胸腔里充满了无处发泄又难以自消的怨气，渐渐地这股怨气向上处冲来，又在咽喉口处被卡住了，就像是有人从背后扑来扼他的脖子，他猛地一转身，眼前一黑便跌倒在地。

卢飞跃想，自己已经多天未好好进食了，神经都快要错乱了。他爬起来去厨房的冰箱里拿出几盒速冻饺，下了一大锅吞食了；他又给自己冲了一杯扔了五块方糖的香浓咖啡，喝着咖啡，他觉得糖质随着血流流入了他的大脑，他又能思考了。

他把玩具熊握在手掌里，生怕捏断这小家伙的肋骨似地轻轻地、温柔地握着它。他关上了灯，把自己藏在暗处沉思。他想："我感到有人用手在扼我的脖子，那不是我的幻觉，而是彭大树和王芳的两双无形的手；他们在精神上压迫我，欲将我逼疯或者逼死；那无形的手就像是无色无味的一氧化碳，能致人于死地。"

卢飞跃想起了金铃说过的那些因一氧化碳中毒的死亡事件。

一夜未眠。翌日午后，卢飞跃从三十年前的同学通信录上找出了彭大树的地址，他要去邮局给王芳寄个包裹。他把最近寄来他家的、收件人为王芳的全部邮件和那个戴绿帽子的玩具熊放入了包裹里。

八

卢飞跃寄来了一个邮包。王芳从邮包里捧出一个绒线织成的小熊，她看着小熊手颤抖了、失声哭了，彭大树猜想这玩具一定是王芳的儿子小时候的爱物了。

王芳把自己关在屋里一个下午，出来吃晚饭时说："小熊是我妈给我儿子编织的，这红、绿两色的绒线是我妈在我初中时给我织的绒线衫时用过的。记得当时还有人给我儿子送了个会唱摇篮曲的电动长毛绒熊，卢飞跃把两个玩具进行分解、组合，外表是绒线熊，但是内藏着电动熊的功能；他还在小熊的底部装了个电插座，能充电。我儿子小时候每天都听小熊唱歌、抱它睡觉的。你闻闻，这小熊身上还留着奶味呢。"——这是王芳来彭家后，彭大树第一次听她提到自己丈夫和儿子的事。

王芳食欲不振，才两三天脸就显得消瘦、呈露病态了。彭大树想是不是病魔终于露出了它的凶相，开始肆无忌惮地侵食起王芳的肉体来了？

王芳在黄昏时拖了一把藤椅去门外坐着，手上握着那个绒线小熊，默默地看着夕阳西落。彭大树为她披上羊毛披巾，又在她手上放了个热水袋，把手搭在她的肩上说：“太阳落了，夜雾起来了，回屋里吧，晚上我溜个糖醋鲤魚片给你吃。”

王芳仍旧坐着、望着远处深不见底的黑暗。过了好一会，王芳说：“大树，我知道这一天总会来的。我想体验一下黑暗吞没我时是怎样的感觉，可是还是觉得害怕、恐惧。”

彭大树心里骂自己太不像话，竟然潸然落泪，竟然唏嘘有声，都怪王芳把话说得太凄凉！彭大树进厨房烧鱼时，王芳跟进来小声说：“这两天晚上我睡不着。”

“我知道。”彭大树说。他半夜醒来上厕所时，见王芳房里的灯还亮着，彭大树认定是那绒线小熊使王芳的精神混乱的，他无意识地看了王芳的手，问：“你手上的小熊呢？”

“放在门外，忘记拿回来了，”王芳对他耳语道：“今天天蒙蒙亮时，我看见有人偷偷地绕着我们的房子兜圈子、躲在北墙下往里张望。我知道那人是谁，我认得出他的背影、嗅得出他的气味。”

“……”彭大树皱了皱眉，怕她会说她看见了她娘的背影。

“明天去买个监控探头来，装在门外的隐蔽处。”

“要那东西干什么？家里没有什么值钱的东西，——但如果装了探头能让你安睡，也是值得的。好吧，明天一起去买。”

第二天装上了监控探头，王芳的神情安详了许多。晚上，她说想去短程旅行，彭大树说：“好啊，你也该出去走走、散散心了。去锦溪古镇住一晚怎么样？明天是星期六，叫了凤媛他们同去！”

“我俩度蜜月，叫他们干什么？”王芳的声音娇柔可爱；可彭大树在洗碗，水流的声音大，听不清她在说什么，就应了一声：“哎，你说得对。”

彭大树当然不会知道，此时在离彭家一百米左右的一堵废墙旁停着卢飞跃的车。卢飞跃把盗听发信器藏在绒线熊的插座板里，邮送到了彭家。这套盗听设备是他年初公差去日本时买的，当时惊叹于它的精巧和高性能而买的，现在正好派了用场。

他在车内通过盗听专用受信器，听到了他们的那段“蜜月旅行”的对话，他的脸变得发青、发紫了，他像野兽一般露出前牙咬破了下唇，并用舌头舔了嘴唇上的血咽下了，他冷笑道：“彭大树呀彭大树，我这一生受过谁的欺负？你认为我能容忍你？王芳已来日不多，我让你陪着她去天国度蜜月吧。”说着，他关了盗听收信机，把车掉了头向市区开回去。

卢飞跃已经失去了理性，这几天他每天提早下班，开车到这堵废墙旁窃听王芳他们的对话。昨天黎明时，他曾冒险潜入彭家的园内，对彭家进行了观察。彭家的北侧为厨房与饭厅，并不大；右边设有移门，移开门便是浴室；墙外有个煤气排气口。他曾走近北窗，打着手机的电灯向屋里照着看了一两分钟。他看到彭家的厨房内和浴室装有煤气热水器和排气筒。彭大树在排气筒上装了阻止外风逆入的碗形状的装置，让气体直升、向外排气。卢飞跃知道，这装置内部因为有个锥形零件被固定着，才能有效地发挥它的阻止逆风侵入的功能，但如果这零件“年久失修”或者在某种不可预测的外力作用下，它也会错位、会失去动能，从而引发一氧化碳中毒事故。

在回家途中，卢飞跃双手紧握方向盘、眯细了眼睛直视着远方。他口里无数遍地念着“无毒不丈夫”那句话，把自己想象成了一头愤怒的雄狮。

九

卢飞跃在熟睡中被闹钟铃声惊醒时，是1月13日星期天晚上10点。他是今晨5点多回家的，回家后一头栽倒在床上，已整整睡了十多个小时。

他妹妹已在纽约飞回上海的途中，将在次日凌晨1点到达浦东机场，他对妹妹说过要去接机的。卢飞跃穿上外衣去停车场取车，寒风迎面扑来。今晨他带着口罩、披了雨衣潜入彭家时，黎明前的崇明岛就像是被埋在了浓雾之中，而现在他抬头见到的却是月明星稀的夜空。

驾车上高速公路时，他看了看腕上的表，脑里便出现了这样一组画面来：彭大树和王芳开车回家了；王芳病体畏冷，紧闭了门窗；饭后，彭大树洗碗，王芳去洗澡，无孔不入的北风引着死神钻进了彭家的排气筒口，彭大树和王芳相继倒下了；夜雾慢慢地笼罩了彭家，室内寂静无声，唯有黄色的灯光彻夜而明……

就如卢飞跃所想象的那样，在他驾车去飞机场的四小时前的6点左右，彭大树和王芳从锦溪古镇回了家。进门后，有冷风吹来，彭大树说自己出门时又忘记关了浴室的窗，便去关上了；但他们并未急着去做饭、洗碗或洗澡，而是各自回了自己的房间。彭大树知道，王芳关着房门在里面看监控录像带，他想自己住在这里几十年了，哪里见过小偷的影子？便摇了摇脑袋，苦笑了一下读他的晚报了。

过了片刻，王芳推门进来了，身子倚在门框上，神经兮兮地对他说：“我在厨房里闻到了煤气味，我的鼻子比狗还灵。”

彭大树见王芳眼里有泪光，心里纳闷，可嘴上还是说：“好的，今晚我们不用煤气。明天我把厨房的煤气系统彻底地检查一下。今晚我用电水壶烧水、冲方便面吃。你呢？”

王芳摇摇头，回到自己的房间。房间里能听见窗外北风呼啸、枯叶狂舞的声音，王芳侧耳听了一会，便取了纸、笔开始写字。

十

卢飞跃的妹妹看着前来接机的哥哥，说：“你的脸色怎么这么难看？像患了肝病似的，你需要做全身检查。”

卢飞跃把她的行李放进车后的斗里，说：“最近工作忙，累的。”见妹妹在车的后座坐稳当了，卢飞跃踏了油门发车了。他在反光镜里看到妹妹拿出小镜子照着自己的脸涂口红、整理头发。他听她说：“王芳的病……还算好，有惊无险的。要是真的患了her-2阳性乳腺癌，恐怕性命难保。都怪我当时太粗心，我在美国买了条围巾给嫂子赔礼。”

“嗯？你说什么？”

“她患的是小叶增生，妇女常见病，不是癌！王芳没告诉你？你不知道？”

“……我知道，但她没跟我说详细的事。”卢飞跃含糊地说，他的腿颤抖得厉害。

“嫂子做核磁共振检查的那天，有个和嫂子同名又同生日的人做了同样的检查。因为第二天我要出国，电脑上还没输入病理报告，我就去病理室要了检查报告看了。我说了嫂子的姓名和生日，却未核对病历卡上的患者号码，不幸的是我看到的是他人的病理报告。十天后王教授见你们没去找他，他不放心，从电脑上调出了嫂子的病历看了，发现了我的错误。王教授说，他当天就打了王芳的手机把误诊的事告诉了她，同时也在电脑上给我发了邮件。”

“……”

“哥，你生气了吗？叫王芳的人也实在太多了。听王教授说，1964年上映电影《英雄儿女》后，那年出生的男孩、女孩跟电影里的主人公一样叫王成、王芳的人就更多了，他女儿就是那年生的，也叫王芳。”

卢飞跃把车开往路边停下，他上身前倾、扑倒在方向盘上。他妹妹见了，忙跳下车去拉开驾驶座旁的车门，她摸了一下哥哥手上的脉搏，问："你有多长时间没吃饭、喝水了？"

卢飞跃有气无力地摇摇头。

她把他推到旁边的座位上，自己坐入驾驶室，把车驶往附近的一家医院里去了。

卢飞跃从医院回家时已是下午3点。

进门不久，有人来按门铃，开门一看是凤媛。卢飞跃脸色突变、身体向后直退到客厅的沙发处，落坐于沙发上。凤媛看着他，掩饰不了脸上的惊愕之色，她说："你怎么啦？你以为我是来传噩耗的？王芳还好好的呢，她中午来我家，要我把一封信交给你。我打你手机打不通，又给你单位打电话，才知道你请了假。"

卢飞跃闭上了眼睛，长长地吐了口气，忽而又睁开了眼，斜视着她手上的信件，问："这里面是什么？"

凤媛说不知道，又说："要不我先走了，你拆开看了就知道了。"

凤媛一边往门外走，一边心里在嘀咕："这人得了什么毛病呀，全身抖得就像是在震动中的手机一样。这信里有什么可怕的东西呀，总不会是装着能咬死人的毒蜘蛛吧？莫名其妙！"

卢飞跃撕开了信封，信封里装的是一个盗听发信器和两页信纸。纸上的字他认得，是王芳的笔迹。她写道：

> 飞跃，在我知道我被误诊时，我并没有把此事告诉任何人，却也没有刻意地去瞒谁，我的心情是复杂的。我知道你能对我如此宽容，是因为你知道我"余命不多，是一个快要离世的人"。
>
> 彭大树也是如此，他是抱着敬天畏人之情而非男女之爱来善待我的，你对他的嫉恨是多余而不公正的。
>
> 我知道，你妹妹回来后，你会知道真相；而我是想利用这段时间来静静地思考自己的未来的人生诸事的，就在这时，你

为我送来了那个绒线编织的小熊。

在我看来，那小熊是有生命的，因为它凝聚着我妈、我和儿子三代人的亲情，而你却在它身上装上了盗听器，你太无情。

我在彭家的房里房外装了监控探头，它摄下了你夜半侵入彭家和把手伸向排气筒的身影，你太冷酷；但现在除了你和我，还没有第三个人知道此事。我在信里附上了离婚协议书，我相信你会签字的。

我想嫁给彭大树。我想当他得知我被误诊的消息时，他会感谢上苍、会泣不成声的。

王芳

1月13日

2016年2月29日

玉如意

一

卫贤良记得在他童年时，上海的老城隍庙的门是开着的。里面有一尊神像，她奶奶信佛，就把那神像叫作“城隍菩萨”；而他爷爷却称“城隍爷”，爷爷还知道城隍爷生前是什么朝代的英雄。这英雄虽死犹生，而且比活着时更忙，他不但统治着阴间而且还管人间的事。爷爷说城隍爷是城内万事都管的，而最喜欢管的还是男女结亲的大喜事——城隍爷的大袖里装着许多凡人看不见的红丝线，他将红线的一头结在一个男人的右脚上，又把另一头套在一个女人的左脚上，这一对被系了红线的男、女就必定会在某个地方、某个时辰相遇相织，然后结婚生子。

卫贤良的家住在城隍庙的近处、一个叫方浜路的地方。他家祖上供奉城隍爷，在庙附近开个珠宝店，得了不少利益。爷爷结婚时去请示过城隍爷的，城隍爷的代言人收了财礼，摸出一张写了“吉”字的红纸来给他。后来爷爷才觉悟到，因为这红纸上只写了一个“吉”字，而非“大吉”两字，所以他奶奶只生了一个儿子，儿子也只为他生了卫贤良这个孙子，成了两代单传之家。

上世纪中叶，是中国妇女“不爱红妆爱武装”的时代，卫家关了店、没了收入，靠卖了珠宝、家当过日子，终于坐吃山空了。

卫贤良心里最佩服的人是他爷爷。卫家原来住的是一幢石库门房子，下有客堂，上有前楼、后楼，右边有厢房等六七个房间。爷爷在新中国成立后就去居委会提出，除了客堂间自居以外，要把家里多余的房子让给没房住的工人兄弟们——此举使他老人家得以善终。

卫贤良见爷爷留过一次泪，是卫贤良的妻子生下女儿而大出血死亡的时候。爷爷那时已衰老，他说：“城隍庙关了，你们结婚时没能去抽个签、测个凶吉，否则城隍爷会……，但孙媳妇总算给我们留了个玄孙女；我看了玄孙女的相，是财福之相。她皮肤滋润如玉，就给她取名为润玉吧。她才是我们卫家的宝贝呀。”

到了本世纪初，卫家就剩下卫贤良和润玉两人过日子了。那年润玉26岁，长得亭亭玉立。她粉脸上的那对酒窝，谈笑间忽隐忽现地招人喜爱；而她的眉宇间呢，却透着一种高雅的、宁静的气质。卫贤良想，这种气质是珠宝商爷爷传给她的。

卫贤良所在的公司人多事少，他不到60岁只得退休回家享清福了。他每天上午去菜市场挑便宜货买，下午搓一场麻将来打发光阴。

卫家所在的弄堂的四周造起了高楼大厦，大厦周围筑了墙，又在门口安置了保安员。大家把墙内那块地方叫“小区”，房地产商往往会翻了词典给小区起一个震撼世界的名字，比如“世纪辉煌”小区、“顶级钻石”小区什么的，反正是叫卫贤良看着心里不舒服的名字——因为他买不起房子。

有一天，卫家住的那个弄堂沸腾起来，众口谈论着同一件事：他们的居住地被房地产开发商看上了，这些老房子要被拆除造高楼了。那天，卫贤良刚出门，对门的老王就上来搭话：“你家才两口人，分房子时会吃亏的——你脸色别那么难看，我也是好意提醒你。你家女儿要是有对象……”

卫贤良瞪了眼，眼珠子就像要飞出来似的；老王见了吓得缩起脖子，转身回家锁上了门。

提起女儿的婚事，卫贤良心里就烦闷。润玉四年前有过一个对象，是与她在同公司工作的小伙子。小伙子家境一般，学历、收入也不高，离卫贤良心目中的择婿标准相差甚远。卫贤良不同意这门亲事，润玉拗不过父亲，与那小伙子断了恋爱关系。想不到小伙子去跳河寻短见，幸亏被人救了起来才未酿成惨事。此事给润玉心里留下了创伤，以后凡有邻里亲友来家提亲做媒时，卫贤良见她总是悄悄地溜出门去。

卫贤良感到无奈，就骂老王是“多管闲事的白痴”；又想今天恰逢农历初一，不如去城隍庙走一趟。走在路上，忽听背后有人叫他：“老卫，去庙里吗？不带一副香烛去么？今天是初一呢，现在庙里不能烧香，但在供桌上供几支香还是可以的。”

叫住他的是开香烛店的郭大嫂，郭家与卫家可以说是世交。卫家祖上开珠宝店向活人提供奢侈品；郭家祖上卖锡箔、纸人纸马往阴间发送享用品，两家都沾过城隍爷的光。

卫贤良说：“是的，今天初一，应该去供一供城隍爷的。”说着伸手去口袋里掏零钱。

“老卫，去庙里求什么呢？”

“我还能求什么呢。”

“求个好女婿能给你养老吧？”

“郭大嫂会做媒，撮合成了几对呀？”

“我算算，有二十八对了吧。不怕你笑话，我女儿、女婿也是我做的媒。”

“我家润玉没有娘。”

“你兜着圈子说话，就是要我为玉润做媒啊。我就跟你实说了吧，你家玉润有对象啦，谈了快一年了，就是我做的媒呀。你别怪我，是玉润让我瞒着你的。这里的房子快要拆迁了，我想这事早一点说穿了好。男方是医学院毕业的，在大医院里做医生呢。”

有人来买锡箔，郭大嫂去照应了；卫贤良在柜台上放了钱，拿着香走了。他在庙里供了香后，就精神抖擞地去敲老王家的门，想回敬他几句；可老王在门缝里向外望，就是不肯开门。

二

卫贤良和润玉彼此心照不宣，谁都不谈那事情。隔了一周，近端午节了，润玉的对象上卫家来了，由郭大嫂陪着来的。郭大嫂提着一大袋肉粽来。

“郭大嫂太客气了。”卫贤良指着粽子说。

“哪里，其实小毛是我的亲外甥，我是来向你求亲的。润玉是我看着长大的，没根底的人我是不会介绍的。”郭大嫂说。

卫贤良看叫小毛的青年，见他正彬彬有礼地向自己点头打招呼呢。小毛比润玉个头高，论相貌就像电影里的俊哥儿，配得上润玉。

润玉泡了壶上等好茶，拿出些腰果、瓜子装了盘放在桌上。四人围桌坐下，卫贤良问小毛的双亲在何处贵干？小毛说父母是造船厂职工，现在双双待退休在家。卫贤良的眼光变得暗淡，又问小毛毕业于哪所大学，在医院的什么科工作？——小毛的回答让他感到更失望了。

卫贤良叹了口气，摊了摊双手，说他的心里话：“我找女婿呢，也没有什么过分的要求，最好能买一套房子。谈到结婚，房子总要的，是吧？”

小毛诚恳地说：“以后要买的。和润玉结婚后，两人同心协力，争取买大一点，把您也接去同住。”

卫贤良不以为然地斜视着小毛说：“现在一套房子，看得上眼的至少要一百多万。你不是毕业于上海第一医科大学、在手术室执刀的外科医生，而是中医学院毕业的针灸医生。外科医生开刀救人命，病人爱惜生命，会向他口袋里塞红包。小毛，你听了别生气，靠你拿银针一针一针地往人身上不痛不痒地扎，是扎不出一百万来的。郭大嫂，你女儿去年结的婚，不是男方甩出了现金买新房的吗？”

郭大嫂看外甥尴尬得涨红着脸直搓手，润玉却低头不做声，郭大嫂不慌不忙地说：“老卫，我姐夫家拿不出一百万现金来，但能拿出值一百万以上的祖传宝物来。小毛是独生子，为了给他娶亲，我姐夫会卖了宝物买房子的。”

“这话当真？是什么宝物？”

“是一个清代乾隆期的白玉浮雕玉如意。”

润玉吃惊地看着小毛，小毛朝她点点头说：“我知道家里有一件值钱的玉器，形状像灵芝，上面雕花。我见过的。”

卫贤良把右手三个指头放在桌沿上慢慢地敲击，郭大嫂知道他内心在动摇之中，便说：“老卫想知道这如意的来历吧？我以前就跟你说过，我姐夫的祖籍是天津。小毛的祖上是天津港的商人，他曾爷爷喜爱玩弄文物，听说那时清朝皇家被军人管制了、穷了，宫里的人就悄悄地从皇宫偷宝物出来卖。就是这时候，玉如意落到了毛家人手里。”

“皇家穷了也卖了珠宝换饭吃，不要说我们卫家了，郭家也一样……”

“不，不，郭家哪能和卫家比，卫家是堂堂珠宝商。小毛，我听我婆婆说过，那时老卫奶奶胸前挂的锁片有手掌那么大。”

听着郭大嫂奉承他的话，卫贤良像被撸了顺毛的猫一样舒服，便对小毛说：“你阿姨说的是真话。——我们还是说玉如意的事吧！这宝物是怎么落到毛家人手里的，对我来说无关紧要。重要的是它是真货还是假货。”

“是真货！老卫，我回去就对我姐夫说，去把玉卖了买房子。不要说卖掉一块玉，就是卖掉十块玉，能换得润玉做儿媳妇，我敢肯定，我姐夫也舍得！”郭大嫂说得叮当作响。

卫贤良也用手拍了大腿，当机立断道：“好！讲定了。不忙着买房，先把玉如意拿去鉴定，玉如意是真的，皆大欢喜；如果是假的，郭大嫂，你就免开尊口了！”

三

卫家对门的老王是余姚人，有余姚的亲戚给他捎来一篓新鲜杨梅，他拿碗盛了一碗，看卫家门开着就送过来了。

“前几天，我说话得罪了你……我记得，润玉最喜欢吃杨梅。”老王说。

说到润玉，卫贤良有一肚子的话想说；但他绝不能对人说起小毛的事，小毛能不能成为他的女婿还得取决于玉如意是真还是假。他想自己倒可以向老王说说那玉器的事。老王二三十年前是在淮海路上那家有名的旧货商店做事的，是个见多识广的人。

卫贤良泡了茶，用双手捧着把茶杯递给老王，老王欠了欠身，说：“看老卫这几天像是遇到了喜事，走起路来脚头轻飘飘的，炒菜切鱼时还哼小曲儿呢。”

“嗐，这件事呢，是不是喜事我现在也说不清。不瞒你说，我在自家客堂的隐蔽处找到了个玉如意，像是清朝的。想必是我爷爷把它藏在那里的。嗯，藏的具体地方就不告诉你了——但我不知道这玉器是真的还是假的。”卫良贤编了谎话说。

“你爷爷是内行人，还会把假货去藏起来吗？你女儿出生时，你爷爷说她有‘财福’相，取名为‘润玉’，现在想来那是暗示你，说他给你藏了块宝玉，让润玉日后能过好日子。”

卫贤良听后心花怒放：“我心里也是这么想的，被你一语道破了。”

“你爷爷有远见，现在市面上是：凡是在土里埋过几百年以上的东西，不管它是金、银、铜、铁，还是玉、石、土、泥，都会有人高价收购、收藏的。你想卖了那玉如意？”

“不！卖了它，我不是变成了卫家的败家子了？”

老王把大拇指翘到了卫贤良的鼻子底下，说：“老卫，你高明，你身上流着你爷爷的血！你说现在的房价涨得快，是吧？但以我看，现在古董的涨势呢，比房价涨得更快！”

老王说到房价时，卫贤良的心一跳，他怀疑老王是郭大嫂派来的说客。他观察着老王的神色说：“玉如意是真是假，我还是要拿去鉴定的！你知道哪里能找到个可靠的鉴定师呢？”

“你不卖的话，光是鉴定，那是要出鉴定费的。大约要三四千元吧，我也不太清楚。”老王说。

卫贤良不做声了，他想总不能叫毛家拿出这笔钱来的。老王虽然不知道卫贤良在想什么，但他知道他是在心痛那笔还未付出去的鉴定费。

过了几分钟，老王笑道：“我知道上海郊区一家县有线电视台，有一档鉴定文物的娱乐性节目，参加者不用付鉴定费，出场的鉴定大师也是极有名望的。你把玉如意拿去鉴定，不是既可靠又省钱了吗？”

卫贤良说：“好注意！”当晚留了老王在家用晚餐。卫贤良蒸了一碗干贝蒸豆腐，又切了一碟风鸡招待他——干贝和风鸡都是小毛前几天送上门来的礼物。

四

润玉去好友淑雯家，把自己家里发生的事对她说了，又自嘲道：“真不能相信，在21世纪的上海，我爹还会把我去换一块玉。”

淑雯笑道：“话不能这么说呀。依我看呢，你和小毛是真心相爱，想结婚；你父亲呢，为你想得更多一点。要结婚么，爱情是要的，最好还要有房子，免得你以后辛苦，去做‘房奴’。小毛家没有钱买房子，但他家有个玉如意，就想卖了玉去买房子，让你们欢欢喜喜地成亲，是吧？”

润玉点点头，说：“毛家的人相信他家的玉如意是真货。但万一拿去鉴定时，判明它是假的呢？淑雯，我想好了，反正我不会再走四年前的老路的，我会跟着小毛去领结婚证的。我爹要怎么闹就随他吧。”

“嗯，我支持你！”淑雯说，“你真那么做了，我想你爹也不会做出绝情的事的。记得小时候，我去你家时，见你爹为你煎一块排骨，看你吃排骨面，而他自己吃光面。他那么心疼你，我羡慕你呀……”

淑雯吸了吸鼻涕，不说下去了。淑雯四五岁时父母离异，母亲把她带回了外婆家。她外婆家与润玉家相邻，两人成了好伙伴。到小学五年级时，淑雯的母亲带着她再嫁了。继父是个善良的人，母亲再婚后又生了个男孩，父母忙于照顾婴儿，淑雯渐渐地有了孤独感。那时候，淑雯一年到头盼的是放假，假期里她可以去外婆家住，可以与润玉尽情地玩。

淑雯和润玉同龄却已经离过一次婚。结婚时她才22岁，大专刚毕业。那时她把男友带到家里，说要同他结婚，她母亲说：“既然你喜欢他，我也不反对。”继父也含笑点头。不到一年，淑雯离了婚，她母亲、继父也依然温和地对她说：“回家来吧，你还是住原来那个朝南的小房间吧。”但淑雯没回家，却在外租了房生活。——这些事，润玉都知道，但她从来没听淑雯说起过她亲爹的事，润玉觉得是自己惹淑雯伤心了。

淑雯见润玉低了头烦恼的样子，又笑着说：“你哪里知道我的心哟，我眼红的就是你家那种相依为命、热得发烫的父女感情呀！你说，你爹要去参加有线电视台鉴宝节目的录像，是真的？”

“是啊，电视台都来通知了，时间是6月30日星期天下午。我爸昨天去买了白衬衫，又去弄堂口阿五家借了根意大利领带和仿钻别针；他买了双新袜子，又嫌自己的皮鞋太旧。今天我出门时，听他在打听张家伯伯的脚的尺寸呢，我想他是看中了他脚上的那双新皮鞋……”

两人捂着肚子笑，笑得滚到了地板上。

玉如意被鉴定为是真品。鉴定会结束后的当晚，卫贤良把陪他同往会场的老王和借给他领带、皮鞋的阿五和张大伯一起请到城隍庙的“老饭店”吃饭，他还打电话把润玉和小毛也叫来了。

老王看着小毛说：“老卫，你是双喜临门呢！润玉怕难为情？好，我们不说这事，说玉如意的事！今天出场的鉴定师是明、清玉器鉴定的专家叫沈达人。沈大师拿着卫家祖传的玉如意看了激动得连手都发抖了，他还连连看老卫的脸，好像认识他似的。”

卫良贤接过话头说：“我和沈大师有似曾相识的感觉，因为我爷爷……反正，沈大师的手在发抖，他说这是他见过的材质最珍贵的、工艺最精巧的白玉浮雕如意，确实是清代乾隆期的作品。我问大师这玉如意现在的市场价是多少——”

卫良贤咽了口唾味，众人睁大眼睛、伸长了脖子去听他说话。老王又把话头抢回去了：“大师说，去年有一个和它相似的玉如意，在香港举行的玉器拍卖会上卖出了两百万元人民币！”

“哈——，老卫亏得你是大户人家出生，要是我，听了那数字当场就会晕倒在地上的。两百万啊！去对面小区买一套高层的房子，晚上能看到黄浦江的夜色，有钱就享受喽！”阿五说着，把一大块牛肉放进嘴里嚼。

卫贤良看着自己的筷头，说：“大师说，内行人把清代乾隆、道光、嘉庆三帝时的如意叫做‘乾道嘉’，就是‘钱到家’的意思，藏在家里能富及子孙。”

“老卫的爷爷藏玉在客堂间就是这个意思……”老王说，润玉听得脸上一阵羞红，把眼去看小毛，小毛在桌底下用手轻轻地拍她放在膝上的手并向老王频频点头称是。

“大师说，玉如意的行情是年年看涨，五年、十年后能翻多少倍？现在是谁也预计不出来的。”卫贤良说。

“所以，我建议你去把玉如意存到银行的保险柜里。”老王说。

张大伯说：“是啊，如果家里引来了贼，因财惹祸，那就是乐极生悲了。”

张大伯突然说出的不吉利的话像迎面吹来的寒风，把大家脸上的笑纹给冻僵了，卫良贤恨不得把脚上的皮鞋脱下来扔还给他。

五

九月末的吉日，润玉和小毛在城隍庙旁的小区里租房结婚了。结婚前写下玉如意为新婚夫妇共同财产的字据，由双方家长收藏；玉如意呢，就让卫贤良存入了银行的保险框里；小毛的户口也同时迁入卫家，等待动迁拿新房子。

到了年底，一家文物杂志的记者不知从何处得知卫贤良有个“绝品”玉如意，就上门来求一见，又说他想拍几张照片登在杂志上，让读者饱饱眼福。

该记者姓屠，他对玉如意拍照后，付给卫贤良500元的酬劳费。卫贤良拿了钱心里快活，便到菜市场去拎了几个脚硬毛黄的大闸蟹回家，请了老王、阿五来家喝酒吃蟹。

老王见桌上的蒸笼里有五只大蟹，就问：“润玉小两口要来吗？等他们来了再吃吧。”

卫贤良摆了摆手，满眼都是笑意，说：“刚才我打电话给小毛叫他们来吃蟹，才知道润玉有喜了，小毛说螃蟹性寒，孕妇不宜吃，他们就不来了，我们吃。”

老王忙起身给老卫斟酒，道：“老卫明年要做外公了，这就叫‘锦上添花’、‘福深如海’啊。”

正当卫贤良在他的“福海”中陶醉之时，屠记者却坐在自己的办公桌前仔细观看卫家玉如意的照片。他想：这件玉如意无疑是由一块质地优良的白玉精雕而成的，看它的结构图案与乾隆年间的如意类同，但仔细看它的细处，却与乾道嘉时的玉雕技法有细微的相异之处。屠记者又拿出他收集的大量的玉如意的照片同手上的照片作比对，他断定这是一件民国初期的仿古作品。

他想到了鉴定大师沈达人。屠记者在学生时代曾经听过沈达人的讲座，在杂志社任职后也多次得到过沈达人的指教。他想，这件玉器的鉴别对于沈达人这样德高望重的大师来说并非难题，但他为何会出错呢？据杂志社知情人士说，沈达人在鉴定完卫良贤所持的玉如意后，就再没有在该有线电视台的鉴宝节目中露过面。

屠记者多年来专注于玉器文化的研究和评论工作，特别倾心于古玉器的美，就是这种对美与真的执着的爱让他此刻陷入了苦闷之中。沉思良久，最终他还是提笔给沈达人写了一封措辞婉转的信，提出自己认为卫家的乾隆期的白玉浮雕玉如意为后代仿制品的看法并附上手上的玉如意的照片，于次日寄了出去。

沈达人读完屠记者的信，闭上了眼：他清晰地记得卫贤良那张瘦瘦的橄榄脸，记得他张着缺了门牙的嘴大笑的样子；他还记得他衬衣上系的那条花哨的领带和仿钻别针——以沈达人的处世经验来判断，这个初老的男人怎么看也不像是与犯罪有牵连的人。

沈达人的脑海里又出现了十几年前的屠记者的身影：这年轻人为一件古玉器的年代问题登门求教，在门外的寒雨中等了自己三个小时；年轻人的那双纯情而冷静的眼睛给自己留下了深刻的印象。他知道，屠记者会怀着文物工作者的良心去追根究底地探明事实真相的。

想到“良心”两字，沈达人脸上的神经开始抽搐、老泪潸然而下，他决定向警察报案。

六

沈达人向警察叙述了自己被胁迫的过程：

今年6月30日星期天下午，我以玉器鉴定师的身份去参加有线电视台鉴宝节目的录像。踏进录像现场，我先后接到了我女儿的两次来电，她说有个男人到她家控制了她，目的是让我把一个名叫卫贤良的出场者带来的玉如意鉴定为“乾隆期的白玉浮雕玉如意”，否则他将伤害我女儿。在电话中我能听到女儿被怒骂的声音。

卫贤良带来的玉如意是后代的仿乾隆期的制品，但非行内资深的鉴定家恐怕是难以看破的。结果是，我不得不屈从了歹徒的要求，把它说成是真货。

录像结束后，我叫了辆出租车直奔女儿家。女儿一个人在家，她抱住我失声痛哭。我当时没有报警，因为歹徒威胁过我女儿，说如果他为此而坐牢的话，他的同伙也绝不会放过我女儿的。

此事发生后，我女儿换了房子，还辞去了她的店员工作，现在在加拿大英语学校短期留学中，预计两天后能归国。

这几个月来我一直感到于心不安、愧对同行。

沈达人报案后，刑警老金派助手小宋去卫贤良家打听涉案的那个玉如意的由来和下落。

卫贤良对登门来访的小宋说：“这玉是祖上传下来的，现在存放在银行的保险柜里。”

小宋笑道：“你说啥呢？把那个假东西去花钱租个保险柜来存放？”

卫贤良听后心里一惊，却虚张声势地手拍桌面、提高嗓门道：“你这年轻人说话没轻重，玉如意是通过沈大师鉴定过的！你是警察又怎么啦？我没犯法，我怕谁？你出去！”

小宋看了看四周道：“你有没有犯法警察会查的。有些话在这里说不太方便。”

卫贤良突然感到这老房子四处漏风，窗前门后有人影闪过。他吸了口冷气，口气变得柔软些了，说：“宋同志，你说的话我听不明白。好像有些误会，我可以和你一起去银行看玉如意。”

在警察署里，卫贤良得知他存于银行保险柜的“乾隆期白玉浮雕玉如意”是后世制的仿品时，眼睛发直，语不成声：“沈大师……也会……弄错么？”

刑警老金的回答更使他难以相信自己的耳朵，他用食指数次去掏了耳朵，好容易才理解了老金的话意。他说：“我没听错吧？你是说，那天有人绑架了沈大师的女儿，胁迫他在会场上说谎：把我家的仿品玉如意说成是乾隆期的真品？这种事情我只在电视剧中见坏人干过，你看我像是有胆量干那种事的人吗？”

老金和蔼地说：“我个人认为你不会去参加犯罪。你是因为不知道你祖上传下来的玉器的年代和真假，才拿去鉴定的；鉴定后你也没有把它高价转手，它还在你手上，那么，我们就要追究犯人的犯罪动机是什么。如果你老卫知道些什么、倒要请你来协助我们破案了。”

卫贤良张了张嘴想说什么，但终究什么也没说，低头沉默着。他想他不能把玉如意的真实来由告诉警察，这会牵连女儿、女婿的！想到女儿夫妇，他突然有一种不祥的预感，这预感使他两颊的肌肉开始颤抖，他感到呼吸急迫，当他用手去抚摸胸口时，听老金说：“卫贤良，您累了，先回家去休息吧。”

老金见卫贤良用舌头舔了舔干燥的嘴唇，吞下了唾沫，像是有痰卡在他的喉间似的，他的声音嘶哑但吐字清晰，他说：“我是犯人。我早知道那件玉器是仿制品，是我花钱雇了城隍庙旁的流氓去绑架沈小姐的。那流氓是外地口音，我记性差，再见了他也认不出来的。我花了八千块钱，说好一切犯罪活动由他全包。你问我为什么要这么做？为了我脸上那张老皮哟，我们家穷，要嫁女儿，又怕对方看轻我们，我就想出了这个歪注意。一句话，我是自作自受！逮捕我吧。”

卫贤良笔直地向老金伸出双手，做了个“铐了我吧”的姿势，他那灰色眼珠的小眼睛越过老金的头顶盯着窗外的云层看，脸色因兴奋而通红。

老金见卫贤良并无离去之意，想道：此人撒“老赖”的目的是想隐瞒些什么，于是他若有其事地让小宋为卫贤良做了口供笔录，并以严厉的口气说：“警方通过调查后会作出行动，决不会姑息犯罪的！”

卫贤良松了口气，低着头走出了警察署。

七

卫贤良欲哭无泪，他想：“这事是小毛干的。他为了娶润玉却又没有钱买房，为蒙骗我就铤而走险地去干了犯法的事。说到底，这祸根还在于我，如果我不逼他掏钱买房的话……现在说什么后悔的话都已经晚了。”

卫贤良沿着城隍庙的围墙边思忖边兜圈子，最后他对他心中的城隍爷说：“天大的事由我贤良担当！千万别祸及我女儿、女婿呀。”

润玉下班回家时，见父亲在门外等着她，便忙给在下班回家路上的小毛打电话，让他带些火锅的食材回来。

卫贤良问：“小毛待你可好？”

“嗯。”

“他父母对你可好？”

“嗯”

小毛回来后，三人围桌吃火锅，小毛烫了黄酒与丈人共饮。

卫贤良望一眼润玉的下腹，问：“是男孩还是女孩？”

“还不知道呢。”润玉道。

“嗯。不管是男是女，都是我们卫家的、也是毛家的真正的宝贝，比金玉、比珠宝都珍贵的宝贝——你们记住了？”

小毛和润玉相视一眼，两人同时说：“哎。”

“为了肚子里这宝贝，你们要保重自己！不能让他成为无爹或者无娘的孩子。小毛，记住啦？”

“哎。”小毛迟疑地应了一声，玉润看父亲的脸色和他的酒杯。

“不管发生什么事，不管别人说什么，润玉，你记住了，爹没有做过损人利己的事。”

润玉皱了皱眉头问：“爸爸最近做体检了？医生说了什么吗？”

卫贤良摇了摇头，让小毛再烫壶酒来，又说：“我人瘦但筋骨好，什么事都扛得过去。你们呢，千万别为我担心。”

张大伯听说“卫贤良被警察带走”的消息，不安地来到老王家打听真情。老王说：“我把耳朵贴在老卫家的门缝里听了，警察说那玉如意是假的，还说什么犯法不犯法的事。”

张大伯哭丧着脸道：“我那天在老饭店里说‘乐极生悲’的话是失言，不是在咒他，我不会那么缺德的。玉如意是沈大师做的鉴定，不会错，一定是警察搞错了。”

两人坐着等卫贤良回家。晚上10点多，见润玉夫妻俩陪着卫贤良回来了，忙迎了上去；卫贤良朝他们笑着挥挥手说“没事，没事”，便进了家门，把他们关在了门外。

润玉夫妇走后，老王从门缝中向里看，一边把他看到的情景小声地向身旁的张大伯报告："他倒了茶喝呢，跷着二郎腿；他开始整理衣服，把它放进一个旅行袋里，他笑嘻嘻地像是要去旅行呢。——张大伯，看来没出事，我们也安心回家睡觉吧。"

淑雯从浦东机场通关处出来时，意外地见到了前来接机的父亲沈达人。沈达人对她说，他把鉴定玉如意而受胁迫之事报了案，警察已经找过卫贤良，看来近期就能抓获那天闯入她家的犯人。但他怕犯人的同伙对淑雯进行报复，所以来接她去自己家里住一段日子。

"爸爸，那天没有人闯入我家胁迫过我，是我骗你的。你听到的男人的怒骂声，是我预先放在电脑里的录音——我给卫家添麻烦了，"淑雯说，"这事说来有点好笑……"

听完淑雯讲述的润玉和小毛的恋爱、婚姻故事，沈达人说不出是悲还是喜，就觉得眼睛为泪水而模糊，他哽咽着说："没想到我的那个'假鉴定'促成了一对年轻人的婚姻。你说最近润玉发短信告诉你她怀了小宝宝？大喜事啊！我这几个月寝食不安的生活也算是有了个回报，真是哭笑不得呀……这事也难怪卫贤良，他吃过贫穷的苦，我能理解他那做父亲的心。"

淑雯紧紧地握住父亲的手，眼泪往下淌，她说："在玉如意的事情发生前，我一直是恨你的。我听妈妈说，在我出生时，你在外地做古墓文物的鉴定工作没回上海，任凭她一人在医院里忍受疼痛和寂寞的煎熬；我还听说在妈妈提出离婚时，你正在写一篇论文，你匆匆地在离婚协议上签了字又埋头写你的论文了。我知道，妈妈出于对你的怨愤，会夸张其词。但是我一直觉得自己被亲生父亲所抛弃，我的心里是凄惨的。"

"你妈妈没错，错在于我。"

"但是，你那天为了'救我'，却把你视作生命的职业和名誉之事抛在了脑后；你赶来我家时，我觉得我空虚的心一下子充实了，我感到从未有过的幸福。”

沈达人掏出手绢为女儿擦泪，说：“明天我们一起去警署说明情况。”

淑雯破涕为笑，说；“嗯，卫家现在不知道乱成啥样呢，我现在就给润玉发个邮件，告诉她实情。”

淑雯打开手机，写道：“润玉，对不起，我一直瞒着你，我的生父是玉器鉴定师沈达人……”

润玉收到淑雯发来的电子邮件时，正在从父亲家出来、返回自己住处的途中。她打开手机一看，便开玩笑地对小毛说：“淑雯从加拿大回国了，你看她给我发了封长信，像是一篇‘留学报告书’呢！”

“淑雯怎么会想到去留学的呢？”

“淑雯读大专时，学的是旅行英语专业，毕业后在旅行社工作。她离婚后，情绪低落，辞了职，每天打几个小时临时工混日子。就在我们结婚前不久，她突然决定去加拿大短期留学，说回来后想进旅行社当导游。她好像对生活又有了信心、有了期望，我为她高兴呀。——这里灯光亮，让我站着看淑雯的邮件吧。”

看完邮件，润玉拉起小毛的手，返身往父亲家快步走去。

2016年3月15日

脸

一

幸运之鸟像春风，不，像电波一样在某个晚上潜入了剃头匠老裴的家，裴家从此走向了富裕、繁荣之路。从那时起老裴在人前丢掉了“剃头匠”的谦称，改称自己为“理发师”；房东劳土豆又借款于他，将他那间简陋的“老裴理发店”贴上了许多镜子、白瓷，装修成了亮堂而时髦的“金波美容室”。

老裴十几年前从江苏北部来沪。那时，他老乡在虹口的一个居民区里开个杂粮店，他知道老裴家世代操理发之业，就把自己店铺的一角用薄板隔出块能放一把椅子的地方来，再用强力胶在墙上粘上一块镜子，让老裴开了业。老裴以薄利为原则，为人谦卑、有诚信，他不但做来店客人的生意，还上门为病瘫老人服务。他用一口滑稽的苏北口音上海话讲些《新民晚报》上看来的趣事逸闻，逗乐了来剃头、刮须、染发的中老年顾客。来沪四五年后，他有了自己的店铺，又在小区2号栋底楼借了套二室户，把老婆、儿子、儿媳从苏北接来上海同住。

老裴来沪后的“奋斗史”说来也没什么稀奇的，稀奇的是他儿子的那张脸！他儿子小裴二十有八，脸长得就跟韩剧《冬日之恋》中的男主角一个模样。《冬日之恋》首播之日，房东劳土豆和他娘一起看电视，剧中的男主人公一出场，劳土豆从沙发上跳起来、嚷道：“这不是一楼剃头匠的儿子小裴么？”他娘听后戴上了老花镜看荧屏，顶真地说：“真是他，那文绉绉的样子也一样。他什么时候上了电视台拍戏去了呢？”

《冬日之恋》首播的次日，小裴上街时，有中年妇女们向他张望，更有活泼外向的妇人拿着照相机向他叫一声“别动！”便奔过来把身体挨着他，让她的同伴“咔嚓、咔嚓”地照了相，照完了又发问：“你这位先生姓啥呢？”

“姓裴……”小裴答道，话出口又后悔了，想自己何必去理会眼前这陌生人呢。

“姓裴？有这么巧吗，难道你和韩国明星裴勇俊真有亲戚关系吗？”

小裴摇摇头，心里起火，但他想起父亲的教训来：“我们开剃头店的人，人缘最要紧。万事要忍耐，千万别发火得罪了人。”于是他耐着性子笑笑，低头走了。

随着《冬日之恋》在上海播放走红后，“老裴理发店”的中年女顾客也日益增多。她们说是来做头发的，其实是来看小裴、与他聊天的。

那天，老裴在关了门、清点营业额后，用双手敲打着疲累的腰肌，望着坐在椅子上翘首望天花板的小裴，忽然计上心来。

二

老裴让老婆烧了一大碗扬州红烧狮子头，端了碗去了三楼劳土豆的家。老裴对劳土豆说：“一星期没见你，就感觉是像隔了几个月——可见我们是老朋友了。”

劳土豆看着狮子头，说：“难得你记得我喜欢吃狮子头。听说了，你家因为那部韩国电视剧而发财……老裴，没有什么不好意思的，这叫‘运气来了你推不开’！”

“哎，我爸对我说过，要跟运气好的人交朋友。土豆运气好，你看，眼下我也沾光了。”老裴虽然识字不多，但对人用起褒义句子来却是得心应手的。

劳土豆三十岁出头，祖籍东北。他是一家室内装潢公司的小老板，过着自由自在的生活。多年前他父亲提个皮包跑码头、做生意，赚了钱买了三套房。后来父亲去世、弟弟出国，土豆把空关了的两套房出租，成了有产阶级。

“你儿子的脸……隐藏着商机。”土豆说。

“所以我想把理发店改装一下。”

“你缺钱，想问我借？”

“土豆的眼睛像X光，能看透我的心。当然我会付利息的。”

“利息不用付，以后你家风光了别忘了我土豆就行。”

理发店改装成美容室后，小裴的“明星效果”持续不衰。三年后的裴家拥有了三家美容室。美容室由小裴经营，成了美发和护肤的综合店。店里请了从专业学校毕业的美发师来执刀剪发，顾客层也转为中、青年的白领男、女。老裴在店里成了无用武之地的人。偶尔他走去店里看一眼，洗发小姑娘恭敬地捧着一杯茶给他后就再没人去应酬他，好像他是一尊泥菩萨。

老裴寂寞了会去土豆家坐坐，向他叹些苦经。土豆笑道：“你这个贱骨头，在家享福不好么？你来上海打天下，不就是为了能过今天这样的好日子吗？我看你老婆就比你聪明，她有了钱就跟着小区里的阿姨们玩到国外去了。”

老裴摇摇头，说：“我心里并不踏实，我老裴在上海生了根，却没能开花结果。那些事你是知道的，”

土豆点点头，说：“开花结果要靠你家儿子了。上次我去你家，看到小裴房里还挂着惠英的照片，他终究忘不了她呀。”

惠英是小裴的前妻，长得跟天仙一般。他们小夫妻新婚后双双来沪，小裴跟父亲学理发，而惠英去了淮海路上高级男装店当销售员，结果是红杏出了墙，她怀了人家的孩子离开了裴家。

老裴用手掌拍了心脏处，说：“我儿子这里病了。他看着惠英的照片，说是一定要娶一个比她更漂亮的人做老婆。你恐怕也听说过，六楼王教授家的千金，苦苦地追求了他一年多，他连正眼都不瞧人家一眼。”

土豆有了醋意，酸溜溜地说粗话：“王家千金？活该！他妈的，这世上的女人怎么就是以貌取人呢？我土豆这么善良、勤俭，就是没人看上我。”

土豆娘说：“都怪我，生下他时见他浑圆的脸可爱，取小名叫他土豆。谁知他长大后脸皮粗糙、凹凸不平，越来越像土豆了。”

三

这些话说了还不到一周，有个姑娘半夜来敲土豆家的门。

土豆开了门，打量了姑娘，说：“我不认识你呀，你是不是找错了人家？”姑娘羞涩地说：“没有，土豆表哥，我叫文华。我外婆和你外婆是亲姐妹，你妈叫瑾花，我妈叫瑾玲，她们小时候是见过的。”

土豆这才发现文华的身后站着一个上了年纪的女人，他连忙敞开了门，让她们进了屋。土豆见年长的女人头上披了围巾，脸色蜡黄，吓了一跳，便问文华：“你妈病啦？”

“就是。表哥，我们也是走投无路才来你家的。我妈的身上突然出现了黄疸，去苏州的医院看了，医生说也不像是肝病，查不出原因来，最好去上海的医院做检查。我妈的脸黄得吓人，我们也不敢投宿旅店，只能求你家……”

土豆娘披了件衣服从里屋出来，说："自家人，说什么客气话！尽管放心地住宿在此地！晚饭可吃了？土豆，傻站着干吗？快去泡壶茶来。"

土豆看文华看傻了眼，他想："世上真有如此的美人，我还是第一次看到！"他像喝醉了酒一样，去泡茶时烫了手，去铺床时绊了脚。他听到三个女人在说话，却不知道她们在说什么，唯有年轻女人那甜滋滋、软绵绵的声音进入他的耳中，留在他的心头。

这夜，土豆把自己的房间腾出来给客人住，自己则去了他娘的床脚下打了个地铺睡觉。他娘睡不着，和他唠叨："我和瑾玲同年，小时候一起玩过。也不知道，她家怎么就搬到苏州去了呢？我们俩都嫁过了人，生下孩子，又都成了寡妇。一别都五十多年了呀。"

"娘还记得小时候的事？"

"和瑾玲玩的事是不记得了，只记得我娘和瑾玲的娘互相扯头发、扇耳光的场面，后来瑾玲娘带着瑾玲走了。从此我就再也没见过她们。"

土豆心里还是惦着文华，忍不住叹息道："上帝造人时也是不公平的。他造文华时大概用了一星期，把五官、四肢按黄金比例打造、精雕细琢而成；造我土豆时却只用了三十分钟……"

"上帝是谁？你娘又没得罪过他！"他娘说，"文华长得像她死了的爹吧，像我家族的人就没那么标致了。土豆，明天你要为她们去找个好医生。"

"我知道，找小裴就行了。他的顾客中有当医生的。"

土豆翻了好几个身，她娘问："土豆想啥呢？"

"不想啥，看窗外的月亮。"

"按辈分说，文华是你表妹呢，"

土豆说："烦人！"就猛地把被子盖住了头脸。

文华娘第二天住进了医院，又很快做了开腹手术检查，医生说是一颗橄榄核大的胆石堵塞了胆管引发了黄疸。摘除了胆石后，病人转危为安。那几天在医院里上下打点、来回奔忙的是小裴。

文华娘出院的那天早晨，小裴把惠英的照片拿下来，藏到了床底下。老裴夫妇看在眼里、喜在心头，说："文华确实比惠英漂亮。"

四

半年后的初春，小裴在同一幢楼里买了房，和文华结了婚。文华看上去年轻，而实际年龄却已过三十。她和小裴一样，有过一次短暂的婚史、无子。两个年轻人决定把婚事简办了，老裴心里不赞成，却也无可奈何。

"花开了，就等着结果了。"老裴喜滋滋地想。可儿子婚后十天却说要去香港的一所美容学校进修半年。儿子说："靠脸吃饭是不长久的，干我们这一行手里没有好技术不行。"

老裴铁青了脸与儿子吵架："你让新娘守空房？别忘了惠英……的事。俗话说，不孝有三，无后为大。"

儿子一边拖着行李箱往门外走，一边说："都什么年代了，还说这种话，不怕人笑话？"

然而，老裴的担忧是多余的。到了清明节，文华含羞地对她婆婆说，她怀孕了。老裴听到喜讯时，竟然眼睛潮湿了，他擦了眼泪后又说疯话："这小子做事效率倒蛮高的，不愧是我的儿子！"

文华在深秋时生下了男孩。那天，老裴夫妇去医院看了刚诞生的孙子，回到家时，见土豆和他娘来贺喜，要红蛋吃。

土豆娘说："我表妹的身体病弱，只怕不能来服侍做月子的女儿，只能辛苦你们了，有啥事要我做的？"

土豆打断了他娘的话："你婆婆妈妈说什么呢，他们俩宝贝孙子呢，还轮得到你去抱？老裴，快告诉我，你孙子长得像谁？"

老裴夫妇对视一眼。老裴的老婆，楼里的人称她裴大妈，她转眼凝视土豆的脸，不做声。老裴笑笑，说："像谁呢？我也看不出，小毛头长得都差不多，粉红色的一团肉。"

裴大妈赌气似地摇摇头，说："我记得我儿子下地时，眼睛是眼睛，鼻子是鼻子，干干净净的一张脸；这孙子呢，就像是……一团肉。"

土豆从桌上的篮子里拿了两个红鸡蛋，推着娘朝门外走，他心里纳闷："这大喜的日子，老两口怎么看上去心里有点不痛快呢？"

五

老裴的孙子取名为"俊俊"，但大楼里的人暗地里叫他"小土豆"。这小孩长得不像爹也不像娘，扁平的朝天鼻上横嵌着两粒香瓜子似的小眼，一张团脸双侧是一对招风耳，楼里人说他长得像远房表舅房土豆。土豆听了说："瞎扯蛋！"楼里的闲人说："你抬手摸摸你的耳朵，可不是招风耳么？"

土豆娘说，她外婆是招风耳，隔几代遗传也是有的，这是有科学依据的。大家听了笑道："想不到土豆娘还是个'科学'老太太！"

老裴对那些闲语闲言充耳不闻；可他老婆听了那些话心里不受用，白天胃痛，晚上失眠。她对老公说："我们儿子新婚十天就去了香港，后来文华常常出入土豆家，这些事楼里的人是都看在眼里的，也难怪人家要说三道四的。"

老裴生气道："你脑子有病啦？儿子小两口恩恩爱爱地过着日子，你别惹是生非，弄得家里不太平！"

他老婆壮胆撒泼道："你是伸出一个手指头遮羞，遮得住么？孙子那对招风耳就是个活把柄！我是夜里上厕所也舍不得开电灯、用电费的人，你要我花钱、花精力去为他人养孩子呀？那倒还不如割了我身上几块肉去！我爷说的，做人要做个明白，我明天去找土豆问个明白、查个彻底……啊哟，你打人了，啊哟哟……”

裴大妈的脸上挨了老公两拳头，跌倒在地。她手拍地板哭骂了几句，起身去了卫生间。她在镜子上见到自己左眼眶挂了青，不仅又呜咽起来。

楼里人渐渐地对裴家孙子的话题失去了兴趣，而裴大妈追究孙子为“谁家的种子”的念头却日益执着。在她眼眶上的乌青快褪尽色彩时，她找到了去向“土豆问个明白”的机会了。五一连休日，老裴决定带了儿子、儿媳去江苏乡下参加侄子的婚礼，裴大妈忙说她愿意在家管孙子。小裴说：“也好，俊俊也断了奶。我们参加了婚礼当天就赶回来。”

4月30日上午，老裴与儿子、媳妇三人出了门。裴大嫂把孙子喂饱了，就把他放入童车里，推到三楼土豆家。

土豆开了门，见是裴大嫂，便问：“不是说你家去乡下吃喜酒了吗？我娘也走亲戚去了。”

“他们三人去了，我留家管孩子。看上去今天土豆情绪不太好。——我只想问你一句话，”

被裴大妈说准了，此刻土豆的心情万分糟糕。昨晚隔壁王阿婆给他介绍了个对象，那女人长得白净，笑得大方，土豆看了喜欢，便施展了全身献媚的本领去讨好她。可女人看了土豆的脸，垂了眼帘，很少说话。两人在星巴克喝了咖啡，付款时女人说要“AA制”，土豆听了心一冷，想：“说什么AA呢，你干脆就说一声BB好了，我知道这事不会有下文的了。”

土豆见俊俊挥舞着小手朝他笑，就勉强地摸了摸孩子的头说他可爱。

裴大妈用鼻子笑了两声，说：“我孙子的耳朵、脸型都像你，所以人家叫他‘小土豆’。做人要做个清白，你告诉我，你是不是这孩子的爹？”

“啊？……荒唐！”土豆用手托腮，翻着白眼看裴大妈。

“你不敢回答，你心虚！你有种拔根头发给我，送到医院查了就知道。”裴大妈说话快，像乱刀剁肉似的。

“你出去！过两天我找你儿子说话。”土豆是一脸的不耐烦。

“我家里的男人们向你借过钱，念你的情，他们好说话。可我并不买你的账，我是非要查个水落石出的！你拔根头发给我！”

“查个鸟！你说你孙子是我的种，就算是！去、去、去，你回家去！等你家男人回来找我算账吧！”

裴大妈眼里含了一包泪，扔下了孙子，转身走了；土豆见此，慌忙拖了鞋，推着童车追了出去，可是已经不见了她的踪影。

裴大妈去了大柏树附近的电影院里坐着流眼泪，直到吃晚饭时才回家。一进楼，大楼管理人问她去了哪里，说土豆找过她；没找到她，在下午2点左右推了她孙子出去了。裴大妈问：“可知道他去了哪里？”管理人说：“他虎着脸，谁敢问他？”这以后裴大妈无数次地去土豆家门前张望、按门铃，也不见有人答应，心里便觉忐忑不安。到晚上近9点，文华打电话来问孩子的情况，裴大妈慌得手发抖，说：“俊俊很乖的，你放心。我想问你土豆的手机号码……他不在家，管理人有事要找他呢。”

裴大妈开始打土豆的电话，直到夜里11点多，土豆才接电话。裴大妈带着哭声道：“俊俊吵不吵？他在哪里呀？”土豆冷笑一声：“他是我的儿子，我把他扔了，卖了！关你屁事！”说完关了手机。

裴大妈急得“哇——”地一声哭了出来，哭湿了两块手绢。此时，土豆隔壁的王阿婆恰好路过裴家，听到有人大发悲声，就叫了大楼管理人去敲裴家的门。裴大妈说她和土豆发生了争执，土豆把她推出门去，又带走了她孙子，还在电话里威胁她要把孩子扔了、卖了。王阿婆说：“土豆家里不缺钱用，他不会去卖孩子的；但是他脾气急，觉得自己受了委屈，一时想不开，把孩子扔在公园里或道路旁……这种事呢，虽说可能性不大，但却也不但完全排除的。”

管理人说王阿婆言之有理，并夸她思路清晰。王阿婆听了心里高兴，把土豆昨晚“相亲失败”的话也兜了出来，裴大妈吓得冒冷汗。管理人是保家卫楼的人，法律意识强，他说：“也许此事牵涉到遗弃儿童的事——你想，土豆不会带孩子，孩子没有吃、喝，饿死了咋办？我看，只有请警察帮忙了。”

六

住在上海西部的周莹莹做梦也没有想到，她初次去自家别墅住宿时，会卷入“裴家婴儿失联”的事件中。

周莹莹那晚和她丈夫洪果吵了架，这是他们结婚七年来吵得最凶的一次。最糟糕的是，吵架的结局出乎她的意料之外：洪果没有像往常一样对她赔笑脸，把咖啡端到她手里，求她熄火停战，而是冷冰冰地扔下一句“你要离婚就随你吧”便拉门走了。

洪果走后，周莹莹一肚子的火气在肚内上蹿下跳，她冲进厨房把些盆子、茶杯往地上砸，砸完了又去卧室的书架上把书一本、一本地往地下扔，扔完了再撕旧报纸，撕累了又一屁股坐在纸屑上哭。把这些事情都做完后，洪果还没回家。她只得从地上爬起来，拍掉了身上的纸屑，把些衣服塞进皮箱里，拖着皮箱出了门。

周莹莹驾车到她的金桥别墅时，是4月30日晚上11点半。她把车停入车库内，见未装上窗帘的别墅的窗口，像是张着空洞黑暗的怪眼，心里便感到寂寞、悲切起来。她掏钥匙开了门，进屋点灯一看，吓了一跳：厅里的桌上放着吃空的杯、盘，像是有人刚在这里用过晚餐。她怀疑自己是否走错了人家，但环顾厅里的摆设、地毯，再看看手中的钥匙，心里说一声：“没错，这是我的别墅。”

周莹莹在三个月前买了这栋二手房，她看中此房，是因为其装修精良，还留有完整的家具用品。只是房内壁纸的色彩和照明灯具不合她的趣味，便联系了表哥周航经营的室内装潢公司，要求他换了壁纸和照明器具。“难道是施工员住在此地工作吗？不会，表哥前几天说过，施工基本完成，5月上旬便可入住的！”她这样想着，双手握拳在胸前，本能地摆出了一副自卫的姿势，巡视着室内。她发现进门处的左侧有一双男人的运动鞋，厅里的沙发边竟然还放着一辆童车，便捂着嘴叫了一声：“天呐！”难道是一对穷困的流浪父子潜入此处居住着？不，也不像，看那辆童车是崭新的名牌货。此时，她的好奇心战胜了恐惧心。她右手从厨房里操起一截铁钢管，左手将平底锅挡住心胸处作盾牌，一步、一步地踏着楼梯向二楼挺进。走到半楼梯，能听到卧室里男人的鼾声。她想一个无戒备的男人容易对付，便猛地冲进卧室，“啪”地一下开了灯，大吼一声：“你是什么人？敢私闯民宅！”

床上的男人擦了擦眼睛，坐起上半身，见来人将钢管举过头顶挥舞着，便高高地举起双手说：“我身上只有一条裤衩，没有伤人的武器，你别紧张。我见过你，你叫周莹莹。我是受你表哥周航之托来装灯具的。我在周航的公司里见过你一面。我姓房，大家叫我土豆。我是周航的同学，我们交往了几十年。我的手机里有许多和周航的合影，你看了便知道。”土豆把自己的手机放在地上用脚尖踢给周莹莹。周莹莹放下平底锅看手机中的照片，看了一会，脸上的肌肉放松了，扔掉了钢管命令道：“穿上你的衣服再说话。”土豆用手指指床上熟睡着的孩子，周莹莹见土豆把自己里里外外的衣服全裹在了孩子身上，便叫土豆帮忙把壁柜里的寝具拿出来，铺在床上让孩子安睡。

周莹莹说：“不是说好4月底施工完了，5月份我可以入住吗？”

土豆看了看墙上的钟，已过了午夜，便说“嗯，昨天想把书屋里灯装好，完成最后一点事的；可那孩子碍手碍脚的，结果什么也没干成。我傍晚时发信给周航让他转告你，工事要延期两天，他没通知你？”

周莹莹看了自己的手机说：“嗯，周航晚上8点打电话来过。当时我正和我老公吵得天黑地暗的，哪有心事去接电话？”

土豆穿上了留着孩子体温的T恤衫，说：“我有雀巢咖啡，去下面喝一杯后再审讯我，怎么样？”

七

两人下了楼，土豆去开了南窗，说：“今夜月色好，风里有花草香味。”说着又冲了杯咖啡送到周莹莹的手里。他见周莹莹坐在沙发上抹泪，便犹豫了一会，轻声说：“你老公欺负你啦？男人都不知好歹的，要像我一样打几十年光棍才知道珍惜老婆！”

周莹莹说：“我咽不下这口气，土豆，你给我评个理。昨晚我们在我婆家吃完饭时，我公公看着金鱼缸里忙着追尾的金鱼说：‘金鱼还知道传宗接代呢。你这小畜生！’——回到自己家里我就抱怨了几句，可我老公说：‘我爸骂的是我，又没骂你，你多心什么。’这话不是耍我么？我就说：‘笑话！骂你？你的肚子能生孩子？明摆着是对着和尚骂贼秃。他们今天把我同金鱼比，说不定明天会把我同他们养的老母猪比呢！’土豆，你说我这话说错了么？我在建筑设计行业里也是有点名气的人，而在我公婆的眼里竟与金鱼、老母猪是同类。”

在传宗接代这个问题上，人、兽、鱼、鸟间有什么区别呢？土豆也搞不清楚，便含糊地说：“哎，那你老公说啥呢？”

“呵，他一听到我说猪，就跳起来说：‘养猪怎么啦？你现在不付一分钱能住在这套高级的住房里，不就是靠我爸妈开的养猪场赚了钱买下了它吗？’”周莹莹越说越兴奋，眼中闪着泪光，像临战的公鸡一般伸长了脖子道：“笑话！他们认为给我房住，就可以操纵我的人生了？过年时，他妈含泪对我唠叨，莹莹啊，我们老两口辛苦了一辈子，眼下就求能见到孙子的脸。而他爹呢，却财大气粗地说，不想生孩子没关系，把你们住的房子还给我。——这不是对我软硬兼施么？真正是一对小市民！”

“你把这些话也对你老公说啦？你老公听了没发火？”土豆叹了口气，觉得身为男性的不幸。

“我说啦！——他听了眼里像是要喷火，我倒指望他冲过来与我对打一场。可他只是嘴里“嗞嗞”地吐着气，像是身上的哪个地方受了伤。他说：‘我父母没有错。说实话，我也想要孩子，我们都34岁的人了。’”

土豆想说：“34岁，对于做学问、搞事业的人来说还正当壮年；说到生育吧，那年龄就像是过了正午的太阳了……”但见周莹莹的鼻孔喷气、脸色发青，便识相地闭上了他的厚嘴唇。

周莹莹说：“你看，在关键时刻，我老公背叛了我！我质问他：‘你说心里话啦？想做孝子啦？别忘了，我们结婚前是有约定的，我不生孩子，你也答应的！你父母要收回住房，吓不倒我！市中心房子我买不起，可我买好了金桥的小别墅。’——他答道：‘我知道，你对分居是早做了准备的，我不会妨碍你的。’”

土豆想他除了给周莹莹添咖啡，竖着一对招风耳听她说话以外，帮不了她任何忙。

“土豆，我的婚姻算是结束了。”周莹莹红了眼睛往天花板看，说：“我莹莹不做拖三拉四的事，干脆离了，一刀两断！”

土豆听到二楼有声音，说一声：“这小子大概醒了。”便拔腿奔上楼去。周莹莹这才想起二楼还有一个婴儿睡着，她跟在土豆后面上了二楼。

土豆不断地念“俊俊乖”并拍孩子的后背，可孩子还是呜咽着。周莹莹伸手摸了一下孩子的尿布，没有尿湿。就说，是不是要吃奶？我听同学说，她孩子半夜要吃奶的！土豆去一楼冲了瓶奶来，塞在俊俊嘴里；俊俊用力吸了几口，松了口涨红了脸大哭起来。土豆无奈地顿足道：“你这小祖宗，究竟要干什么！”

周莹莹从土豆手上拿过奶瓶来，看了看橡皮乳头，就从床头柜中拿出把小剪刀来对橡胶乳头的小孔处剪了一小刀，再次将奶头放入俊俊口里，俊俊“咕嘟、咕嘟”地喝饱了，吐出了奶头，朝周莹莹笑笑，踢了几下小腿又睡着了。

“你买的是刚出生的小毛头用的极小孔奶嘴，俊俊用劲吸也吸不出奶来，他当然要哭的！”周莹莹说。土豆夸她内行，她红了脸说：“我的同学都做了妈妈了，弄孩子的事我听她们说得多了。唉，不说这些烦心的事。你来我家做工，为何把你儿子带来了？莫非也是和你老婆吵架了？”

“刚才我不是说啦，我是个光棍！哪来个儿子？”

“是……私生子？土豆真浪漫！那脸，特别是耳朵……，活脱脱是个‘小土豆’。”

土豆叹了几口气，就把昨天裴大妈如何来他家无理取闹、如何把孙子扔给他、而他又不得不来这里“携童”工作的事说了一遍。

周莹莹用手摸了一下俊俊的招风耳，意味深长地看着土豆道；“你说俊俊父母都俊俏得像韩国明星，而他们的儿子却长得像你这个邻居房土豆？哈哈，是风吹了你的种子去了邻家的花坛里。”

土豆苦笑了一下，无精打采地说：“这事我也说不明白，就像是一场飞来横祸，——可我没做过损阴德的事！”

周莹莹正色道：“我相信你。可你打算把那孩子怎么办？说不定裴家在找人呢，事情会闹大。”

“我又没有去拐骗、抢夺他家的孩子，是老太婆蛮不讲理地把孩子扔在我家里的，妨碍我的工作、生活！她现在知道急了？就得给她些惩罚，让他老公揍她一顿。”

“就怕老太慌了去报警。”

“报警？我不怕，干脆把俊俊的身世问题在桌面上说个清楚，对大家都好。俊俊会长大，我怕他为此而受欺负呢！天快亮了，我们睡一会吧。今天麻烦你给我看孩子，我把书屋的那些工作完成了，晚上回家去。我怕和裴老太缠，她儿子今天吃过喜酒当夜会赶回来的。”

八

土豆拉了块毛毯在大厅的沙发上睡了。周莹莹上了二楼轻手轻脚地摸到床上，在俊俊的身旁躺下。俊俊闭着眼朝她身边滚过来，头钻到她的腋下，小嘴对着她的乳房吐气，热腾腾、湿漉漉的，她感到全身有一种异样的感觉，便红了脸。她把身子往后退一点，侧身看孩子那张无邪的睡脸，又伸开了双臂把他抱在了怀里。她抚摸着孩子如小猫般柔软的脚底，竟然毫无睡意。她将眼光移向窗外，望着黎明前多彩的天空，她脑中出现了她母亲的背影……

“俗话说，女儿是看着母亲的背影长大的。我父母是78年考入上海一流大学化学系的高材生。两人同获硕士学位，又就职于同一个研究所。晚婚导致我妈高龄出产。出产后看护、养育孩子的事似乎成了这对北方出生的年轻人的最措手的事。我对4岁以前的事大致是没记忆的，但母亲在亲戚家打了我耳光的事却留在了我的记忆中。后来表姐告诉了我事情的原由：那时，家里雇了个四川阿姨来照顾我，我跟她学了一口四川话，而且语言粗鲁。那一天，亲戚给我吃东西，我说：‘好吃个屁！’给我看小人书，我往旁边一扔，道：‘好看个屁！’最后我指着母亲说：‘她从不陪我玩，她好个屁！’母亲又羞又恼伸手给了我一巴掌。此后，母亲辞退了家里的保姆，从研究所调往家附近的一个中学去任教，她把精力、时间放在了我的身上。我上中学时，父亲经常去各地大学讲学，还去国外领奖。父亲把奖品拿回家时，母亲把它扔到墙角里，说：‘别忘了，因为有我的牺牲，才有你的成功！’我还见过母亲躲在卫生间里流泪，把载有父亲论文的杂志撕碎了扔进垃圾箱里。终于，父亲不再回家，据说他离婚后又再婚，过着有名有利的华丽的学者生活。而母亲却守着我寂寞地走完了她的教职生涯。”周莹莹曾经把这段话流着泪对洪果说过，并说她不愿走她母亲的老路。当时他们在热恋中，并谈到了结婚。周莹莹犹豫好久，结果她和洪果约定以不生孩子为条件，去领了结婚证书。

她给俊俊换尿裤后，迷迷糊糊地睡着了。她睡着不久，觉得脸上痒痒的，睁眼一看，俊俊的半个身上贴在她的身上，小手拉扯着她的头发，见她睁开眼来，就眯起小眼睛“咯咯”地笑。周莹莹只得起身，把俊俊抱下楼去。

周莹莹见土豆在沙发里睡得香甜，听窗外有鸟声人语，便冲了瓶奶粉塞在俊俊手里，推了童车出了门。看来土豆昨天没有给孩子洗澡、换衣服，俊俊翘着脏兮兮的腿在童车的栏杆上，衣服上也沾有污迹。周莹莹先去了公园，让俊俊在柔软的草地上爬几圈，活动身子；等商店开了门，她去童装店为他买了新衣服；到了菜市场，她买了胡萝卜、西兰花和大米，她想起了同事小李说过她把菜煮透了，磨成粉末放在稀粥里给她六个月大的儿子吃的话来。

周莹莹推着童车回家去，童车上挂着购物袋。周莹莹觉得春风和煦，觉得路人看她的眼光也是温和友好的。见路边有一家玩具店，她又跨进去给俊俊买了个小皮球。在店里的镜子里周莹莹看到了自己的脸。她觉得，此刻自己的脸与她记忆深处的母亲的脸重叠了起来：“母亲把几颗巧克力放在我柔软的小手上时，同我并肩躺在地板上给我讲故事时，就是这样一张对世上万事一无所求的幸福的脸，一张母亲的脸。”

周莹莹忍住泪水，微笑着仰头向家里走去。到了家门口，突然她的左右两侧出现了两位女青年，将她夹在了中间，其中一人从童车中抱起了俊俊。她们向她出示了警察证，问：“房土豆在哪里？”

周莹莹答道：“在屋里。”而她的眼光却没有离开放声大哭的俊俊，她对女警说：“俊俊需要洗澡，袋里有替换的衣服。”

周莹莹按照女警的指示开了门，此时，她发现在她家的不远处停着两辆车，有一对貌似韩剧明星的夫妇从一辆车上走下来，他们的后面还跟着一位60岁上下的妇人。周莹莹想这三位是俊俊的家属了。

周莹莹进了门对二楼叫一声："土豆，下来！警察在下面等你呢。"

九

土豆对携俊俊来此工作的起因、过程的叙述虽然和裴大妈说的有些出入，但女警看裴大妈此时羞红了脸，连连向土豆鞠躬道歉的样子，便认定土豆没有说谎。

女警对周莹莹抱歉地笑笑，说："孩子平安就好。我们得到报警时，也觉得案件的可能性极低。但我们有责任帮助裴家找到孩子的下落。我们打电话通知了俊俊的父母。今晨有住楼内的人说，他昨天下午4点左右，在地铁曹杨路站正巧看见土豆乘上了向花桥方向去的11号线。我们就去各车站调取探头的录像来看……于是，我们来到了花桥。我们拿了俊俊的照片想去玩具店询问时，恰好见你推着俊俊走出来。"

裴大妈抱着孙子，老泪纵横，说："都怪我，惹是生非。为了这事，我老头子早就警告过我的，还把我的脸打青了……"

女警说："你家老头搞家庭暴力，我们要追究他责任的。"

裴大妈忙摇手说："我是活该，我真的欠打！"

大家忍俊不禁，笑了。此时默默地站在小裴旁边的文华从包里取出一张照片放到桌上，说："这张照片是在我做整容前拍的。你们看，俊俊长得就像我。我想，我第一次婚姻失败的原因就是因为我的脸。……结婚后，我卸了妆，我的前夫第一次看见我的真容貌，他说我是'婚姻诈骗犯'。离婚后我得了忧郁症，做了四次整容才变成现在这模样。如果我把真相早一点说出来，就不会发生这次的事情了。是我错了。"